Dunkle Schatten

Alexander West

Dunkle Schatten

Roman

Bibliografische Information der Deutschen Nationalbibliothek:
Die Deutsche Nationalbibliothek verzeichnet diese
Publikation in der Deutschen Nationalbibliografie;
detaillierte bibliografische Daten sind im Internet über http://dnb.dnb.de abrufbar.

Handlung und Personen sind frei erfunden und Namen verfremdet.
Ähnlichkeiten mit lebenden oder verstorbenen Personen und tatsächliche
Begebenheiten sind nicht beabsichtigt und wären rein zufällig. Ich habe
größtmögliche Sorgfalt walten lassen, allen Rechten zu entsprechen.
Sollten Rechte Dritter berührt sein, bitte ich die Betreffenden, mir dies
mitzuteilen. Für den Inhalt ist der Autor verantwortlich.

Layout und Korrektur: Tanja Fürstenberg www.textniveau.de

Herstellung und Verlag: BoD – Books on Demand, Norderstedt

ISBN: 978-3-7347-3736-7

Für die, die dort waren.
Für die, die wiedergekommen sind.
Für die, die für immer dort bleiben.

I

Stille

Mühsam versuchte Mitch, seine Augen zu öffnen. Aber die grelle, gleißende Sonne ließ es nicht zu. Er konnte nichts erkennen, wusste nicht, wo er war. Instinktiv merkte er jedoch, dass an seinem Zustand etwas nicht stimmte. Sein ganzes Gewicht lag förmlich auf seiner rechten Körperseite. Plötzlich tauchten verschwommen die Umrisse eines Gesichtes über ihm auf. ›Wo bin ich und was ist passiert?‹ Bevor Mitch diese Frage beantworten konnte, bemerkte er einen steigenden, explosiven Druck in seinem Kopf, und in seinen Ohren entbrannte ein Orkan aus kreischenden, lang gezogenen Dauertönen. Sein ganzer Körper war erstarrt, eingefroren. Mitch konnte sich einfach nicht mehr rühren, so sehr er sich auch bemühte. Das fremde Gesicht über ihm bewegte sich. Undeutliche Worte von seinen Lippen, die nicht zu ihm durchdrangen. Plötzlich bemerkte Mitch ein Ziehen an seinem Körper. Fast im gleichen Augenblick erlosch das Licht um ihn und er fiel langsam in die Unendlichkeit ...

Eine wohlige Dunkelheit umgab Mitch. Er befand sich an einem Ort, an dem er sich geborgen fühlte – der dumpfe Druck und die Schmerzen ließen nach. ›Hier will ich bleiben, ich will nicht mehr zurück aus dieser schwebenden Dunkelheit, die mich wie ein Mantel umgibt und schützt‹. Dieser Gedanke ging ihm durch den Kopf oder war das nur ein Gefühl ...? Doch irgendetwas stimmte nicht an diesem perfekten Bild, es wackelte und aus der Tiefe drangen erneut undeutliche Stimmen zu ihm. Ein immer stärker werdender Sog zog ihn erneut an die Oberfläche. Mitch stemmte sich mit aller Kraft dagegen – ohne Erfolg. Es wurde nur noch stärker und energischer, es zog ihn unaufhaltsam nach oben und die Stimmen über ihm wurden lauter. Ein gleißender Lichtbogen und mit ihm die schemenhaften Umrisse des fremden Gesichtes tauchten plötzlich vor seinen Augen auf und mit ihnen die unerträglichen Schmerzen und das Leid des ganzen Tages.

Die Umrisse des Fremden wurden deutlicher und schließlich blickte Mitch in ein freundliches Gesicht mit fein durchzogenen Lachfalten, dunkelbraunen Augen und einem dichten, schwarzen Bart. Auf dem Kopf trug das Bartgesicht die traditionelle Kopfbedeckung der Paschtunen. Noch bevor Mitch seine Lage richtig einschätzen konnte, wurde er erneut bewegt. Er spürte, wie mehrere Hände jetzt an seinem Körper zerrten.

Warum lag er auf der Seite und konnte sich nicht mehr bewegen? Noch bevor Mitch alles um sich herum realisierte, holten ihn diese unerträglichen Schmerzen und der dumpfe Druck auf der rechten Seite seines Körpers wieder ein. Erst jetzt nahm er das ganze Gewicht seiner Schutzweste wahr, die ihn nach unten in den Sitzgurt drückte und ihm somit die Luft abschnitt. Aus dem Augenwinkel sah Mitch, wie sein linker Arm angewinkelt auf seinem Körper lag. Er versuchte, ihn zu bewegen. Nichts. Der Arm fühlte sich seltsam leer an – so, als ob man beim Schlafen lange darauf gelegen hat und nun das ganze Blut aus dem Arm entwichen war. Mitch fühlte sich wie eine Schildkröte, die auf dem Rücken liegend versucht, wieder aufzustehen und dabei ihre Beine bewegt. Nur mit dem Unterschied, dass er sich in seiner Lage überhaupt nicht bewegen konnte.

›Ich muss das Messer erreichen, das an meiner Schutzweste befestigt ist, damit kann ich den Gurt durchschneiden, um mich zu befreien, um wieder Luft zu bekommen ... meine Gedanken funktionieren, also lebe ich, aber was ist mit dem Rest?‹, dachte Mitch verzweifelt.

Jede Anstrengung in dieser Höhenluft kostete unglaublich viel Kraft, aber Mitch versuchte trotz allem, sich erneut zu bewegen, und bemerkte sofort, wie seine Kräfte schwanden. Sein Körper war gefangen wie in einem Eisblock. Nach jeder neuen Anstrengung schnappte Mitch wie ein Fisch nach Luft, grelle Lichtpunkte tanzten vor seinen Augen. Das Zerren an seinem Körper hörte plötzlich auf und das bärtige Gesicht tauchte dicht über ihm wieder auf. Er hörte undeutliche fremde Stimmen – unterbrochen durch das dumpfe Rauschen und Pochen in seinen Ohren –, doch aus seiner gezwungenen Haltung konnte er niemanden erkennen.

›Kann ich diesem Paschtunen trauen? Er ist der Einzige, der mir jetzt noch helfen kann.‹

Mit letzter Kraftanstrengung versuchte Mitch, mit seinen Augen die Aufmerksamkeit auf das Messer an seiner Brust zu lenken. Die tanzenden Lichtpunkte vor seinen Augen explodierten und aus ihnen wurden sogleich große dunkle Lichtkreise.

›Der Gurt schneidet mir endgültig die Luft ab und ich falle wieder in die vertraute Dunkelheit.‹

Dies war sein letzter klarer Gedanke, den Blick starr auf sein Messer gerichtet.

II

Die Fahrt nach Kabul

Ajmal fuhr den neuen Toyota Jeep, seit sie Jalalabad verlassen hatten. Die letzten Vororte mit den sattgrünen Palmen am Straßenrand wechselten in die langsame, öde, graubraune Berglandschaft. Die breite Straße, die sie aus der Stadt führte, wurde schmaler und mit jedem Kilometer hinaus stiegen sie langsam die Berge hinauf – der Weg nach Kabul. Auf dem Beifahrersitz neben ihm schlief sein Vater Muhammad und dahinter auf der Rückbank döste sein Onkel Nabi. Die beiden Alten hatten es sich in ihren Sitzen bequem gemacht und Ajmal war froh über die eingekehrte Ruhe im Auto. Seine Gedanken führten ihn während der Fahrt zurück zu den vergangenen drei Tagen, die sie bei seinem jüngeren Bruder und seiner Familie in Jalalabad verbracht hatten.

Jalalabad war die letzte große Stadt an der östlichen Grenze zu Pakistan und die fünftgrößte in Afghanistan. Seit Jahrhunderten verlief der gesamte Handelsverkehr auf der alten Seidenstraße nach Indien und Pakistan über Jalalabad. Ajmal liebte diese alte Stadt der östlichen Stammesgebiete der Paschtunen, gelegen auf einer Hochebene unterhalb der Spinher Berge in der Nähe des letzten Widerstandes der Taliban, in den Bergen von Tora Bora.

In den Sommermonaten war es in der Stadt warm und trocken und in den Wintermonaten mild – es war ein beliebtes Erholungsgebiet für reiche Familien aus Kabul. Hier konnten sie dem Staub und der Hitze des Sommers und den eiskalten Winternächten der Hauptstadt entfliehen.

So war es früher – heute flohen die Familien vor den hinterhältigen Anschlägen und den explodierenden Kosten aus Kabul. Schon als Kind steckte Ajmal diese Hochstimmung an, die hier alle befällt, die die Strapazen der unbefestigten Straßen, Berge, Schluchten und den berüchtigten Salangpass überwinden, um die Stadt an der Grenze zu erreichen. Diese letzte große Station vor dem Grenzübertritt nach Pakistan war stets voller Händler mit ihren bunt bemalten Fahrzeugen, die die Straßen verstopften. Wohin man auch blickte, überall sah man Menschen – ein Gemisch verschiedenster Sprachen und Dialekte. Eselskarren und geschäftige Händler bevölkerten die engen Straßen, und lautes Hupen perfektionierte das allgemeine Chaos. Über all dem hingen die Gerüche der Garküchen, vermischt mit den Abgasen und dem Staub der Straße. Diese einzigartige Atmosphäre der Stadt faszinierte und elektrisierte Ajmal immer wieder aufs Neue. Das war der Geruch seiner Kindheit und hierher führte ihn damals seine erste lange Reise mit seinem Vater.

Sein jüngster Bruder in Jalalabad besaß eine eigene Firma, genauso wie er in Kabul. Das war Tradition in ihrer Familie: Sie waren Händler. Sie kauften und verkauften alles, was nur die Spur eines Geschäftes besaß. Manchmal waren sie Bauherren – sie ließen Häuser errichten und verkauften anschließend alles bis auf den letzten Nagel, um wieder ein Feuerwehrauto in China zu kaufen und es in Afghanistan für das Dreifache zu verkaufen. Gerade hier, in der größten Grenzstadt Afghanistans, konnte man immer noch gute Geschäfte machen.

Dabei sind gerade einmal fünf Jahre vergangen, seit sein Bruder nach alter Tradition mit der jüngsten Tochter aus einer angesehenen Familie verheiratet wurde und die Geschäfte der Firma übernahm. Sein Schwiegervater arbeitete für die

Provinzregierung des berüchtigten Gouverneurs Sherzai Alta, der schon als Mudschaheddin gegen die Russen gekämpft hatte und anschließend seinen Machtanspruch in der Region gegen seine ehemaligen Mitkämpfer mit der Kalaschnikow durchsetzte. Mithilfe der Familie Shamadi und der Unterstützung des Schwiegervaters war es relativ einfach, sich lukrative Aufträge der Provinzregierung zu sichern. Dieses Geschäft folgte einer alten Tradition – man gab seinen Teil an den zuständigen Beamten und der entschied, je nachdem wie großzügig sein Anteil war, über die Vergabe der Aufträge.

Auch wenn sich Afghanistan in den letzten Jahrzehnten veränderte, manche »Tradition« überlebte und wurde weiterhin gepflegt …

Aus einem dieser gemeinsamen Geschäfte mit seinem Bruder stammte auch der neue Toyota Jeep, den Ajmal jetzt fuhr. Er freute sich insgeheim über die alte, marode Schotterstraße nach Kabul, auf der er seinen neuen Wagen gleich testen konnte. Ajmal grinste breit. Die Chinesen bauten schon seit zwei Jahren an einer neuen Umgehungsstraße, die Jalalabad mit Kabul hinter den hohen Bergen verbinden sollte. Die alte Straße, die durch verschlungene Täler und Schluchten entlang des Kabul–Rivers führte, sollte nun, angeordnet von der Regierung in Kabul und von der internationalen Gemeinschaft großzügig bezahlt, durch eine neue, asphaltierte, moderne Straße ersetzt werden.

Als sie die Stadt verließen, wechselte die alte Straße von Asphalt auf Asphalt mit riesigen Schlaglöchern. Schließlich wurde aus der maroden Piste ein einfacher Bergpass, so wie er bereits seit Hunderten von Jahren existierte. Über diese alte Handelsstraße versuchte einst ein gewisser Alexander nach Indien zu gelangen, später versuchten es die Briten, die Russen und jetzt die Amerikaner erfolglos, Afghanistan zu erobern. Während die Wracks der alten Panzer der Roten Armee in Afghanistan immer seltener wurden, wuchsen jenseits der Grenze in Pakistan die ausgebrannten Nachschubkonvois der Amerikaner.

›Man kann uns nicht einfach unterwerfen‹, dachte Ajmal und kratzte sich am Bart.

Nicht alle Afghanen waren mit der Stellung von Jalalabad so zufrieden wie er – er war Händler und folgte seinen Geschäften. Die Stadt lag einst tief im Hinterland von Afghanistan, bis die Briten mit der Durand-Linie sie über Nacht zu einer Grenzstadt machten.

Die Durand-Linie war die Grenze, ein Stachel, ein Thema, das sofort hitzige Diskussionen und Streit in jedem Teehaus heraufbeschwor. Nach dem ersten afghanisch-britischen Krieg wurde diese Linie als Pufferzone durch die Stammesgebiete der Paschtunen gezogen, um sie besser kontrollieren zu können. Als Pakistan 1947 gegründet wurde, übergaben die Briten diese Gebiete an den neuen Staat. Somit hatte Afghanistan fast ein Drittel seiner Fläche verloren.

Die Loja Dschirga der Afghanen erklärte 1949 daraufhin die Durand-Linie für ungültig, da das Abkommen damals mit den Briten geschlossen wurde und nicht mit Pakistan. Doch alle Verhandlungen scheiterten, nur die Widerstände blieben. Und so wird diese Grenze von den meisten Afghanen bis heute nicht als solche anerkannt. Sie ist ein stetiger Unruheherd, der von beiden Regierungen gern im eigenen Interesse missbraucht wird, um die jeweilige Macht in der Region zu festigen und die beiden Völker gegeneinander aufzubringen. Alles Übel der letzten Jahre war letztlich auf diese Streitigkeiten zurückzuführen.

›Vielleicht wird die Akzeptanz dieser Grenze endlich Frieden für unser Land bringen ...‹, überlegte Ajmal gedankenversunken. Er sah sich selbst vor seinem inneren Auge die lange, einsame Bergstraße entlangfahren. Unkonzentriert drückte er das Gaspedal durch, der Motor heulte auf und der schwere Wagen machte einen kräftigen Satz nach vorne. Der Wagen wurde kräftig durchgerüttelt, als er ein riesiges Schlagloch erwischte.

›Naja, ich bin eben nur ein Händler und kein Politiker. Warum mache ich mir überhaupt Gedanken darüber? Es ändert ja doch nichts ...‹ Er ärgerte sich.

Er fuhr nun wieder langsamer und bremste den Wagen rechtzeitig vor dem nächsten Schlagloch ab. Sie waren bereits kurz vor Sourobi, nicht weit vor den Tälern. Die Straße stieg hier auf eine Höhe von fast dreitausendfünfhundert Metern an. Auf der sonst so lebendigen Straße herrschte heute wenig Verkehr und Ajmal jagte einsam mit seinem neuen Wagen die Serpentinen hinauf. Trotz der lauten Musik im Fahrzeug war der dumpfe, trockene Knall, der von den umgebenden Schluchten mit einiger Verzögerung mehrfach wiedergegeben wurde, nicht zu überhören. Sein Vater und sein Onkel erwachten fast gleichzeitig aus ihrem Schlaf.

»Ajmal, was ist los? Hast du den Reifen kaputt gefahren?«, fragte sein Vater vorwurfsvoll.

Aber der Wagen lag ruhig auf der Straße.

»Nein.« Ajmal drehte am Lenkrad. »Der Wagen ist in Ordnung. Ich weiß auch nicht, was das war!«

Sie ließen die Scheiben herunter und steckten die Köpfe nach draußen. Aber es war nur das eintönige Brummen des Motors zu hören, während sie den heißen, trockenen Fahrtwind auf ihren Gesichtern spürten. Plötzlich unterbrach sein Onkel die Stille.

»Wisst ihr was? Ich kann mich noch gut an unsere Gefechte mit den Russen erinnern. Für mich hörte sich das wie eine Explosion an.«

Daraufhin steckten sie erneut ihre Köpfe aus den Wagenfenstern, aber es blieb weiterhin ruhig in den Bergen um sie herum.

»Seltsam«, murmelte sein Vater und fuhr sich mit der Hand über seinen Bart. Das machte er immer, wenn ihn irgendetwas besonders beschäftigte.

Nach dreißig Jahren Krieg in Afghanistan wussten alle Afghanen, wie sich Raketenbeschuss, Kalaschnikowfeuer und Explosionen anhörten. In dieser Provinz war es jedoch in den letzten Jahren sehr ruhig geworden, da sich die ISAF in die entlegenen Dörfer und Täler von Sourobi nicht hineinwagte. Hier galten noch heute das alte Stammesrecht, die Gesetze der Warlords und die Scharia, die die Taliban brutal durchsetzten. In der letzten Zeit beherrschten zunehmend kriminelle Banden die Straßen rund um die Hauptstadt. Sie raubten die Reisenden aus oder erpressten von ihnen Wegezoll.

Im Wagen war es wieder ruhig – jeder hing seinen eigenen Gedanken nach. Der Toyota quälte sich mühsam immer höher die Berge hinauf. Als sie in die nächste enge Kurve einbogen, bot sich ihnen plötzlich ein bizarrer Anblick: Ein weißer Kleinbus lag auf der Seite und blockierte die ganze Straße. Die Frontscheibe des Wagens war geborsten und der Boden war übersät mit Glassplittern. Die Reifen lagen um das Fahrzeug verstreut und unter dem Bus hatte sich eine große dunkle Pfütze gebildet. Ajmal stoppte den Toyota in einiger Entfernung. Alle Drei starrten gebannt auf das vor ihnen liegende, zerstörte Fahrzeug.

»Das ist doch ein Unfall! Wir müssen denen helfen!«

Ajmals Vater Mohamad erwachte als Erster aus der allgemeinen Starre und kommandierte sogleich die anderen herum ... typisch!

»Ajmal, du schaust, was da passiert ist und wir passen hier auf, dass uns keiner hinten rein fährt.«

Ajmal ging nur widerwillig zum Bus. Je näher er sich dem weißen Kleinbus näherte, umso mehr beschlich ihn ein mulmiges Gefühl.

›Das ist doch kein normaler Unfall. Wo ist der Fahrer? Wo sind die Insassen denn?‹ Ajmal wurde plötzlich unsicher. Erst als er direkt vor dem Bus stand, erkannte er das ganze Ausmaß des Unglücks. Das komplette Dach des Busses war aufgerissen, so als hätte ein Riese es mit einem Dosenöffner aufgeschlitzt. Trotz seines unguten Gefühls, das sich immer mehr verfestigte, siegte schließlich die Neugier. Ajmal stellte sich auf ein abgerissenes Rad, das unter dem Bus lag, und blickte vorsichtig von oben in den Innenraum. Dort entdeckte er insgesamt drei Personen: Einer lag zusammengekrümmt auf dem Fahrersitz und zwei weitere saßen im hinteren Teil des Wagens in einer seltsamen Haltung fest ineinander verschlungen. Das hier waren keine Einheimischen. Sie sahen eher aus wie Europäer oder Amerikaner.

Drinnen im Bus herrschte das absolute Chaos. Inmitten von Wasserflaschen, Waffen und Munition lagen abgerissene und versengte Kleidungsstücke und verkohlte Papierfetzen. Kabel und vermutlich das ganze Innenleben des Busses hing an den Seiten herunter. Zunächst konnte er den Geruch in dem Inneren des Busses nicht zuordnen, bis sein Verstand es registrierte – es roch nach verbranntem Fleisch ...

Schon als Kind hatte er gesehen, wie die Taliban ihr grausames Gericht in der Stadt hielten. Aber was er hier erblickte, raubte ihm fast den Verstand. Hier konnten sie niemandem mehr helfen. Ajmal wendete sich ab und bemerkte im letzten Augenblick, wie der Fahrer seine Augen bewegte. Er streckte langsam seine zitternde Hand aus, beugte sich nach vorne und berührte – warme, weiche Haut. Ajmal fühlte jetzt einen flachen Pulsschlag.

»Vater, Onkel, kommt schnell her!«, schrie er seine Angst hinaus.

Die beiden Alten, die immer noch hinter dem Geländewagen standen und unruhig hin und her gingen, fuhren von seinem durchdringenden Schrei, der von den Bergen wiedergegeben wurde, zusammen. So schnell es ihnen ihr Alter erlaubte, liefen sie die Anhöhe zu Ajmal hinauf. Das Entsetzen in seiner Stimme trieb sie zusätzlich an. Onkel Nabi war als Erster am Bus. Trotz seines hohen Alters von vierundsechzig Jahren war er immer noch sehr schlank und ohne Gebrechen geblieben. Er sagte es niemals offen im Familienkreis, aber jeden Tag, noch vor dem ersten Gebet, machte er diese Sportübungen, die sie ihm damals während seines Studiums in Moskau beigebracht hatten.

Nabi stellte sich schwer atmend neben Ajmal und blickte neugierig in das Innere des Busses hinein. Die beiden Insassen im hinteren Teil hatten schwere Brandverletzungen am ganzen Körper. Vor ihren Füßen klaffte ein riesiges Loch, das sich durch den Boden bis in das Dach des Busses hindurch fraß. Das Loch unter den beiden Insassen – genau bis zu dieser Kante waren ihre Beine abgerissen, und das zerfetzte Fleisch ihrer Oberschenkel leuchtete blutig aus dem Schwarz der Verbrennung. Der Bus lag auf der Seite, doch die beiden saßen wie erstarrt in ihrer letzten bizarren Haltung auf der Rücksitzbank nebeneinander, als wollten sie sich vor dem Tod schützen, der aus dem Boden auf sie zuraste.

Ihre Gesichter waren bis zur Unkenntlichkeit verbrannt, nur die Überreste heller Haare waren an einer Stelle erkennbar. Einer von ihnen trug vermutlich eine Uniform, der andere anscheinend einen Anzug. Die Fetzen der Kleider hingen an ihren verbrannten, leblosen Körpern herunter. Onkel Nabi wusste, dass bei diesen beiden jede Hilfe zu spät kam.

Er hatte so etwas schon einmal gesehen, damals im Krieg und er kannte den Geruch von verbranntem Fleisch. Diese Erinnerungen hatte er längst aus seinem Gedächtnis verbannt, doch nun waren sie so lebendig wie nie zuvor. Damals war er jung und voller Stolz, und so stürzte er sich in den Kampf gegen die sowjetischen Truppen in Afghanistan. Es war einfach, aus einer großen Entfernung auf jemanden zu schießen und dann wieder zu verschwinden. Als er den ersten russischen Hubschrauber in Afghanistan abschoss, war er für die anderen ein Held. Er hatte sich dabei nie zuvor Gedanken über die brutale Wirklichkeit und das große Leid gemacht, die der Krieg für beide Seiten brachte. Bis er die beiden leblosen Piloten im Hubschrauber erblickte. Die gleichen Bilder ... Diese Erinnerungen aus seiner Jugend überrollten ihn förmlich, als er neben Ajmal wortlos in den Wagen starrte. Die Stimme von Muhammad brachte Nabi wieder in die Wirklichkeit.

»Sind sie alle tot?«, fragte Muhammad, der sich schwer atmend zu ihnen stellte.

»Die beiden dahinten schon, aber der hier vorne hat gerade versucht, seine Augen zu öffnen«, antwortete ihm Ajmal.

»Dann müssen wir ihm helfen, bevor es zu spät ist!«, entgegnete Nabi mit fester Stimme. »Los! Schnell, fass an!«

Muhammad packte den scheinbar leblosen Körper und versuchte, ihn durch die zerborstene Scheibe zu ziehen.

»Er ist zu schwer und seine Beine sind eingeklemmt«, sagte Ajmal nach einigen erfolglosen Versuchen.

»Er trägt eine schwere Schutzweste, so bekommen wir ihn hier nicht raus! Ajmal, du bist noch jung, klettere hinein und nimm sein Messer – das da vorne in der Brusttasche und schneide erst mal seinen Gurt und dann die Weste durch«, befahl Onkel Nabi mit fester Stimme.

Ajmal quetschte sich in den engen Fahrgastraum und schnitt den Gurt und die Weste des Fremden durch. Gemeinsam zogen sie anschließend den großen, kräftigen Mann aus dem Wagen. Sie legten ihn vorsichtig auf dem staubigen Boden ab und stellten dabei fest, dass seine Schulter stark blutete. Die schwere Schutzweste, die jetzt im Wagen lag, hatte sich bereits mit Blut vollgesogen.

»Das hier ist Taliban-Gebiet, wir können ihn hier nicht einfach zurücklassen. Außerdem braucht er medizinische Hilfe. Wir nehmen ihn mit nach Kabul!«, sagte Muhammad, nachdem er die Wunde des Fremden untersucht hat.

»Wir wissen nicht, wer die waren und was sie hier wollten. Was passiert, wenn uns die Taliban anhalten?«, gab Onkel Nabi zu bedenken.

»Und was machen wir mit den beiden dort?«, fragte Ajmal und deutete auf die Toten im hinteren Teil des Busses.

»Für die beiden können wir nichts mehr tun, wir können hier nur noch ein Leben retten. So Gott will!«, antwortete Onkel Nabi.

»Sie tragen ISAF-Ausweise. Die Aufständischen zahlen bis zu achttausend Dollar dafür.« Ajmal hielt einen Ausweis in die Höhe. »Außerdem ist das ganze Auto voller Waffen und Munition.«

»Zwei von denen tragen keine Uniformen und haben Militärausweise. Das gefällt mir nicht. Wir müssen hier so schnell wie möglich verschwinden«, erwiderte Onkel Nabi.

Er durchsuchte die Taschen des Verletzten und fand genug Verbandsmaterial, um die Wunde zu versorgen. Die Verbandspäckchen aus den Taschen des Fahrers waren in unterschiedlichen Größen und Farben in allen Sprachen der Welt – außer in Paschtu. Nabi fluchte leise. Aber er wusste noch, wie man einen Verwundeten behandelt.

»Du hast sehr viel Blut verloren, aber du wirst es schaffen«, murmelte Nabi mehr zu sich selbst und versuchte, die große Wunde in der Schulter des Fremden so gut wie möglich zu versorgen. Die Wunde blutete immer noch sehr stark. Die Knochen schienen jedoch nicht gebrochen zu sein.

»Du bekommst einen Druckverband von mir und mit Allahs Hilfe wirst du auch überleben.«

Anschließend betrachtete er sein Werk.

»Ich hoffe, ich konnte die Blutung stoppen. Er ist stark und kämpft um sein Leben. Sein Glück ist, dass wir vorbeigekommen sind, und dass er diese Explosion überhaupt überlebt hat«, sagte Nabi laut zu sich und war selbst von seinen Worten überrascht, denn er sprach das aus, was bisher keiner von ihnen gewagt hatte, auszusprechen.

»Aber wer sprengt einen Bus auf dieser Straße? Und was ist mit uns – haben wir dann auch Glück gehabt?« Ajmal blickte Nabi fest in die Augen.

»Wir wollen uns in diesen Krieg nicht einmischen, die Shamadis waren immer eine ehrbare Familie und so wird es auch bleiben«, sagte sein Vater streng. »Such die anderen Ausweise und lass alles andere im Wagen. Beeil dich, wir müssen schnell von hier verschwinden.«

Das Familienoberhaupt hatte einen Entschluss gefasst und jetzt galt es, diesen ohne Widerrede zu befolgen. Seit sie den Bus entdeckten, waren gerade einmal dreißig Minuten vergangen und noch immer waren sie allein auf der sonst so belebten Bergstraße. Nachdem sie den Fremden versorgt und den Bus zur Seite geschoben hatten, mussten sie ihn jetzt nur noch in ihrem Wagen verstecken.

»Wir werden ihn jetzt gemeinsam anheben.«

Onkel Nabi übernahm wieder das Kommando.

»Du, Ajmal, nimmst seine Beine und ich werde mit deinem Vater seine Arme nehmen. Muhammad, pass auf, er hat eine verletzte Schulter, also fass ihn weiter unten an seiner Jacke an. So, dann anheben …«

Sie machten den ersten wackligen Schritt zu ihrem Geländewagen, als Muhammad plötzlich spürte, wie ihn etwas am Bein packte. Trotz der verletzten Schulter hatte der Fremde ihn mit einer unglaublichen Kraft abrupt zum Stehen gebracht, sodass er fast nach vorne gefallen wäre. Sein lauter Fluch blieb ihm im Hals stecken, als er entlang der blutigen Hand des Fremden hinunterblickte. Direkt vor seinem rechten Fuß sah er runde, gleichmäßige Umrisse, die im Staub der Straße grün schimmerten. Ein eiskalter Schauer durchlief seinen ganzen Körper. Stets war er stolz auf sein Gewicht, das weit über einhundert Kilogramm war, aber jetzt merkte Muhammad, wie diese Masse zitterte. Durch das abrupte Stoppen gerieten alle ins Stolpern und fluchten laut und wild durcheinander.

»Haaalt«, brüllte Muhammad, »ich habe eine Mine vor meinem Fuß!«

»Gesegnet sei der Prophet und die Gerechten wird er belohnen!« Sie hielten inne, sprachen ein Gebet und dankten Allah für seine Güte und Gerechtigkeit. Der Fremde hatte ihnen allen soeben das Leben gerettet.

III

Checkpoint

Es war früher Nachmittag, als in der Einfahrt zum Camp Warehouse am östlichen Rand von Kabul, direkt an der berüchtigten Jalalabad Road, ein großer, verstaubter Toyota-Geländewagen hielt. Die italienische Wachkompanie, eingeteilt zur Sicherung des Camps, hatte gerade ihre Spätschicht übernommen. Durch die Zunahme der Anschläge auf die ISAF-Truppen und internationale und zivile Einrichtungen in Kabul wurden die Kontrollen in und um das Lager in den letzten Tagen erneut verstärkt. Vor jedem Schichtbeginn wurden die Soldaten in die Ereignisse der letzten vierundzwanzig Stunden und in die besonderen *Spots der Woche* eingewiesen.

Es waren die üblichen Sicherheitshinweise, auf die man nach einiger Zeit hier im Land nicht mehr so genau hört, da sie auf jedes Fahrzeug und jede Person zutreffen konnten. Einzelne Verdächtige, verschwommene Phantombilder, weiße und graue Toyota der Attentäter, Kämpfe im Norden, laufende Militäroperationen im Osten, Drohnenangriffe in den Stammesgebieten, Tod von unbeteiligten Männern, Frauen und Kindern. Eigene Verluste an Menschen und Material … Jeden Tag die gleichen Meldungen. Die Fahnen wehten nun täglich auf Halbmast.

Der Geländewagen hielt in einiger Entfernung an der ersten von insgesamt drei Betonbarrieren zum Camp, die ein schnelles Durchbrechen am Eingang verhindern sollten. Die beiden vorderen Posten spannten sofort den Nagelgurt über die Zufahrt und gingen hinter den Betonblöcken in Deckung. Der Schütze am schweren MG im Panzerwagen gab sofort eine Meldung über Funk ab und nahm den Geländewagen ins Visier. Die Warnung vom ersten Checkpoint erreichte Hauptmann Livio, als er sich gerade einen Espresso zubereitete. *Verdächtiger roter Toyota am Checkpoint 1. Afghane läuft direkt auf Checkpoint zu. Er hat die Hände erhoben.*

Hauptmann Livio ließ seinen Espresso augenblicklich stehen und rannte sofort zum Gefechtsstand hinüber. Angekommen und noch völlig außer Atem nahm er sein Fernglas und erblickte die Zufahrt. Ein groß gewachsener, kräftiger Afghane mit dichtem schwarzen Bart und nach hinten geschobener Paschtunenmütze in traditioneller Kleidung ging langsam mit erhobenen Händen auf die erste Sperre zu. Soweit Hauptmann Livio es sehen konnte, hatte der Afghane nichts Auffälliges am Körper.

»Was will er? Holt sofort einen Sprachmittler her!«, bellte er.

Rechts neben der Zufahrtsstraße gab es einen separaten Eingang für die Einheimischen, die zum Arzt oder als Reinigungskräfte in das Camp wollten. Dieser Eingang glich einem vergitterten großen Käfig, damit keiner auf die Idee kam, eine Handgranate auf die Posten zu werfen. Aber dieser Afghane rannte direkt auf seine Posten zu.

›Es muss irgendetwas passiert sein oder er ist verrückt, sich mit uns hier anzulegen. Aber das hat nicht viel zu sagen – die Reihen der Märtyrer waren schließlich lang‹, dachte Livio.

»Nicht schießen! Er soll sofort stehen bleiben!«, beeilte sich Hauptmann Livio und gab den erneuten Befehl. ›Das fehlte noch, ein Zwischenfall im Camp, so wie vor Kurzem bei den Amerikanern ... Daraufhin brachen schwere Unruhen in der gesamten Stadt aus. Dann überrennen uns hier die Afghanen!‹

Sein Befehl erreichte endlich den ersten Posten.

Der Posten brüllte: »Stopp! Stopp! Stopp!« Er hob seine Hand zur Bekräftigung. Der Hauptmann beobachtete durch sein Fernglas, wie der Afghane reagierte und augenblicklich stehen blieb. Erst jetzt erkannte Livio, dass er irgendeinen Gegenstand in der Hand hielt. Seelenruhig ging der Afghane auf die Knie und legte den Gegenstand auf dem Boden vor sich ab.

»Alpha Gate ist closed! Geben Sie diese Meldung an die Einsatzzentrale und leiten Sie alle Fahrzeuge zum Backgate um«, wies er seinen Stellvertreter an.

Der Afghane erhob sich wieder. Mit der Hand winkte er energisch in Richtung des roten Geländewagens und wich einige Schritte von dem Gegenstand auf dem Boden zurück. Der erste Posten meldete: »Er hat ein Buch oder etwas Ähnliches auf den Boden gelegt. Im Fahrzeug sitzen noch zwei andere. Sie haben alle die Hände gehoben.«

So entstand eine ungünstige Pattsituation, die wieder in keiner Dienstanweisung stand. Später bei der Auswertung des Vorfalls waren sie alle schlauer – nur jetzt musste schnell gehandelt werden, lange Zeit zum Nachdenken blieb ihnen nicht. Livio schwitzte.

»Wir können nicht ewig das Gate blockieren. Holen Sie dieses verdammte Buch und nicht schießen!«, befahl er den vorderen Posten.

Der Schütze am MG sah durch seine Zieloptik, wie einer seiner Kameraden aus der Deckung langsam zum Gegenstand am Boden hinüberging. Der andere Posten sicherte ihn aus der Deckung. Der MG-Schütze nahm den roten Toyota ins Visier. Der Posten kehrte zurück hinter die Deckung und meldete: »Es sind eine ISAF-Militärkarte und eine Karte für den Sicherheitsbereich im Hauptquartier. An beiden Karten klebt Blut!«

Der Hauptmann wählte bei den letzten Worten automatisch die Nummer der internationalen Einsatzleitung. Diese hatte die Aufgabe, alle Truppenbewegungen in Kabul zu überwachen und Notfallmaßnahmen zu koordinieren. Er berichtete dem diensthabenden Oberst über den Vorfall mit dem roten Toyota am Checkpoint und den Umstand mit der blutverschmierten ISAF-Karte. Die Antwort kam sehr schnell und überraschte selbst den erfahrenen Hauptmann.

»Halten Sie das Auto und die Afghanen fest! Stellen Sie fest, wer und was im Fahrzeug ist! Sperren Sie sofort alle Ein- und Ausgänge zum Lager!«

Der dicke Afghane stand immer noch an der gleichen Stelle und gestikulierte wild in die Richtung des Geländewagens.

›Also das komplette Programm‹, dachte Hauptmann Livio und gab die Anweisungen weiter an seine Posten.

Die beiden vorderen Posten bekamen jetzt Verstärkung von hinten. Mit vier Mann näherten sie sich vorsichtig dem Afghanen und deuteten auf den Wagen. Nach der ganzen Wartezeit schien dieser sichtlich erleichtert. Die Soldaten folgten ihm misstrauisch in einigem Abstand. Um das Schussfeld für das MG nicht zu blockieren, blieben sie in einer Entfernung von etwa zwanzig Metern seitlich vor dem Wagen stehen. Hauptmann Livio beobachtete die Szene durch sein Fernglas. Ihm schien, als sei die Zeit an diesem Tag stehen geblieben.

›Jetzt bloß keinen Selbstmordattentäter. Da sind vier meiner Jungs da vorne ...‹

Der Afghane hielt immer noch seine Hände gut sichtbar nach oben und rief irgendetwas zu den beiden Insassen im Wagen. Daraufhin gingen die Türen auf und ein älterer und ein jüngerer Afghane stiegen, ebenfalls mit erhobenen Händen, langsam aus dem Wagen. Gespannt beobachtete der Hauptmann das Geschehen am Gate. Er sah, wie sich die

Soldaten vorne am Fahrzeug instinktiv kleiner machten – die Anspannung stieg ...

Der Leiter für spezielle Operationen beobachtete im gleichen Augenblick die Liveübertragung des Vorfalls auf einer Videoleinwand in der Einsatzleitung des Camps. Um ihn herum war es totenstill, alle Versammelten im Raum blickten gespannt auf die große Leinwand.

›Entweder ist das eine neue Falle der Aufständischen oder die Afghanen bringen irgendetwas ins Camp. Dafür sprechen die schnelle Reaktion der Einsatzleitung und die verschärften Sicherheitsmaßnahmen‹, überlegte indes Hauptmann Livio.

»Egal wie es kommt, ich muss eine Entscheidung treffen«, murmelte der Hauptmann. »Aber wie auch immer – auf alle Fälle komme ich noch heute ins Fernsehen ...«

Der zweite Offizier blickte ihn irritiert an. Die drei Afghanen gingen gemeinsam mit noch erhobenen Händen zum Heck ihres Fahrzeuges. Die Luft wurde immer dünner, jeder der Beteiligten hechelte und atmete tief. Die Spannung am Checkpoint war fast greifbar, jeder schaute gebannt, was als Nächstes passieren würde. Die Soldaten am Gate und die drei Afghanen – jede Seite beobachtete aufmerksam die andere. Jede falsche Bewegung, jeder falsche Schritt konnte eine Tragödie auslösen. Es schien irgendetwas Großes im Wagen zu liegen. Der jüngere der drei Afghanen kletterte in den Wagen, während die beiden älteren an der Tür blieben. Sie zogen vorsichtig irgendetwas aus dem Wageninneren. Als sie sich zu den misstrauischen Soldaten umdrehten, konnten diese zuerst einen hellen Schopf erkennen, dann kam der ganze, scheinbar leblose Körper aus dem Wagen zum Vorschein. Die Afghanen legten ihn vorsichtig auf den Boden und nahmen ihre Hände wieder hoch. Vor den verdutzten Soldaten lag reglos ein

Europäer. Er trug leichte Wüstenstiefel und eine grüne Einsatzhose. Sein Hemd war überall mit rotbraunen Flecken übersät und über der Schulter trug er einen dicken Verband. Die drei Afghanen warteten in der grellen Mittagssonne auf eine Entscheidung: ein älterer, schlanker Mann mit grauen Haaren und weißem Bart, ein Großgewachsener mit dem Bauchumfang einer Tonne und mit dunklem, kräftigen Bart und ein kleiner, der jüngste von ihnen, mit dunklem Bart und einer Paschtunenmütze auf dem Kopf. Zu ihren Füßen auf dem staubigen Boden der Jalalabad Road lag regungslos der Verletzte. Eine Windböe erfasste einen trockenen Strauch und trieb ihn die Straße entlang. Das Telefon klingelte, noch bevor Hauptmann Livio die gesamte Situation durch sein Fernglas richtig erfasste.

»Oberst Calesi am Apparat. Leiten Sie sofort Erste-Hilfe-Maßnahmen ein! Der Rettungstrupp ist unterwegs! Lassen Sie die nicht weiterfahren! Halten Sie die Afghanen fest!«, überschlug sich die Stimme am anderen Ende der Leitung.

Hauptmann Livio hörte den heulenden Klang der ersten Sirenen der Rettungstrupps am Tor.

IV

Der Auftrag

I.

Seit fünf Jahren, abgesehen von einigen kurzen Unterbrechungen, war Mitch gemeinsam mit seinem Freund und Partner Becks in Afghanistan unterwegs. Sie hatten sich beide vor zehn Jahren während ihrer gemeinsamen Ausbildung kennengelernt. Eine Behörde mit dem langweiligen Namen Amt für Unterstützung und Kommunikation wurde damals auf sie aufmerksam. Beide hatten ihre Polizeiausbildung hinter sich und suchten eine neue Herausforderung. Aus dem ganzen Land wurden Spezialisten aus den verschiedensten Bereichen der Polizei und des Militärs zu einem Auswahlverfahren eingeladen. Der Test dauerte eine Woche und hatte eine Durchfallquote von siebzig Prozent. Mitch machte sich darüber keine großen Gedanken, er wollte sich selbst testen und an seine Grenzen gehen. Neben Sport wurde besonders auf das Schießen und die psychische Belastbarkeit der Teilnehmer großen Wert gelegt.

Mitch machte sich gerade zum Zehn-Kilometer-Lauf bereit, als ein Schatten auf ihn fiel und jemand hinter ihm rau sagte: »Sag mal, Kleiner, hast du zufällig eine Flasche Wasser für mich übrig?«

‚Was … Kleiner?‘ Hatte er sich gerade verhört? Als er sich umdrehte, stand er einem Riesen gegenüber, der noch einen Kopf größer war als er selbst. Der Riese hatte kurze helle Haare, war glatt rasiert und seine grünen Augen musterten ihn herausfordernd.

»Hab mein Wasser im Zimmer vergessen und das wird hier wohl gleich ein anstrengender Lauf werden«, sagte er etwas verlegen. So hatten sie sich damals auf dem Sportplatz kennengelernt und den anschließenden Lauf auch gemeinsam bestanden. Jeden Tag wurde die Schar der Teilnehmer um sie herum kleiner, aber seit diesem Tag gingen sie gemeinsam in den Wettkampf. Am Ende der Woche standen sie vor einem Gremium – der Test war erfolgreich bestanden.

»Wir sehen uns in vier Wochen.«

»Gut. Dann bring genug Wasser mit!«

Das sagten sie sich damals zum Abschied. Diese Worte und die anstrengende Auswahlwoche in der Hitze des Sommers bleiben für immer in ihren Erinnerungen. Dieser erste Test war nur ein kleiner Vorgeschmack auf die darauffolgende Ausbildung.

Zu Beginn wurden ihnen als Erstes ihre richtigen Namen genommen. Jeder bekam einen Decknamen und damit eine neue Identität. Von vielen seiner Kameraden kannte Mitch bis heute nur die Decknamen. Becks erhielt seinen nicht nur, weil er Bier in Unmengen vernichtete und immer einen flotten Spruch auf den Lippen hatte – er hatte einmal während einer gemeinsamen Feier *vergessen*, sich das Bier mit ihren Ausbildern zu teilen. Ihre Rache folgte am nächsten Tag in Form eines 30-Kilometer-Laufs. Es war mitten im Januar, Schnee lag auf den Feldern und die Pfützen waren vereist. Nach dem lockeren Lauf zur Erwärmung mussten sie anschließend ihre gesamte Ausrüstung ablegen. Jetzt ging es schwimmend weiter durch den eiskalten See, anschließend liefen sie in ihren nassen Sachen kreuz und quer durch die umliegenden Wälder. Als sie ihre Unterkunft endlich wieder erreichten, waren sie alle am Ende ihrer Kräfte. Ihre Sachen waren immer noch nass und Schweiß dampfte in der kalten Winterluft. Die

Ausbilder ließen nicht locker und jagten sie noch einige Ehrenrunden um den Sportplatz, ehe sie den Lauf endlich beenden durften. Zum *Duschen* ging es in die Fahrzeugwaschanlage, denn nur noch mit einem Hochdruckreiniger konnten sie die Spuren dieses Tages wieder entfernen. Nach dieser legendären Quälerei war sogar Becks wieder nüchtern. Anschließend kaufte er eine Kiste Bier, die sie dieses Mal gemeinsam mit ihren Ausbildern noch am selben Abend leerten und sein neuer Name war geboren. Lange wurde auch über seinen Namen debattiert, aber Mitch blieb einfach Mitch. Keine weitere Diskussion. Keine Schwächen, keine Fehler, so sehr sich alle bemühten, ihm einen neuen Namen zu geben – er bot einfach keine Gelegenheit dazu ...

Täglich wurden sie in Kraft und Kondition nicht nur an ihre äußersten Belastungsgrenzen herangeführt, sondern auch weit darüber hinaus. Der psychologische Test war ein Bestandteil ihrer Ausbildung – die physischen Anforderungen wurden stetig nach oben geschraubt. Jeden Tag volle Konzentration und Einsatz, verbunden mit dem ständigen Druck und der Gefahr, einen Fehler zu machen. Jeder kleinste Fehler wurde sofort mit fünfzig Liegestützen bestraft. Am Ende eines langen Ausbildungstages standen schnell zweihundert davon auf dem Zettel. Jeder Konzentrationsfehler in der Ausbildung führte unweigerlich zur Ablösung. Die ständigen Belastungen verlangten nicht nur die volle Aufmerksamkeit und Konzentration, sie prägten auch die körperliche Fitness.

Von den zwanzig, die mit ihnen gemeinsam die Ausbildung begannen, blieben nach dem ersten halben Jahr acht übrig. Die gesamte Ausbildung beendeten insgesamt nur vier – darunter sie beide. Jeder, der diese Ausbildung bestand, gab anschließend sein vorheriges Leben auf und trat in ein neues ein. Die jeweiligen Ehefrauen oder Freundinnen rückten an die zweite Stelle. Die neue Familie war das Team oder der Partner im Einsatz. Es bedeutete für jeden, innerhalb der ersten vierundzwanzig Stunden überall auf der Welt einsatzbereit zu sein, Menschenleben zu retten, Krisen zu bewältigen – auch unter Einsatz seines eigenen Lebens.

Nach der bestandenen Ausbildung trennten sich zunächst ihre Wege – jetzt begann die Sonderausbildung im Team. Sie wurden in verschiedene Einheiten aufgeteilt. Becks entschied sich für eine maritime Spezialisierung und Mitch hatte schon immer eine Vorliebe für große Höhen – das Fallschirmspringen.

Nach der Entführung eines griechischen Kreuzfahrtschiffes hatte das Amt für Unterstützung und Kommunikation eine neue strategische Linie erstellt – die Spezialisierung der Teams aus der Luft und aus dem Wasser. Dies ermöglichte eine breite Ausrichtung im Einsatz, ein unbemerktes und schnelles Annähern in jeder Gefahrensituation, in allen erdenklichen Lagen.

Es folgten Jahre des harten Trainings unter extremsten Bedingungen in der ganzen Welt – in den Anden in Südamerika die Berg- und Dschungelausbildung sowie Überlebenstraining in der Wüste Negev und im arktischen Eis. Erst nach diesen mühevollen, harten Jahren reifte jeder zu einem vollwertigen Teammitglied heran. Darauf erfolgten ihre ersten Einsätze.

Sie waren jung und es war genau dieses Leben, das sie sich immer gewünscht hatten. Ständig unterwegs, immer bereit, in einem Einsatz bis an die Grenzen des Möglichen und darüber hinaus zu gehen. Sie hatten endlich ihren Platz und ihr Lebensziel gefunden.

Es war eine entführte Familie in Ägypten und vermutlich ihr Schicksal, das sie beide wieder zusammenführte. Die Familie wurde auf einem Ausflug zu den berühmten Stufenpyramiden am Rande der Wüste gekidnappt. Die Entführer töteten die beiden einheimischen Begleiter und flohen mit deren Fahrzeugen in die Wüste. Alle Versuche der Botschaft, Kontakt zu ihnen aufzunehmen, misslangen. Es gelang schließlich, die entführte Familie über ihr Handy zu lokalisieren. Doch die Gefahr, ihre Spuren in der Wüste endgültig zu verlieren, wuchs mit jeder Stunde – jederzeit konnten die Entführer ihr Handy ausschalten oder wegwerfen. Denn die Spur der Entführer führte immer tiefer in die Wüste ...

Fast zur selben Zeit haben die amerikanischen Geheimdienste einen Anruf aus Somalia abgefangen. Das Telefon des Anrufers stand seit längerer Zeit unter ihrer Beobachtung. Ein Anrufer, der sich selbst als *der Arzt* bezeichnete, wollte unbedingt die entführte Familie aus Ägypten übernehmen. Als Gegenleistung bot er den Entführern Schutz und Geld in seinem Land an. Die Geiseln sollten dabei so schnell wie möglich über den Sudan an die Grenze zu Somalia gebracht werden. Ein gemeinsamer Treffpunkt wurde vereinbart, ab dem die Entführer Unterstützung von anderen bewaffneten Kämpfern bekommen. Der Anruf wurde von der Telefonüberwachung aufgezeichnet und bis Somalia zurückverfolgt.

Der Arzt, der mit richtigem Namen Al Shamzi hieß, war bekannt als Verbindungsmann zu einer militanten Splittergruppe der Al Qaida, auf deren Konto zahlreiche Entführungen und Anschläge von Kenia bis in den Jemen gingen. Sogleich schrillten sämtliche Alarmglocken – die Amerikaner gaben ihre Informationen auf höchster Ebene weiter. Der Leiter des Amtes für Unterstützung und Kommunikation wurde ins Kanzleramt gerufen, ein Krisenstab nahm seine

Arbeit auf. Nach Abgleich aller Daten und aller verfügbaren Informationen bestand kein Zweifel mehr, dass es sich um dieselbe entführte Familie handelte, die jetzt nach Somalia gebracht werden sollte. Unter keinen Umständen durften die Geiseln in die Hände dieser militanten Splittergruppe geraten.

Das gab den Startschuss zum sofortigen Einsatz für die Operation *Pharao*. Alle Teams des Amtes für Unterstützung und Kommunikation wurden alarmiert. Zwei Teams wurden auf einen Flugzeugträger vor der Küste Somalias verlegt, um den Entführern den Weg in den Sudan abzuschneiden. Die anderen beiden Teams hefteten sich an die Spuren der Entführer in der weiten Wüste Ägyptens. Zu den beiden Teams, die in dieser Nacht über der Wüste mit dem Fallschirm absprangen, gehörten auch Mitch und Becks.

In dieser Nacht tobte ein heftiger Sandsturm über der Wüste, doch sie mussten dieses Risiko eingehen. Der starke böige Wind erlaubte ihnen keine Technik mitzunehmen und so mussten sie ihre Buggys und die Motorräder, die speziell für diese Arten von Einsätzen ausgestattet waren, an Bord der Maschine zurücklassen.

Mitch verließ als vorletzter das Flugzeug, während Becks mit seinem Team schon zu seiner Landezone unterwegs war. Als er in der offenen Tür der Maschine stand und den kräftigen Wind im Gesicht spürte, ahnte Mitch noch nicht, wie die nächsten Stunden alles in seinem Leben verändern würden. Viele Faktoren konnten Vorbereitungen für einen Einsatz jederzeit verändern. Dazu gehörten auch die Naturgewalten. Sie lernten in ihrer Ausbildung, stets mit allem zu rechnen und jederzeit darauf reagieren können. Mitch schob alle Bedenken beiseite und sprang in den dunklen Schlund des Sturms. Sofort nach dem Absprung erfasste ihn der heiße, böige Wind. Er versuchte, seinen unruhigen freien Fall zu stabilisieren, verzögerte den Moment, bevor er die Reißleine am Fallschirm zog. Durch seine Nachtsichtbrille bemerkte Mitch in diesem Augenblick die blinkenden Sender der Teams unter sich. Einige waren schon weit am Rande seines Sichtfeldes, andere steuerten, wie an einer Kette aufgereiht, ihren Landepunkt in der Wüste an.

Als sein Hauptschirm sich mit einem dumpfen Knall über ihm öffnete, geriet er sofort ins Trudeln. Trotz der fünfzig Kilogramm schweren Ausrüstung wirbelte ihn der Wind wie ein kleines Staubkorn in den Nachthimmel. Die langen Leinen hatten sich ineinander verfangen und der Hauptschirm ließ sich nicht mehr öffnen. Das laute Flattern über ihm verriet, dass er unverzüglich handeln musste, denn Mitch trudelte ungebremst nach unten. Nach fast dreihundert Sprüngen waren seine Bewegungen wie automatisiert. Mitch sprengte den Hauptschirm von seiner Ausrüstung ab. Sofort hörte das Trudeln auf und er fiel wieder im freien Fall. Mit etwa fünfzig Metern pro Sekunde fiel er der Erde entgegen. Mitch versuchte, sich wieder in der Luft zu stabilisieren und dann zog er die Reißleine seines Ersatzschirms. Ruckartig riss ihn der Wind nach oben. Mitch nahm den Schwung auf, um sich in weiten Kreisen der Landezone zu nähern.

In der Stille der Wüste warteten bereits die anderen Teammitglieder auf ihn. Das verrieten ihm ihre blinkenden Signale, die jetzt alle eng beieinanderlagen. Ihm blieben nur noch einige Sekunden Zeit bis zur Landung, doch das Erste, was ihm auffiel, war, dass nur wenige Zeichen an dieser Stelle blinkten – zu wenige.

Immer enger zog er die Kreise, bis ein harter Aufprall den schnellen Fall stoppte. Mitch rollte sich geschmeidig zur Seite, sprang wieder auf die Beine und raffte seinen Fallschirm zusammen.

»Mitch, du bist der Letzte. Falco und Wolle hat der Wind in die Berge weiter westlich von hier abgetrieben. Die beiden sind verletzt und brauchen medizinische Hilfe. Tony ist nach dir gesprungen, der Wind hat ihn hinter das Bergmassiv gedrückt. Er braucht mindestens eine Stunde bis hierher. Das hat er gerade über Funk durchgegeben«, informierte ihn Clemens, als Mitch zu der kleinen Gruppe stieß, die in einer Senke im Schutz vor dem immer noch tobenden Sandsturm auf ihn wartete.

Mitch überblickte die Runde, sie waren jetzt nur noch zu fünft. Die beiden Teams waren jetzt auf die Größe einer Gruppe geschrumpft. Dabei hatten sie noch zwei Verletzte zu bergen und zu versorgen, einer musste überhaupt erst einmal in der Wüste gefunden werden. Sie mussten jetzt schnell handeln, das Leben der entführten Familie stand auf dem Spiel – das war ihr Auftrag. Die beiden Teamleader, die diesen Einsatz führen sollten, waren ausgefallen. Der eine lag verletzt in den Bergen und der andere war zu weit entfernt, um eine Entscheidung treffen zu können oder das Team anzuführen. Mitch bemerkte, wie ihn die Männer ansahen und auf seine Entscheidung warteten. Obwohl er kein Team in diesem Einsatz führte, genoss er sichtlich den Respekt und das Vertrauen der Gruppe.

Ohne lange zu überlegen, sagte er entschlossen: »Okay. Charly, du bist unser Medic. Du bleibst hier und wartest auf Tony, dann sucht ihr gemeinsam die beiden Verletzten in den Bergen und errichtet hier unser Basislager. Nimm Verbindung zu unserer Einsatzleitung auf und gib ihnen den aktuellen Stand durch.« Mitch nahm seine Karte heraus, breitete sie vor den anderen aus und blickte zum ersten Mal zu Becks hinüber. Sein Freund lächelte aufmunternd und wartete auf eine Entscheidung von ihm.

Zu den anderen gewandt, sagte Mitch: »Stone, du verfolgst gemeinsam mit Buck die Spur der Entführer auf der Straße, sie führt uns zur Oase. Falls sie doch einen anderen Weg einschlagen, seid ihr ihnen am nächsten und könnt uns darüber informieren.«

Erneut blickte er Becks in die Augen und sah ihn, trotz der sie umgebenden Dunkelheit, breit grinsen. Als ob er bereits ahnte, dass Mitch für sie beide etwas Besonderes vorhatte.

»Hast du Lust auf ein kleines Läufchen durch die Wüste? Sie soll bei Nacht ganz besonders schön sein.« Er konnte sich ein Grinsen nicht mehr verkneifen.

»Ach, hätte ich das vorher gewusst, dann hätte ich natürlich meine Kamera auf diesen Ausflug mitgenommen«, antwortete Becks mit einem gespielt enttäuschten Unterton in der Stimme.

»Gut. Wir werden diese Abkürzung nehmen.«

Mitch zeigte den anderen auf der Karte den direkten Weg durch die Wüste. Nach allen Informationen, die sie bis jetzt hatten, gab es eine Oase in der Wüste, die von den Einheimischen genutzt wurde. Es war die letzte Möglichkeit für die Entführer, noch vor der Grenze Wasser und Kraftstoff in dieser Gegend zu bekommen. Außerdem zeigten die Satellitenbilder der letzten Stunden bewaffnete Männer in der Oase. Abgefangene Telefonate bestätigten, dass die Männer in der Oase auf die Entführer bereits warteten. Sie beugten sich alle über die Karte und versuchten, die neue Lage zu überblicken. Buck pfiff leise durch die Zähne.

»Das wird kein Spaziergang durch die Wüste. Das weißt du doch? Aber ich sehe zurzeit auch keine Alternative. Du bist der Chef und wir folgen dir«, sagte er mit zu allem entschlossener Stimme.

Mitch blickte in die Runde. Viele Möglichkeiten hatten sie nicht, die Männer waren mit seinem Plan einverstanden. Eine unbefestigte Straße vom Rande der Wüste führte zu der Oase, auf der die Entführer jetzt mit drei Fahrzeugen unterwegs waren. Auf dieser Strecke sollten Buck und Stone die Spur der Entführer verfolgen. Sie beide würden den direkten Weg durch die Wüste nehmen. Diese Strecke war fast fünfundzwanzig Kilometer lang, aber trotzdem um mehr als die Hälfte kürzer als die marode Straße durch die Wüste. Es war für sie der schnellste und der schwierigste Weg, den sie nehmen konnten. So hofften sie, ihren Abstand auf die Entführer zu verkürzen, um diese noch auf ägyptischem Boden zu stellen. Denn mit dem Grenzübertritt in den Sudan würden sie ihre Spur verlieren und auf die Entführer wartete zusätzliche Verstärkung jenseits der Grenze. Das würde eine Geiselbefreiung zunichtemachen. Wie sie erst später erfuhren, wurde der amerikanische Flugzeugträger in der Zwischenzeit in die Gewässer vor dem Iran befördert, da die Iraner drohten, die internationalen Schifffahrtswege zu verminen. Somit konnten ihre beiden Teams, die auf dem Flugzeugträger auf ihren Einsatz warteten, nicht mehr eingesetzt werden. Das versprengte Team in der Wüste war jetzt die letzte Hoffnung der entführten Familie.

Sie nahmen für ihren Weg durch die Wüste nur das Nötigste mit – trotzdem trug jeder immer noch fast zwanzig Kilogramm Gepäck auf dem Rücken. Es wurde eine mörderische Jagd für die beiden. Laufen, orientieren, laufen und wieder laufen im tiefen Wüstensand. Der Wind peitschte ihnen feine Sandkörner ins Gesicht und nahm ihnen jede Sicht. Trotz der Tücher, die sie über Nase und Mund trugen, drangen die Sandkörner überall hin. Der feine Sand knirschte zwischen den Zähnen, war in der Nase und klebte im Schweiß auf ihren

Gesichtern. Die Luft wurde mit jeder Minute, mit jedem Atemzug immer heißer, und ihre Beine immer schwerer. Ihre Lungen brannten und waren voller Staub und Dreck, ihr Wasservorrat ging zur Neige und der Puls raste mit der Geschwindigkeit eines Schnellzuges durch ihren Körper. Als sie die kleine Oase endlich erreichten, waren sie nach fast drei Stunden Dauerlauf durch die Wüste völlig erschöpft.

Am Horizont zeigte sich die erste Morgendämmerung. Zwischen den Überresten alter Häuser in der Oase entdeckten sie mehrere Zelte. Das war das Basislager der Entführer. Sie verglichen ihre Daten mit den Daten des anderen Verfolgungsteams. Die Kolonne war noch fünf Kilometer von der Oase entfernt. Der Sandsturm wütete immer noch und verzögerte die Fahrt ihrer Fahrzeuge. Mehrfach versuchten die Entführer, ihre Komplizen in der Oase zu erreichen, aber ein Störsignal verhinderte jedes Mal ihre Verbindungsaufnahme.

Ohne langes Zögern drangen sie in das Lager der Entführer ein und überwältigten nach kurzem Gefecht die bewaffneten Männer in ihren Zelten. Als die Entführer mit den Geiseln in der Oase auftauchten, fanden sie nur ihre gefesselten Komplizen vor. Zwei riesige grimmige Gestalten mit vorgehaltenen Waffen *überzeugten* die völlig perplexen Kidnapper, ihnen die Geiseln zu übergeben. Die entführte Familie wurde sofort in Sicherheit gebracht, die Entführer wurden gefesselt und mit ihren Komplizen an das ägyptische Militär übergeben. Nicht ohne vorher das beachtliche Waffenarsenal zu zerstören und die gefundenen Datenträger aus den Zelten der Entführer zu sichern. Letztere führten sie nach einer umfangreichen Auswertung zu einer anderen aktiven Zelle im Jemen, aber das ist eine andere Geschichte …

Seit diesem denkwürdigen Wüstenlauf war Mitch gemeinsam mit Becks ein Team. Gemeinsam unterwegs an vielen Krisenherden dieser Welt – Kongo, Tschad, Somalia, das ehemalige Jugoslawien, Irak und Jemen waren dabei nur einige ihrer bisherigen Stationen. Nicht alle Einsätze liefen so glimpflich ab. Narben am Körper und tief in der Seele behielten sie davon zurück. Manchmal rissen diese Narben auf und ihre Träume in den dunklen Nächten brachten sie wieder zurück an die Orte ihrer Einsätze ...

Seit einigen Jahren blickte die ganze Welt gespannt nach Afghanistan und seitdem waren auch sie in diesem Land in verschiedenen Missionen eingesetzt. Sie erkundeten je nach Auftrag Straßen, sprachen mit den Dorfältesten, boten ihre Hilfe und Unterstützung an und nahmen Stimmungsbilder in den jeweiligen Regionen auf. Sie analysierten mögliche Verstecke und Operationsräume der Taliban, bereiteten den Weg für verdeckte Operationen vor und identifizierten Führer der Al Qaida und der Taliban. Sie operierten im Verborgenen, ohne jegliche Unterstützung der Koalitionskräfte und waren immer auf sich allein gestellt.

Der einzige Kontakt nach draußen für sie war ein Verbindungsoffizier im Hauptquartier und eine verschlüsselte Leitung nach Berlin ins Amt. Nach der Vertreibung der Taliban und der Wahl des ersten afghanischen Präsidenten herrschte im ganzen Land eine euphorische Aufbruchsstimmung. Die ersten Flüchtlinge kehrten wieder nach Afghanistan zurück und das Leben der Menschen schien jetzt frei zu sein. Neue Geschäfte schossen wie Pilze aus dem Boden, die Märkte waren voll mit frischem Obst, Gemüse und Waren aus Pakistan.

Dieser Aufschwung geriet das erste Mal im Jahre 2005 mit dem erneuten Erstarken der Aufständischen, der Al Qaida und den Taliban ins Stocken. Sogenannte Warlords, die nicht nur gegen die Koalitionstruppen, sondern auch um eine Neuverteilung der Macht im Land gegeneinander kämpften, verbreiteten Angst und Schrecken unter der Bevölkerung. Vetternwirtschaft, Gewalt und Korruption breiteten sich im Land aus. Im Parlament und den Provinzregierungen saßen wieder die alten Machthaber. Die Zahl der Anschläge und der Kämpfe, die zunächst im Süden begannen und langsam wie ein Geschwür das ganze Land durchzogen, stiegen an.

Die einzige Ausnahme bildete traditionell der Norden von Afghanistan, der mehrheitlich von Tadschiken und Usbeken bewohnt wurde. Ihre tiefen Täler und die unüberwindbaren Berge glichen schon zur Zeit der sowjetischen Besatzung uneinnehmbaren Festungen, die später auch den Taliban verbissenen Widerstand leisteten.

Trotz der vernichtenden Niederlagen und der hohen Verluste, die die Aufständischen erlitten, gelang es ihnen nicht nur in der internationalen Presse, sondern auch vermehrt in der einheimischen Bevölkerung präsent zu bleiben. Sie stellten Schattengouverneure in den Provinzen auf und hielten in den Dörfern des Landes ihr Gericht.

Mit den Operationen *Mountain Trust*, *Medusa* und *Mountain Fury* gelang es zwar, zeitweise die Aufständischen zurückzudrängen, doch wenn der Druck der Koalitionstruppen nachließ, kehrten sie wieder zurück. Es zeigte, dass der Kampf um Afghanistan erst jetzt begonnen hat.

Die Aufständischen finanzierten sich größtenteils aus florierenden Drogengeschäften. Fast neunzig Prozent der Opiumproduktion kam jetzt aus Afghanistan. Den Afghanen gelang es, die usbekische, russische und tadschikische Mafia aus dem eigenen Land zu vertreiben und selbst das Opiumgeschäft in die Hand zu nehmen. Perspektivlose Afghanen wurden von erfahrenen Führern und Kämpfern gnadenlos für ihre jeweilige Sache vereinnahmt. Alles, was ein junger Mann sich in dieser hierarchischen Gesellschaft wünschte – Ehre, Anerkennung, Geld, ein Leben als Gotteskrieger und den Tod als Märtyrer –, bekam er von den Aufständischen. Diese paradiesische Perspektive sicherte einen schier unaufhörlichen Zustrom an neuen, unerschrockenen Kämpfern aus allen Teilen des Landes.

Besonders die Hauptstadt Kabul wurde zum bevorzugten Ziel ihrer ständigen Angriffe. Aus dem Umland schleusten Aufständische immer wieder Attentäter nach Kabul, um durch spektakuläre Anschläge Angst und Unruhe in der Bevölkerung zu verbreiten und Druck auf die Regierung auszuüben. Die Verwaltungsbezirke rund um Kabul wurden zu Rückzugsgebieten und Erholungsorten der Aufständischen. Von großer strategischer Bedeutung war das Musahi Tal. Man bezeichnete es auch als das Tor nach Kabul – nicht einmal den sowjetischen Truppen gelang es damals, das Tal gänzlich zu besetzen und zu kontrollieren. Der angrenzende östlichste Bezirk Sourobi der Provinz Kabul war als Operationsraum noch interessanter. Hier verliefen in einer Höhe von fast viertausend Metern drei bedeutende Täler: Uzbeen, Tezin und Jagdalay.

Auf einem Plateau, genau auf dem Scheitelpunkt dieser drei Täler, lag ein einsamer Stützpunkt der Koalitionstruppen: Camp Pluto. Von dieser Hochebene aus breitete sich ein atemberaubender Blick über die gewaltigen, verschneiten Berggipfel. Bei guter Sicht schimmerten in der weiten Ferne die Ausläufer der ersten Sechstausender – eine faszinierend drohende Kulisse.

Wer diese Anhöhe kontrollierte, hatte die Kontrolle über die Verbindungsstraße von Kabul nach Jalalabad und über die Täler in dieser Region.

Die strategische Bedeutung haben als Erstes die sowjetischen Truppen erkannt, später übernahmen die Taliban diese Höhe. Die Russen errichteten damals ein großes bunkerähnliches Gebäude, die Taliban bauten es mit einem unterirdischen Tunnelsystem weiter aus. Jetzt gehörte der Stützpunkt den Koalitionstruppen und die Sicherungsmaßnahmen wurden erneut ausgebaut.

Am Fuße der mächtigen Berge schlängelt sich der Kabul-River durch die Täler, ihm folgte die berüchtigte Straße zwischen Kabul und Jalalabad. Entlang des Flusses und dessen ausgetrockneten Flussarmen versteckten sich kleine Dörfer in ihren tiefen Tälern. Die Menschen an ihren Ufern lebten von der Landwirtschaft, Drogenanbau und vom Fischfang. Es war das Gebiet der Kutchis.

Die Kutchis sind ein Volk von Nomaden, welche bis zum heutigen Tag die zentrale Region Afghanistans als ihr Wandergebiet betrachten. In den Wintermonaten zogen sie mit ihren Zelten näher an die größeren Städte. In den Sommermonaten wanderten sie wieder in das Landesinnere. Sie leben in großen Familienverbänden, die größten dieser Sippen umfassen fast achttausend Mitglieder. Die Clanchefs wurden ständig von bewaffneten Männern umgeben, die ihr Land verteidigten und ihre Machtposition gegenüber den anderen sicherten. Die Frauen kümmerten sich traditionell um die Kinder und den Haushalt. Da die Kutchis selten irgendwo lange sesshaft werden, leben sie hauptsächlich vom Handel und Viehzucht.

Zu einigen Familienclans der Kutchis in Sourobi pflegten sie während ihrer Einsätze freundschaftliche Beziehungen. Andere Familienclans verhielten sich ihnen feindselig gegenüber. Sie nahmen keinerlei Hilfe an und waren zu keinen Gesprächen mit ihnen bereit. Immer wieder lieferten sie sich mit den Clans kleine Scharmützel in der Gegend oder wurden von den Bergen aus beschossen. Die befreundeten Clans versorgten sie mit Informationen über Fremde, die sich in ihrer Gegend aufhielten, und meldeten die Bewegungen der Aufständischen. Ihrerseits halfen sie ihnen mit Lebensmitteln, Medikamenten und allem, was die Kutchis zum Leben dringend benötigten.

In der letzten Zeit berichteten die Einheimischen vermehrt über kleinere Gruppen der Taliban, die in die Täler von Sourobi einsickerten. Es schien, als wollten sie diese Gegend gänzlich unter ihren Einfluss bringen. Beunruhigt über diese Aktivitäten verlagerten sie ihr Augenmerk in die nahen Berge von Kabul und in die Gegend von Sourobi. Ihre Berichte über die letzten Aktivitäten der Aufständischen sorgten im Hauptquartier der Koalitionstruppen zunehmend für nachdenkliche Mienen.

Es war einer dieser seltenen freien Tage für sie beide, an denen man lange ausschlafen, zum Sport gehen und sich danach einen Film ansehen konnte. Ein Tag, der so entspannt begann – bis der Anruf aus dem Hauptquartier der Koalitionstruppen kam.

»In zwei Stunden zur Besprechung im Roten Haus.«

Ohne weitere Erklärungen wurde der Hörer am anderen Ende wieder aufgelegt.

»Na ja was soll's, wir wollten ja eh nur zum Sport gehen«, meinte Becks lakonisch.

Sie packten ihre Sachen zusammen und fuhren ins Hauptquartier. Das Hauptquartier der Koalitionstruppen lag mitten in der Stadt, umgeben von wenigen, noch übrig gebliebenen Bäumen an der einst prächtigen und längsten Straße der Stadt. Die Straße begann am Flughafen und durchschnitt die Stadt wie ein Messer bis zum Duralaman-Palast des Schahs in zwei

Hälften. Zahlreiche Sperren und massive Betonmauern, die die anliegenden Gebäude an der Straße vor den Angriffen der Taliban schützen sollten, behinderten die Durchfahrt. Jeden Montag fand im Hauptquartier der Koalitionstruppen eine Einsatzbesprechung mit ihrem Verbindungsoffizier statt. Dieser spontan anberaumte Termin verhieß nichts Gutes und bedeutete in den meisten Fällen eine Menge an zusätzlicher Arbeit.

Das Rote Haus war das Herzstück des Hauptquartiers. Dort liefen alle Fäden, alle Informationen und Einsätze zusammen. Die Bezeichnung Haus war dabei etwas untertrieben. Es handelte sich vielmehr um eine riesige, fensterlose Halle, vollgestopft mit Computern und Mitarbeitern aus allen Ländern der Welt. Alle ankommenden Informationen und Ereignisse aus dem ganzen Land wurden hier ausgewertet und nachfolgende Einsätze geplant und geleitet. Dieser Sicherheitsbereich war vom übrigen Geschehen des Hauptquartiers autonom und von zahlreichen Sicherheitsschleusen umgeben. Das war die Welt der Geheimdienstler und Sicherheitsoffiziere. Hier war jeder entweder geheim, sehr geheim, streng geheim oder – wie es Mitch in seinem Berliner Dialekt auszudrücken pflegte – *ÜJ*, also *übel jeheim.*

Trotz des freien Tages herrschte auch heute im Roten Haus ein geschäftiges Kommen und Gehen unter dem lauten Stimmengewirr aller möglichen Sprachen der Koalitionstruppen. Am Tisch des Verbindungsoffiziers im hinteren Teil der Halle warteten bereits drei Männer zur verabredeten Zeit auf sie. Mitch und Becks mussten die ganze Halle durchqueren, um diesen entlegenen Platz zu erreichen, und hatten somit genug Zeit, sich die Drei am Tisch etwas genauer anzuschauen. Zwei davon waren zweifellos Militärs: ein kahlköpfiger kleiner Italiener mit einer tadellos sitzenden Uniform und dem

Abzeichen der Fallschirmspringer auf der Jacke – den hatte Mitch hier schon oft bei Besprechungen gesehen. Der andere war ein schlanker, trotz der grauen Haare sehr drahtiger, amerikanischer Oberst mit einem akkuraten Bürstenschnitt. Er trug an seiner Uniformjacke keine Abzeichen, aber alles an ihm verriet lange, harte Jahre bei den Special Forces der US Army. Der dritte im Bunde war offensichtlich ein Zivilist – sehr unauffällig. Anzug, Krawatte, Bauchansatz und Brille, ungefähr Mitte oder Ende Vierzig. Die Vier beendeten abrupt ihre Unterhaltung am Tisch und musterten ihrerseits neugierig die beiden Neuankömmlinge in ihrer Runde.

Nur die wenigsten im Hauptquartier kannten das gesamte Ausmaß ihrer Tätigkeit in Afghanistan. Nicht einmal ihr Verbindungsoffizier kannte ihre wahren Namen und den Umfang ihrer Aufträge. Ihre wahre Identität lag vier Stockwerke unter der Erde, versiegelt in einem Umschlag im Stahlschrank des Amtes für Unterstützung und Kommunikation – eine kleine, sehr unauffällige Behörde, die auffällig aktiv an allen Krisenorten dieser Welt vertreten war. Das Amt hatte Zugriff auf Transportmaschinen und Schiffe des Militärs und der Polizei und arbeitete zudem eng mit privaten Unternehmen zusammen. Die strategische Aufklärung unterstützte das Amt mit Informationen und aktuellen Satellitenbildern aus der ganzen Welt. Die Teams der Behörde waren für die verschiedenen staatlichen und überstaatlichen Organisationen und im Auftrag großer Wirtschaftsunternehmen unterwegs. In einer Welt der Krisen, des Verrats und politischer Intrigen führten Mitch und Becks ihre *Aufträge* durch.

Immer dann, wenn die Regierung ihre eindeutige Beteiligung verschleiern wollte oder die Operationen in eine Grauzone führten, schaltete sich das Amt für Unterstützung und Kommunikation ein. Die beiden wurden dabei so oft zwischen den verschiedenen Ämtern und Organisationen ausgeliehen, dass ein Teil ihrer eigenen Identität bereits verloren gegangen war.

Am Tisch versuchte jeder möglichst unauffällig die beiden Neuankömmlinge, die schnurstracks ihren Tisch ansteuerten, auf seine Art einzuschätzen. Der Verbindungsoffizier hatte nicht übertrieben, als er die beiden für diesen Einsatz empfahl. Was er allerdings dabei nicht wusste, war, dass die Entscheidung über die Begleitung nach Sourobi schon längst auf einer anderen Ebene gefallen war. Der Commander der Koalitionstruppen persönlich hatte die beiden für diese Mission ausgewählt. Das wiederum unterstrich, welche Priorität diese Delegation im Hauptquartier genoss. Offiziell sollte auf allen Kanälen jedoch ihre Bedeutung unbedingt heruntergespielt werden. Zu heikel war dieses Thema für alle Beteiligten und zu wichtig für die zukünftige Entwicklung dieses Landes.

Der eine war ein Riese von fast zwei Metern, mit breiten Schultern und einem mächtigen Brustkorb. Er hatte grüne, durchdringende Augen und einen Augenblick lang blinzelte der Schalk in diesen auf. Der andere war einen Kopf kleiner, schlank und ebenfalls sehr kräftig. Man spürte förmlich seine Energie und die Kraft, die er ausstrahlte. Seine klaren blauen Augen wirkten sehr ruhig und aufmerksam, und es schien, als ob er alles um ihn herum in sich aufsog. Eine kleine Narbe über seinem rechten Auge machte ihn unverwechselbar. Auf den ersten Blick wirkten beide sehr entspannt, sogar fast ein wenig gelangweilt. Sie waren von der unbarmherzigen Sonne der Berge braun gebrannt, trugen dichte Bärte und in ihren zivilen Sachen wirkten sie zwischen all den Militärs um sie herum wie zwei frisch Einberufene, die sich verlaufen hatten.

Doch wer sie genau beobachtete, bemerkte, wie geschmeidig und sicher sie sich hier bewegten. Nein, das waren keine Neulinge.

›Tja, jetzt noch einmal fünfundzwanzig Jahre alt sein und alles noch einmal erleben, um die Fehler, die wir einst begingen, zu korrigieren. Noch einmal die Schlachten in Vietnam und Korea schlagen ... ‹, sinnierte Oberst Smith, als er die beiden Riesen eine Weile beobachtete und in alten Erinnerungen schwelgte. Er hatte bereits im Vorfeld dieses Treffens einige Berichte über ihre Operationen gelesen. Es war schon sehr beeindruckend, mit welcher Präzision diese beiden Jungs hier seit Jahren operierten und welche Erfolge sie dabei erzielten. Außer ihrer Größe hatten sie nichts Übertriebenes an sich. Aber diese Ausstrahlung ... Da war mehr, tief in ihnen lag eine tödliche Kälte. Oberst Smith wusste sofort, dass diese beiden genau die Richtigen für diesen Auftrag waren. Da, wo sie erwartet wurden, brauchte er Männer, die schnell und präzise, ohne Fragen zu stellen, arbeiten konnten. Männer, die landestypische Bräuche und Gepflogenheiten kannten und sich sicher in diesem Gebiet bewegen konnten. Genau diese beiden hat er gesucht, stellte er zufrieden fest und konnte den Commander verstehen, warum er gerade sie hier in Kabul einsetzte. Fast täglich erhielt das SOF-Kommando Anforderungen für neue Einsätze, aber das Hauptquartier wies alle Anfragen ab. Zu wichtig war die Arbeit der beiden in der Umgebung der Hauptstadt.

›So etwas steht nie in einer Akte‹, dachte Oberst Smith und musste unwillkürlich schmunzeln. Nachdem der Verbindungsoffizier alle einander vorgestellt hatte, begann er mit seinen Ausführungen.

»Sie«, dabei sah er Mitch und Becks an, »werden alle Ihre Aufträge gemäß Weisung des Commanders im Hauptquartier bis auf Weiteres zurückstellen. Sie bereiten für morgen eine Fahrt nach Jalalabad über Sourobi vor. Dauer etwa drei Tage.«

Er legte eine Pause ein, um die Wichtigkeit seiner Worte zu betonen, und fuhr dann fort. »Sie, Becks, werden als Operator von hier aus die Fahrt koordinieren und mir direkt alle Informationen und neue Lageentwicklungen liefern. Sie, Mitch, werden als Kontaktmann und direkter Ansprechpartner Oberst Smith und Herrn Jost auf dieser Fahrt begleiten.«

Der Verbindungsoffizier blickte unschlüssig vom einen zum anderen, und als von ihnen keine Reaktion kam, sagte er: »Wir brauchen jemanden, der sich in dieser Gegend gut zurechtfindet und die lokalen Vertreter kennt.«

Er versuchte offensichtlich, ihnen diesen Auftrag schmackhaft zu machen. Doch keiner von ihnen fühlte sich angesprochen und so blickten sie weiter wortlos in die Runde. Die anderen warteten ab, es schien, als ob die Führung dieser Gruppe nicht eindeutig geklärt war.

Überraschend meldete sich der glatzköpfige Italiener.

»Es ist eine sehr, ich sage es ganz offen, delikate Mission, bei der zivile wie militärische Vertreter der Koalitionstruppen mit lokalen Vertretern in der Gegend von Sourobi verhandeln wollen. Ich werde die ganze Operation von Camp Warehouse aus begleiten. Sie werden nur mit einem Fahrzeug fahren. Mit den Blackhawk Hubschraubern brauchen wir circa fünfunddreißig Minuten bis Sourobi, ein Back-up-Team steht für jeden Notfall bereit. Sollten Sie sich weiter außerhalb bewegen, werden wir die Zeit neu berechnen müssen. Sie wurden uns als die absoluten Experten für vertrauliche und geheime Operationen empfohlen, deswegen wurde dieses Treffen anberaumt.«

Jetzt bekam das Gespräch eine andere Wendung.

›Was wollen die eigentlich, und worum geht's hier?‹, ging es Mitch durch den Kopf. Er blickte zu Becks und sah, wie der mit seinen Augen rollte. Er dachte dabei genau wie Mitch eher an ein *Verkaufsgespräch*. Doch einige Fragen blieben offen. Aus einer Mission wurde plötzlich eine Operation, die durch ein Back-up-Team gesichert wird. Wer stellte dieses Team zusammen und warum nahm keiner von denen an dieser Besprechung teil?

›Entweder haben sie nichts weiter zu bieten oder sie wollen uns nicht alles erzählen‹, überlegte Mitch und zwinkerte Becks zu. Dieser verstand das Zeichen seines Partners sofort.

»Warum fliegen wir nicht bis ins Camp Pluto und fahren von dort aus mit unserem Bus weiter?«, hakte Becks nach.

Diese unerwartete Frage verschaffte Mitch Zeit, die Reaktionen der Teilnehmer dieser seltsamen Runde zu beobachten. Zum ersten Mal meldete sich der zivile Vertreter am Tisch zu Wort. Er war anscheinend geschult, viel zu reden und dabei wenig zu sagen.

»Wir werden am Rande von Sourobi einen, äh, wie soll ich sagen, einen Vertreter der Provinzregierung treffen. Dieses Treffen sollte auf keinen Fall zu irgendwelchen Spekulationen führen und so wenig wie möglich Aufsehen vor Ort erregen. Diese Gespräche müssen wir sehr vertraulich führen. Das verstehen Sie doch?«

Da sprach der Politiker ... Das genügte Mitch, um die Situation zu erfassen – sie wollten ihnen nichts sagen.

»Wann möchten Sie abfahren?«, fragte Mitch an den Amerikaner gewandt.

Er hatte sich bisher aus dem ganzen Gespräch herausgehalten. Doch Mitch konnte förmlich fühlen, dass dieser Oberst zu den führenden Köpfen gehörte. Der Amerikaner erwartete offenbar seine Frage.

»Sechshundert an der Sporthalle«, sagte er im gewohnten Befehlston. Damit war das Gespräch beendet und sie erhoben sich. Höflich verabschiedeten sie sich von den Anwesenden und waren bereits im Begriff zu gehen, als der Amerikaner plötzlich sagte: »Ich erwarte von Ihnen absolute Verschwiegenheit in dieser Sache.«

»Sie haben uns bis jetzt auch nichts Interessantes erzählt«, erwiderte Becks.

Ein kurzes Aufflackern in den Augen des Amerikaners verriet, dass nicht alle Informationen für sie bestimmt waren. Der Italiener betrachtete bei diesem Wortwechsel indes gedankenverloren seine neue Uhr vom lokalen Markt – er wusste mehr, aber …

Für Mitch wurde nach diesem kurzen Gespräch klar, dass nur drei Männer in dieser Runde in das ganze Ausmaß dieses Auftrags eingeweiht waren. Der Amerikaner, der Politiker und vielleicht der Italiener. Der Verbindungsoffizier war nur ein Bindeglied zwischen ihnen. Als sie das Rote Haus wieder verließen, hatten sie einen neuen, unerwarteten Auftrag und mussten für diese Fahrt noch einiges vorbereiten.

»Ich glaube, Sport können wir heute vergessen.«

»Ja, das wird eine längere Geschichte …«, entgegnete Mitch einsilbig.

Die Bestätigung ihres neuen Auftrags lasen sie später in einer verschlüsselten E-Mail. Hier stand es jetzt schwarz auf weiß: Bis auf Weiteres von laufenden Aufträgen abgezogen und direkt Oberst Smith unterstellt.

Als Erstes wurde ihr Bus – er war zwar immer zur Abfahrt bereit, aber jeder Auftrag barg seine Tücken – für die neue Operation überprüft. Sie hatten sich damals aus praktischen Erwägungen für diesen kleinen weißen Bus entschieden. Er war sehr unauffällig, hatte Allradantrieb und sie konnten eine Menge Technik darin verbauen. Die Umbaukosten beliefen sich mittlerweile auf das Doppelte des ursprünglichen Anschaffungspreises. Die Leistung des Motors wurde gesteigert, das Fahrwerk verstärkt, Navigationsgeräte und Satellitentelefon gehörten zur Standardausstattung. Seit Neuestem nutzten sie zudem eine innovative Technik zum Abhören und Aufzeichnen von Gesprächen aus größerer Entfernung.

»Ich nehme nur meine Schutzweste heraus«, sagte Becks. »Munition, Nebel- und Handgranaten lasse ich dir im Wagen. Reichen für diese Fahrt zweitausend Schuss oder willst du vorsichtshalber noch eine Kiste mehr mitnehmen?«, scherzte er.

»Nein, wir sollten lieber die schweren Kisten mit unserer Technik aus dem Bus herausnehmen. Ich nehme nur die beiden Kalaschnikows, Munition und eine Kiste Wasser mehr mit. Mir persönlich reicht für diesen Ausflug auch der kleine Rucksack. Wir wollen ja nicht ewig durch das Land reisen, es sind schließlich nur drei Tage.«

Anschließend überprüften sie noch einmal ihre gesamte Ausrüstung. Die beiden Kalaschnikows, die sie besaßen, hatte Becks nach harten Verhandlungen in Herat bei einem örtlichen Waffenhändler erworben. Die Verhandlungen zogen sich nur deshalb in die Länge, weil Becks lediglich zwei Waffen kaufen wollte. Für diese Ecke des Landes war das einfach sehr unüblich und trieb den Preis in die Höhe.

Die Kalaschnikow war eine schier unverwüstliche Waffe mit dem richtigen Kaliber. Überall im Land konnte man dafür unbegrenzt Munition bekommen. Gerade an der Grenze zu Pakistan blühte der Waffenhandel und man konnte sogar kleine Armeen mit kompletter Militärausrüstung ausstatten. Sie ließen ihre beiden Kalaschnikows zur besseren Zielerfassung noch mit Aimpoint-Visierung nachrüsten. Zusätzlich führte jeder von ihnen eine persönliche Waffe. Mitch bevorzugte ein G36C Gewehr mit Eotech-Visierung und einem Laser-Licht-

Modul. Die Waffe hatte noch einen kurzen Schalldämpfer von *Brügger & Thomet*. Becks hatte sich für ein SG 551 Gewehr mit 40 mm Granatwerfer-Aufsatz und Trijicon ACOG Optik entschieden. Trotz der zusätzlichen Umbauten an der Waffe sah sie in seinen riesigen Händen wie ein Spielzeug aus. Mitch überprüfte seine persönliche Ausrüstung ein letztes Mal. Noch immer gingen ihm verschiedene Gedanken zum bevorstehenden Einsatz durch den Kopf.

Er hörte, wie Becks zu ihm sagte: »So, da hast du deine Munition. Zweitausend Schuss im Bus und an der Weste hast du noch mal dreihundert.«

»Ich lass es so. Wir sind zu dritt. Im Notfall müssen wir eben alle drei schießen« entgegnete ihm Mitch.

»Ja, das dürfte so für eine halbe Stunde reichen«, sagte Becks und grinste. »Da du aber zu unseren Freunden fährst, reichen allerdings auch deine Kreditkarte und etwas Gebäck zum Tee.«

Mitch musste lachen. Jede Bewegung, jede Reise war in diesem Land mit einem immensen Aufwand verbunden. Die Bewegungen in Kabul waren sehr eingeschränkt, zahlreiche Sicherheitszonen mit diversen Checkpoints führten zu andauernden Sicherheitskontrollen. Jederzeit musste man mit einem Angriff oder einem Anschlag der Aufständischen rechnen.

Dementsprechend nervös war die Stimmung an den Kontrollstellen. Dieser gegenseitige Druck von Freund und Feind ging nicht spurlos an den Menschen vorbei. Die Zwischenfälle häuften sich, die Menschen stumpften zunehmend ab und verloren das Vertrauen. Die Soldaten und die zahlreichen zivilen Mitarbeiter fühlten sich irgendwann einfach ausgebrannt und sehnten sich nach ihrem Zuhause.

Oft haben sie sich über den Tod, mögliche Verwundung, ihre Albträume und Ängste, die sie tagtäglich begleiteten, unterhalten. Diese Gedanken schob man immer von sich, das war ein Teil ihres Lebens. Nach dem anfänglichen Glauben in die eigene Unverwundbarkeit nach ihrer Ausbildung waren sie mit den Jahren besonnener geworden und hatten gelernt, das Risiko reell einzuschätzen. Sie wussten, was eine wild gewordene Meute oder ein einzelner Schuss alles anrichten konnte. Mitch konnte es sich nicht erklären, warum ihn ausgerechnet heute diese Gedanken einholten. ›Vielleicht sind wir auch schon zu lange hier …‹

Nachdem sie mit ihren Vorbereitungen für den morgigen Tag fertig waren, versuchten sie noch einmal, sich an alle Einzelheiten des Gesprächs im Roten Haus zu erinnern. Denn dieses Gespräch warf bisher mehr Fragen auf als ein klar gestellter Auftrag. Und das war doch sehr ungewöhnlich. Becks hatte alle relevanten Informationen der letzten drei Monate aus diesem Gebiet noch einmal überprüft. Es war eine bunte Sammlung von allen Nachrichtendiensten, die aus dieser Gegend Informationen zusammentrugen. Da Sourobi ihr eigentliches Operationsgebiet war, wurden dazu keine weiteren Fragen gestellt, als sie eine erneute Anfrage zu den letzten Meldungen zu dieser Gegend stellten, obwohl die Mitarbeiter der Geheimdienste immer sehr neugierig waren.

»Ich habe gleichzeitig zwei weitere Anfragen gestellt, um den Raum für etwaige Spekulationen zu erweitern und unseren Auftrag zu verschleiern«, bemerkte Becks. »Eigentlich haben und wissen wir überhaupt nichts über das eigentliche Ziel unseres Auftrages. Was wird eigentlich von uns dabei erwartet?«, argwöhnte er. »Ich sitze hier, während du irgendwo allein in der Gegend herumfährst. Das ist nicht gut! Wir arbeiten doch immer zusammen …« Becks wirkte auf einmal besorgt.

»Mir passt diese Geschichte auch nicht. Schon im Hauptquartier hatte ich nach dieser Vorstellung ein komisches

Gefühl. Umso länger wir darüber reden, desto schlimmer wird es.«

»Alles, was wir wissen, ist, dass wir in Richtung Sourobi fahren. Ich vermute, sie wollen sich entweder mit den Taliban treffen oder mit einem lokalen Warlord. Dafür sprechen die extreme Geheimhaltung und die ungewöhnliche Mischung von Militär und politischen Vertretern.«

»Die hochrangigen Vertreter der Taliban oder des Rates der Quetta Schura würden sich nie hier im Land mit uns treffen. Die ersten Treffen fanden alle außerhalb statt. Doch wer weiß, was auf der großen politischen Bühne gespielt wird.«

»Es ist ja nicht so, dass ich unbedingt an den Gesprächen teilnehmen will, aber ich will schon wissen, was es für Leute sind und in welche Sache wir da reingezogen werden«, sagte Becks.

»Irgendwie bewegen wir uns im Kreis. Es sind alles nur Spekulationen. Wir brauchen Fakten und Tatsachen, und die haben wir nicht. Also es bleibt dabei: Becks, du führst mich von hier aus und ich werde sehen, was ich unterwegs erfahren kann. Die ganze Sache stinkt zum Himmel und die Vorbereitung ist absolut suboptimal. Ruf doch morgen unsere Leute bei der UN an – vielleicht haben die irgendwelche Informationen für uns. Wir haben schließlich ein gutes Informationsnetz in der internationalen Gemeinschaft aufgebaut. Irgendeiner muss doch etwas mitbekommen haben!«

Mitch war zum ersten Mal genervt von der ganzen Sache. Eine ihrer Maximen war stets: Geh nie unvorbereitet in einen Einsatz. Geh nie ein unnötiges Risiko ein, außer es besteht Lebensgefahr. Doch das Leben lenkte sie manchmal in andere Bahnen.

»Lass uns jetzt schlafen gehen. Das wird morgen ein harter Tag für uns beide.«

Jeder ging auf sein Zimmer und grübelte weiter über den neuen undurchsichtigen Auftrag. Die ganze Diskussion darüber und das Aufstellen verschiedener Theorien hatten sie nicht wirklich weitergebracht. Worum ging es hier überhaupt? War es ein Auftrag oder eine Operation? Warum dieses eiserne Schweigen? Diese Fragen schwebten stumm über ihnen im Raum. Im Nachhinein betrachtet lagen sie mit ihren Überlegungen ganz nah bei der Wahrheit. Aber so ist das – am Ende ist man immer schlauer …

Für Mitch war dieser Abend noch nicht vorbei, denn der schwierigste Teil stand ihm noch bevor – das Gespräch mit seiner Frau Mia. Gern erinnerte sich Mitch an jenen Tag, als sie sich im Sommer zufällig auf einem Open-Air-Konzert kennenlernten. Mitch verliebte sich sofort in ihre dunklen Augen, die all die Neugier und das ganze Licht des Tages in sich verschlangen. Er arbeitete bereits seit zehn Jahren für das Amt und nicht einmal im Kreis seiner Familie oder mit seinen besten Freuden sprach er über seine Einsätze und Aufträge.

Bei ihrem ersten gemeinsamen Abendessen kam irgendwann zwangsläufig die Frage nach seinem Beruf: »Unterschlauchführer bei der Feuerwehr.« Das war seine Standardantwort. Mia gab sich damit nicht zufrieden. Sie bohrte so lange nach und überschüttete ihn mit so vielen Fragen (eine Berufskrankheit – schließlich war sie angehende Psychologin), bis Mitch einen kleinen Teil von sich und seinem Leben preisgab. Dies hatte er zuvor noch nie bei anderen Frauen getan. Da nutzten ihm die langen Jahre der Ausbildung und alle psychologischen Tests, die er in dieser Zeit durchlaufen musste, recht wenig, denn das Leben und die Liebe schrieben manchmal andere Gesetze. Mitch schwor sich anschließend, bei Gelegenheit unbedingt eine andere Legende zu erschaffen – ihm schwebte der Sachbearbeiter beim Landwirtschaftsministerium, Referat Roggen und Weizen vor – schön uninteressant, gibt wenig Nachfragen. Aber soweit sollte es nicht mehr kommen. Schicksal oder Bestimmung – seit diesem Tag waren sie unzertrennlich und seit sechs Jahren miteinander verheiratet.

Nach dem dritten Klingeln hörte Mitch die sanfte Stimme von Mia am anderen Ende der Leitung.

»Hallo, das war Gedankenübertragung, ich wollte gerade auch anrufen!«, sagte sie fröhlich.

Sie redeten eine Weile über alltägliche Dinge. Mitch konnte und durfte Mia nichts von ihrem neuen Auftrag erzählen. Deswegen versuchte er, dieses heikle Thema so gut wie möglich zu umgehen. Mia machte sich dann nur unnötig Sorgen. Sie interessierte sich wenig für Politik, und die täglichen Nachrichten deprimierten sie meist. Aber wenn Mitch irgendwo auf der Welt unterwegs war, verfolgte sie plötzlich alles ganz genau. Sofort erhielt er dann eine SMS oder einen Anruf mit der Frage der Fragen: Ist bei dir alles in Ordnung?

Noch knapp zwei Monate, dann war ihr Auftrag hier in Afghanistan beendet und dann konnte er endlich wieder nach Hause. Es war schwer, eine Fernbeziehung auf Dauer zu führen, jeder lebte sein Leben, hatte seinen eigenen Tagesablauf und ständig lief man Gefahr, sich voneinander zu entfernen und zu entfremden.

Trotz der umfangreichen Sicherheitsüberprüfungen, denen sich Mia unterziehen musste, hatte Mitch ihr nie etwas über seine Einsätze erzählt. Das war kein übertriebenes Misstrauen, er brauchte die Zeit und die Ruhe, um sich voll auf die kommende Mission zu konzentrieren. Die Verantwortung, die auf allen lastete, war immens, es ging bei diesen Einsätzen um Leben und Tod.

Mia akzeptierte diese Umstände seiner Arbeit und half ihm, das Erlebte zu verarbeiten. Sie gab ihm den Halt, den er brauchte, und brachte ihn immer wieder zu sich nach Hause zurück.

»Noch sieben Wochen, dann bist du endlich zu Hause und wir fahren gleich in den Urlaub. Ich freue mich schon so sehr darauf.« Mitch wurde aus seinen Gedanken gerissen. »Wie geht es eigentlich Becks?«, fragte Mia.

»Ach, der hat jetzt wieder abgenommen. Macht schon die Urlaubsdiät.«

Wenn ihre Zeit es zuließ, waren sie im Fitnessbereich anzutreffen. Umso mehr ärgerte es Becks, wenn das Thema Gewichtsverlust aufkam. Das bedeutete für ihn schlechtes Training. Mia wusste über seine *Probleme* Bescheid und sie lachten darüber am Telefon.

Plötzlich sagte Mia: »Mitch, bitte pass auf dich auf und mach in den letzten Tagen keinen Blödsinn!«

Mitch rutschte das Herz in die Hose. Seine Taktik, das Thema Einsatz heute auszugrenzen, ging wohl gründlich daneben. Mia hatte einen siebten Sinn.

›Verdammt‹, dachte er.

»Ja, mache ich«, versprach er.

»Ich liebe dich«, sagte Mia leise.

»Ich dich auch.« Sie verabschiedeten sich voneinander und Mitch befiel ein schales Gefühl, als er den Hörer auflegte.

II.

Becks war an diesem Tag schon früh wach und hatte bereits eine große Kanne Kaffee gekocht. Sie sprachen an diesem Morgen nur wenig miteinander. Jeder konzentrierte sich auf seinen Auftrag. Nach einem kurzen Frühstück machten sie sich fertig und fuhren durch die menschenleeren Straßen der Stadt zum Hauptquartier. Um fünf Uhr fünfundvierzig erschienen sie als Erste am verabredeten Punkt an der Sporthalle.

»Ich gehe schnell zu den Jungs von der Lage rüber und hole mir die letzten Meldungen von heute Nacht«, sagte Mitch und sprang aus dem Bus.

Fünf Minuten später rollten drei sandfarbene Humvees der Amerikaner vor. Becks begrüßte Oberst Smith und half ihm, sein Gepäck im Bus zu verstauen.

»Mitch kommt gleich. Er holt nur noch die letzten Meldungen. Übrigens haben wir im Bus eine Überraschung für Sie«, sagte Becks zum Oberst und zeigte ihm die beiden Kalaschnikows. Er sah sofort das Blitzen in seinen Augen. Der Oberst nahm eine der Waffen, wog sie in der Hand ab und betrachtete genau ihre Veränderungen. Smith wusste sofort, wozu sich die beiden russische Kalaschnikows geholt haben – ohne zusätzliche Erklärungen. Überall auf der Welt gab es einen Gegenpart zu ihnen und der Oberst gehörte zweifelsohne dazu.

›Mitch hatte recht, als er sagte, der Oberst ist einer von uns‹, dachte Becks und beobachtete, wie der Oberst ihre Waffen begutachtete.

Er blickte Becks das erste Mal direkt in die Augen: »Also wissen Sie, Becks, ich habe schon viel von Ihnen und Ihrer Arbeit hier gehört. Und wenn ich wiederkomme, stelle ich euch einigen meiner Kameraden vor. Ich glaube, Sie werden sich prächtig verstehen.«

»Oh, danke, Herr Oberst! Diesen steilen Karrieresprung müssen wir wohl noch nachverhandeln!«

Beide mussten lachten.

»Guten Morgen!« Mitch gesellte sich zu ihnen.

»Wir verhandeln gerade über unser weiteres Leben«, sagte Becks und grinste.

»Okay. Ich hoffe, ich darf dabei auch ein Wörtchen mitreden?« Mitch wurde wieder ernst. »Also, Herr Oberst, hier habe ich die letzten Meldungen. In unserem Auftragsgebiet ist bisher alles ruhig. Im Stadtbereich von Kabul habe ich eine Meldung: zwei Toyota Corolla, weiß und grau. Vermutlich Selbstmordattentäter, die auf unserer Fahrtstrecke in die Stadt gesichtet wurden. Im Osten und Südosten ist es zu erneuten Anschlägen gekommen. Eine ISAF-Patrouille hat's erwischt: drei Soldaten tot und zwei schwer verletzt. Nationalität unbekannt.«

Schweigend hörte ihm Oberst Smith zu. Plötzlich fragte er: »Was denken Sie eigentlich über Sourobi?«

Mitch überlegte kurz, was er sagen sollte ... oder konnte. Das war schon schwere Kost so früh am Morgen.

»Ich denke, die Aufständischen werden über kurz oder lang die Hauptstadt isolieren wollen. Sie sammeln bereits ihre Kräfte, um Sourobi zu überrennen. Egal, was wir dagegen unternehmen werden, die Aufständischen sind da und bleiben da. Solange wir der Bevölkerung keine wirkliche Perspektive bieten, verlieren wir dieses Land.«

»Sie haben völlig recht. Lange werden wir das nicht mehr halten können. Wir müssen jetzt endlich auf eine politische Lösung dieses Konflikts drängen. Dieser Krieg dauert einfach schon viel zu lange ...«

Ihr Gespräch wurde abrupt unterbrochen, als ein weißer Toyota Jeep in einer Staubwolke vor ihnen zum Stehen kam.

»Guten Morgen!«, grüßte Jost von Weitem gut gelaunt in die Runde. Schwarzer Anzug, Krawatte, Lederschuhe – es sah alles nach einer Fahrt ins Außenministerium aus. Fast atemlos plapperte er gleich weiter: »Herr Oberst, ich hatte gerade ein sehr interessantes Gespräch mit dem EU-Beauftragten zu unserem bevorstehenden Treffen …«

Mitch beobachtete, wie sich die rechte Augenbraue von Oberst Smith kurz nach oben bog. Jost unterbrach plötzlich seinen Redeschwall und musterte Mitch von oben bis unten. Gestern hatten sie keine Ausrüstung am Körper getragen, doch jetzt ging es in die Berge. Mitch hatte seine schwere Schutzweste an, mit seiner Pistole und dem Kampfmesser an der Brust, vollen Magazintaschen und einem Erste-Hilfe-Set, man musste schließlich auf alles vorbereitet sein …

Jost runzelte die Stirn, als er seine Ausrüstung betrachtete. Er überlegte und sagte schnippisch: »Also ich werde keine Schutzweste für diese Fahrt anlegen. Wir führen politische Gespräche – wie sieht es denn aus, wenn ich so aus dem Fahrzeug aussteige?« Er musterte die Runde erneut und wartete auf Bestätigung seiner Worte.

Oberst Smith trug bereits seine schwere Weste, die zum üblichen Dresscode gehörte und für jede Ausfahrt Pflicht war. Mitch blickte wortlos zu Becks hinüber, dann gingen sie zu ihrem Bus. Noch ein Puzzleteil ihres Auftrages fügte sich.

»Hör mal, mein Kleiner, ich gehe jetzt rüber ins Rote Haus und werde den Rechner starten. Ich lass dich sehr ungern allein mit diesen Leuten in die Berge fahren«, sagte Becks nachdenklich und blickte zu Jost hinüber.

Sie umarmten sich zum Abschied. Jeder dieser Tage, jeder neue Abschied konnte in ihrem Job der letzte sein. Becks zögerte. Es fiel ihm sichtlich schwer, seinen Freund allein zu lassen.

»Na gut, dann werde ich mal gehen … Und denk dran, wenn's knallt, immer schön die Schuhe zubinden«, sagte Becks mit einem Augenzwinkern, drehte sich entschlossen um und ging mit weiten, ausladenden Schritten zum Roten Haus.

Nun war Mitch wieder allein. Er setzte sich in den Bus und wartete, bis seine beiden Passagiere bereit zur Abfahrt waren. Sie standen allerdings immer noch in ihr Gespräch vertieft zwischen den geparkten Fahrzeugen auf dem kleinen Vorplatz. Jost redete wild gestikulierend auf den Oberst ein.

Mitch verstaute derweil seinen Rucksack und schaltete den GPS-Empfänger im Bus ein. Es dauerte noch einige Minuten, bis das System den Sender lokalisierte und er eine Rückmeldung auf sein Handy bekam. Er blickte zum weißen Toyota, mit dem Jost vorhin gekommen war.

Das Fahrzeug stand circa fünf Meter vor ihm und durch die dicke, gepanzerte Scheibe des Toyotas konnte Mitch nur undeutlich den Fahrer erkennen. Glattrasiertes Kinn, Schnauzer, traditionelle Kleidung. Heute war Freitag – die Afghanen trugen an diesem Tag immer ihre feierlichen traditionellen Gewänder.

In seinem Kopf fing es wieder an zu arbeiten. Ihr Auftrag war topsecret, sie verschleierten und tarnten ihre Örtlichkeiten und Namen, aber dort im Fahrzeug wurde offen mit dem EU-Beauftragten über die bevorstehende Reise gesprochen. Der afghanische Fahrer, der eigentlich kein Wort Englisch verstand, lachte bei allen Witzen herzlich mit ... Mitch sah, wie der Fahrer im Toyota das Geschehen auf dem Platz aufmerksam beobachtete. Das ungute Gefühl vom Vortag meldete sich erneut.

III.

Sie verließen das Hauptquartier über die hintere Ausfahrt. Das war unauffälliger und ersparte die Fahrt über die streng bewachte Straße an der amerikanischen Botschaft. Die Straßen waren noch menschenleer in diesen Morgenstunden. Vorbei am Gemüsekreisel, der schon in einer Stunde voller Fußgänger, fliegender Händler sein und im Verkehrschaos versinken würde, hinein in die Jalalabad Road, die gefährlichste Straße Afghanistans.

Zahlreiche Militärcamps der ISAF-Truppen, der afghanischen Armee, Polizeischulen und UN-Vertretungen säumten diese lange, vierspurige Straße. Militärkonvois pendelten mehrmals am Tag zwischen dem Flughafen und den anliegenden Camps. Deshalb war diese Strecke das bevorzugte Ziel zahlreicher Selbstmordattentäter.

Gerade in den Morgenstunden nach dem ersten Gebet war das Anschlagsrisiko besonders hoch. Die Attentäter wurden über Wochen auf diesen Eintritt in das Paradies vorbereitet. Der Ruhm, als Märtyrer zu sterben, die Ehre und das Geld für ihre Familien setzten sie enorm unter Druck. Die Attentäter fuhren ziellos durch die Stadt und suchten ein Ziel. Mit fortschreitender Zeitdauer wurde der Druck auf sie immer größer. Zahlreiche Unbeteiligte wurden bereits Opfer dieser grausamen Anschläge, wenn sich die Attentäter in ihrer Ausweglosigkeit einfach irgendwo auf der Straße in die Luft sprengten. Die Aufständischen gingen in letzter Zeit vermehrt dazu über, mit einem zweiten Attentäter ihre Ziele anzugreifen. Dieser besaß gleichfalls einen Fernzünder, und falls den ersten Attentäter sein Glaube und seine Kraft verließen, konnte der zweite Mann den Sprengsatz über eine Funksteuerung auslösen. Mit aller Macht versuchten die Aufständischen, den brüchigen Frieden und die Hoffnung auf ein neues Leben in Afghanistan durch Angst und Schrecken zu zerstören.

Zu unauffällig und zu alltäglich war der weiße Kleinbus, um die Aufmerksamkeit der Attentäter auf sich zu lenken. Doch in seinem Inneren verbarg er eine brisante Ladung: eine Gruppe von Männern, die auf dem Weg zum zukünftigen Präsidenten der Republik Afghanistan unterwegs war.

Mitch passierte das Camp Warehouse an der Stadtgrenze und meldete sich bei Becks über Funk ab – jetzt war er auf sich allein gestellt. Jede seiner Bewegungen wurde jetzt von einem GPS-Sender überwacht und weiter in das Rote Haus übertragen. Becks wertete diese Daten aus, und die bereits zurückgelegte Strecke wurde auf einem Satellitenbild erfasst. Diese Überwachung hatte allerdings ihre Grenzen. Gerade im schweren Gelände war man zeitweise völlig von der Außenwelt abgeschnitten. Hier, in dieser bizarren und gefährlichen Landschaft zählten also letztlich nur das eigene Wissen und das jeweilige Können ... Etwas Glück gehörte natürlich auch dazu.

Die lange, breite Straße aus der Stadt wurde merklich schmaler und die ersten engen Kurven zogen sich in die Berge. Während der Fahrt konzentrierte sich Mitch ganz auf den Verkehr und beobachtete im Rückspiegel ständig die ihm folgenden Fahrzeuge. Seine Passagiere machten es sich unterdessen in ihren Sitzen für die lange Reise bequem. Jost musterte von der Seite immer wieder heimlich Oberst Smith. Der Oberst drehte sich demonstrativ von ihm weg und beobachtete die vorbeiziehende Landschaft aus dem Fenster. Jost konnte den Oberst noch nicht genau einschätzen. Er war ein Absolvent der politischen Kaderschmiede, ihm wäre ein politischer Gesprächspartner als Begleitung zweifellos lieber gewesen als dieser zugeknöpfte amerikanische Oberst. Soldaten waren immer so pragmatisch und trafen schnell eine Entscheidung, ohne auf die Belange anderer Rücksicht zu nehmen. Sie legten zweifellos Wert auf andere Prioritäten. Die Amerikaner hatten bisher auf dem Gebiet der politischen Neugestaltung des

Landes noch immer das größere Mitspracherecht. Es ging einfach nicht ohne sie und bedauerlicherweise auch nur ganz schwer mit ihnen. Denn jedes Land versuchte, sich in den neuen Entwicklungsprozess einzubringen und die Beschlüsse aus zahlreichen Konferenzen umzusetzen. Auch mussten die zugesagten Hilfsgelder in der Heimat gerechtfertigt werden – hier waren politische Erfolge dringend geboten. Dies war der erste große Auftrag von Jost und er musste ihn unter allen Umständen mit Erfolg krönen.

›Mit dieser Sache werde ich ganz groß rauskommen. Eine Stelle bei der EU oder UN muss dabei wenigstens herausspringen. So eine Chance bekommt man nicht alle Tage.‹ Jost lächelte zufrieden.

Er dachte an die schicksalhafte Begegnung vor einigen Monaten in einem libanesischen Restaurant in der Chare Nau, in dem sich viele zivile Vertreter der UN, EU und NGOs trafen. Im Kreise einiger Vertreter der EU führten sie gerade eine hitzige Diskussion über politische Eliten im Land, als ihm ein zufällig vorbeikommender Gast versehentlich eine Cola auf den Anzug schüttete.

»Sooorry«, sagte der Mann in breitem Englisch mit leichtem, deutschen Akzent und lächelte entwaffnend. Der sympathische ältere Herr stellte sich als *Herr Brunner aus Zürich* vor – Präsident der Schweizer–Afghanischen–Gesellschaft.

Der Abend mündete schließlich in einem offenen Schlagabtausch über das politische Geschehen im Land. Dabei erfuhr er von Brunner mehr über die politischen Strömungen, Einflüsse und familiären Bindungen im Land als die ganzen letzten zwei Jahre zuvor in der Botschaft. Ein Schweizer, der seit Jahren hier in Afghanistan unterwegs war und über ein unglaubliches Wissen und zahlreiche Kontakte bis in die höchsten politischen Kreise von Afghanistan verfügte, hatte zwar seinen Anzug ruiniert, aber seine Karriere wahrscheinlich steil nach oben katapultiert. Carl Brunner war bereits zu Zeiten der sowjetischen Besatzung in Afghanistan unterwegs – seine Ansprechpartner von damals waren die Herrscher von heute. Diese Geschichte und die sich daraus ergebenden Möglichkeiten erkannte Jost sofort und war mit einem Schlag Feuer und Flamme.

Es folgten gegenseitige Einladungen und Treffen – der Beginn einer neuen Freundschaft. Jost saugte förmlich alles auf, was Brunner ihm vom Land, seiner Geschichte und den politischen Machtverflechtungen erzählte. Von diesen anregenden Gesprächen und seinem interessanten Gesprächspartner berichtete Jost seinen Vorgesetzten. Er verfasste Berichte, organisierte Gesprächsrunden und wurde dafür zunächst nur müde belächelt.

Seinen endgültigen Durchbruch verdankte er Brunner, der es mit nur einem Anruf schaffte, für eine hochrangige Delegation aus Deutschland einen Termin beim afghanischen Vizepräsidenten zu bekommen, nachdem zuvor alle Anfragen der Botschaft aus verschiedenen Gründen abgesagt worden waren. Der afghanische Vizepräsident dankte ihm später persönlich für die Vorbereitung dieser Gesprächsrunde – es war der Beginn seines rasanten Aufstiegs. Plötzlich war er, Hans Jost, überall der gefragte Gesprächspartner mit freiem Zugang zu allen internationalen Gesprächs- und Verhandlungsrunden. Seine Meinung zu den aktuellen politischen Entwicklungen im Land wurde plötzlich geschätzt und seine Beiträge wurden aufmerksam verfolgt.

Und jetzt zur Krönung seiner steilen Karriere saß er schließlich im Fahrzeug mit einem hochrangigen Vertreter des amerikanischen Militärs und fuhr zu der Person, den die internationale Gemeinschaft als den zukünftigen Präsidenten des Landes ansah. ›Und ich bin maßgeblich an dieser Entwicklung beteiligt.‹ Allein dieser Gedanke und die sich daraus ergebenden Möglichkeiten für seine Zukunft wirkten wie Doping auf ihn.

Oberst Smith hingegen stand dem ganzen Treffen von Anfang an sehr skeptisch gegenüber. Zu schnell kam ihm diese ganze Entwicklung vor, ohne sorgfältige Vorbereitung, ohne weitreichende Planung, zu überstürzt. Im Irak hatte er es geschafft, die zerstrittenen Stämme an einen Tisch zu bringen und einen Friedensvertrag untereinander zu schließen. Doch die spätere Entwicklung zeigte ihm, wie persönliche Interessen seiner Vorgesetzten, die in wirtschaftliche Machenschaften verwickelt waren, das Vertrauen der Iraker schließlich ausnutzten. Diesen Fehler wollte er dieses Mal unbedingt vermeiden und wünschte sich eine unabhängige, gemeinsame Initiative aller beteiligten Länder. Doch erneut überrollte ihn die rasante Entwicklung und er musste die Interessen seines Landes vor dem europäischen Zugriff verteidigen. Das ließ er Jost sofort spüren.

Aber als Militär musste er sich seinen Vorgesetzten fügen, die eine differenziertere Meinung zu dieser Sache hatten. So ist das in der Politik – während man noch den einen unterstützt, sucht man bereits seinen Nachfolger. Der König ist tot, es lebe der König!

Oberst Smith schaute noch immer aus der abgedunkelten Fensterscheibe und hing seinen Gedanken nach. Die zahlreichen Fleischer und Bäcker direkt an der Straße boten bereits ihre Waren an. Erste Kunden feilschten. Der Bus zog schnell an dem langsam erwachenden Leben der Stadt vorbei.

›Jeder Kilometer dieser verdammten Straße ist mit unserem Blut getränkt‹, dachte Oberst Smith verbittert.

Die Spuren der Anschläge wurden sofort ausgebessert und mit frischer Farbe versehen. Nach ein paar Tagen sah man nichts mehr davon. Die Geschäfte machten wieder auf und das Leben auf der Straße lief weiter, so wie am Tag zuvor, dem Jahr davor. Für die Soldaten jedoch, die hier jeden Tag aufs Neue patrouillierten, blieb nur die Erinnerung an ihre toten Kameraden und mit ihr die Angst vor einem neuen Anschlag. In den Militärcamps mahnten Gedenksteine mit immer länger werdenden Namenslisten gefallener Soldaten und erinnerten an den hohen Preis dieses Krieges. Es musste endlich eine politische Lösung für diesen Krieg gefunden werden.

Einst war der erste freie Präsident der große Hoffnungsträger im Land. Doch immer mehr wurde er durch seine Unberechenbarkeit zu einer Belastung. Der Krieg tobte nach wie vor und die Hilfsgelder der internationalen Gemeinschaft versickerten in den dunklen Kanälen des Regierungsapparates. Vetternwirtschaft und Korruption lähmten zunehmend das ganze Land. Vielleicht haben sie wirklich recht. Ein neuer, starker Präsident könnte dem Land endlich den ersehnten Frieden bringen. Diese Hoffnung hegte jedenfalls der Kommandierende der US-Truppen und auch der US-Botschafter schloss sich dem an. Doch Oberst Smith wusste, die Politik war eine Hure …

Bitter stieß ihm noch einmal das gestrige Gespräch mit dem Botschafter und seinem Commander auf. Sie hatten sich zu einer letzten Unterredung vor seiner Abreise getroffen, um ihre Positionen noch einmal abzustimmen.

»John«, sagte sein Commander, »ich spreche hier für beide Seiten, für die militärische sowie für die zivile und ausnahmsweise sind sich beide Seiten in dieser Sache einig.«

Ein kleiner Seitenhieb an den Botschafter, der das galant überhörte und damit begann, seine Brille ausdauernd zu putzen.

»Sie haben doch schon im Irak bewiesen, dass Sie ein zäher Verhandlungspartner sind und noch dazu ein erfolgreicher. Wir haben an dieses Treffen große Erwartungen und vertrauen auf Ihr Urteil. Wenn der Neue der kommende Mann sein soll, dann werden wir ihn auch zum neuen Präsidenten machen. Und Sie, John, werden dann unser Verbindungsmann in den Präsidentenpalast.«

»Ich danke Ihnen für das entgegengebrachte Vertrauen, meine Herren«, begann Oberst Smith förmlich. »Persönlich hätte ich mir mehr Zeit für die Vorbereitung des Treffens gewünscht, insbesondere mehr Informationen zu den Hintergründen und zu seiner Person, aber ich weiß, die Zeit drängt.«

Jetzt meldete sich Botschafter Whitaker zu Wort.

»Über Gouverneur Sherzai haben auch unsere Geheimdienste bisher nur sehr wenig in Erfahrung bringen können. Nur das Übliche, erst kämpfte er als Mudschaheddin gegen die Russen und nach deren Vertreibung gegen seine ehemaligen Mitkämpfer um die Macht. Mittlerweile ist er der starke Mann im Osten, er kontrolliert die Handelswege und ist in der Forbesliste unter den fünfhundert reichsten Männern der Welt aufgeführt mit Immobilien und Handelsbeteiligungen in Dubai und Gott weiß, wo noch ... Also Geld für den Wahlkampf hat er, aber er wird sicherlich trotzdem finanzielle und politische Unterstützung von uns fordern.«

Der Botschafter legte eine dünne rote Mappe auf den Tisch.

»Hier sind einige interessante Informationen über ihn. Eine schnelle, brutale Karriere, aber er weiß, sich durchzusetzen, und regiert in seiner Provinz mit eiserner Hand. Hier und da lässt er einiges zu, schließt Bündnisse und verpflichtet die

Stämme für sich. Also für mich ist der Gouverneur ein Instinktpolitiker, vielleicht ist er wirklich unser Mann. Die Afghanen wünschen sich einen Mann, der das Land führt und eint. Für Sie als Bettlektüre, Herr Oberst.«

Whitaker grinste süffisant und schob die dünne rote Mappe über den Tisch zu Oberst Smith.

»Aber uns allen ist doch klar, dass Sherzai nicht mit Obsthandel reich geworden ist«, sagte der Oberst in die Runde und blickte von einem zum anderen.

»Es gibt in Afghanistan nun mal keine anderen politischen Eliten. Was denken Sie, wer hier alles im Parlament sitzt! Wenn wir die alle wegen ihrer begangenen Kriegsverbrechen verhaften, hört diese Regierung auf, zu existieren. Es gibt einen guten Spruch dazu: Wir müssen mit denen tanzen, die da sind!«, erwiderte der Botschafter und schaute ihn direkt über seine frisch geputzte Brille an. »Die Gesellschaftsordnung der Afghanen entspricht derzeit der, die wir in Europa vor circa dreihundert Jahren hatten. Damals ist schließlich auch keiner durch Obsthandel reich geworden. Die Fürsten lebten damals vom Raub und Krieg.« Für den Botschafter war damit die Diskussion beendet und er erhob sich von seinem Stuhl.

»Vielen Dank, meine Herren. Und Herr Oberst, Sie werden den Mann schon in die richtige Bahn lenken. Wir setzen große Hoffnungen in Sie.«

Nach der Besprechung drückte ihm auch sein Commander noch einmal die Hand.

»John, wenn er der Richtige ist, dann nutzen Sie die Gunst der Stunde. Unsere Jungs wollen nach Hause und ich ehrlich gesagt auch.«

»Commander, ich werde Sie nicht enttäuschen«, entgegnete Smith mit fester Stimme und hoffte, dass er sein Versprechen halten würde.

Schnell passierte der Kleinbus die letzten Wohnhäuser am Rande von Kabul. Oberst Smith bemerkte, wie aufmerksam Mitch den Verkehr beobachtete und den Bus sicher aus der Stadt manövrierte. Nach Durchsicht aller infrage kommenden Begleiter hatte er sich die beiden für diesen Auftrag persönlich erbeten. Er hatte schon früher einige ihrer Berichte ausgewertet, aber die beiden nie persönlich getroffen. Sie waren in der Lage, sich selbstständig im Land zu bewegen und leisteten hervorragende Arbeit. Es gab niemanden, der so viel über die Gegend rund um Kabul wusste und so professionell mit den Einheimischen umging wie die beiden. Schon beim ersten Treffen wusste Oberst Smith, dass er die richtige Entscheidung gefällt hatte. Obwohl sie im Dunkeln über das wahre Ziel der Reise gelassen wurden, wusste er, dass er sich auf sie verlassen konnte.

Gegenüber Jost hatte er dagegen von Anfang an Vorbehalte: zu jung, zu unerfahren, zu glatt und zu karrierebesessen. Er hatte ihre Blicke bemerkt, als Jost gleich nach seinem Eintreffen stolz über sein Telefonat mit dem EU-Vertreter berichtete. Ihr Befremden über seinen Anzug – ja, mit diesem feinen Zwirn konnte er in einem Restaurant durchaus Eindruck schinden. Allerdings machte dies keinerlei Eindruck auf Einheimische. Alles, was hier zählte, waren Stärke und Macht, die sich über Waffen, technisches Equipment und die Anzahl der Kämpfer, die man besaß, definierte. Nur dies zeigte die jeweilige Stellung des Einzelnen in der Familie und in der Gesellschaft.

Das Gespräch mit Jost während der Fahrt war zäh und drehte sich im Kreis.

»Ja, wir müssen eine Lösung finden. Wenn nötig, sogar unter Einbeziehung der Taliban, denn ohne sie wird es definitiv keinen Frieden in Afghanistan geben«, sagte Jost und sah dabei gelangweilt aus dem Fenster. Doch Oberst Smith entschloss sich, Jost endlich aus der Reserve zu locken und mehr über seine Kontakte, die dieses Treffen ermöglicht hatten, zu erfahren.

»Noch mal zu Ihrer Quelle Herrn Brunner. Ist doch richtig, der Name? Über ihn haben wir bisher keine verlässlichen Informationen gefunden. Wir werden wohl unsere Leute in Bern noch einmal diesbezüglich kontaktieren.«

»Natürlich, Herr Oberst, das sollten Sie«, erwiderte Jost angesäuert. Innerlich war er jedoch überzeugt: ›Da kann und wird nichts schiefgehen, dafür sind alle Vorgespräche und Vorbereitungen ausgezeichnet verlaufen. Ich konnte, bis auf die sturen Engländer, alle Vertreter der EU vom neuen Präsidentschaftskandidaten überzeugen. Sollen sie doch kontaktieren, wen sie wollen!‹ Beleidigt blickte Jost weiter stur aus dem Fenster.

Vor der ersten Kurve konnte Mitch einige Fetzen des Gesprächs zwischen Jost und Smith aufschnappen. »… Taliban vertreten …« Er lehnte sich kurz zurück und hoffte, noch ein wenig mehr mitzubekommen, »… Brunner … unsere Leute in Bern …« Wieder nur Gesprächsfetzen, doch diesmal ein Name: Brunner. Mitch holte sein Telefon aus der Tasche und versuchte, mit einer Hand eine SMS an Becks zu schreiben. Auf einer geraden Straße ist das ziemlich einfach, aber bei diesen engen Kurven war es eine Herausforderung an alle verfügbaren Körperfunktionen. Mit seiner rechten Hand musste Mitch weiter lenken und schalten, also nahm er das Handy in seine linke Hand.

In diesem Moment wünschte er sich die Fähigkeit einer Frau, mehrere Sachen gleichzeitig erledigen zu können – Multitasking war das Zauberwort. Mitch versuchte, den richtigen Augenblick zwischen der nächsten Kurve und dem nächsten

Schlagloch abzupassen, um die SMS zu senden: *Brunner – Schweiz – vermutlich Kontaktperson von J.*

Er blickte auf das Display seines Handys und sah das Wort gesendet. Die SMS war gesendet. Im Roten Haus war zwar absolutes Handyverbot, aber sie hatten vereinbart, dass Becks alle zwei Stunden sein Telefon einschaltete. Ab jetzt also noch eine gute Stunde.

Hinter Mitch war es wieder ruhig geworden. Er blickte in den Rückspiegel und sah, dass Oberst Smith seine Augen geschlossen hatte. Er schien zu schlafen. Daneben blätterte Jost in irgendwelchen Papieren. Die Straße schraubte sich weiter in die Höhe und wurde zunehmend enger und kurvenreicher. Links ging es tief in den Abgrund und rechts ragten die Berge wie eine schwarze, undurchsichtige Wand empor.

Langsam machte sich die Höhenluft bemerkbar und der Brustkorb wurde durch die schwere Schutzweste noch zusätzlich eingequetscht. Je mehr man versuchte, Luft in die Lungen zu pressen, desto schneller hatte man das Gefühl, einen Zehnkilometerlauf hinter sich zu haben. Oder noch zehn weitere vor sich. Mitch bemerkte, wie ihm Schweiß am Körper hinunterlief. Noch eine Kurve, wieder ein Stück höher und dann, wenn du denkst, du hast das Ende der Welt auf diesem Gipfel erreicht, stehst du plötzlich ganz oben und zu deinen Füßen erstreckt sich ein riesiges Tal, das von einem smaragdgrünen Fluss direkt in der Mitte durchschnitten wird.

Auf der gegenüberliegenden Seite des Tals erstreckte sich eine imposante Berglandschaft. Berge, die in sich die Farben Rot, Braun und Schwarz trugen, ragten empor und in den Tälern leuchtete das satte Grün der Felder. Hier, in dieser bizarren, abgelegenen Gegend, war das Leben überall präsent. Man konnte bereits von dieser Höhe aus die ersten kleinen Dörfer und bestellte Felder erkennen. Diejenigen, die den Kabul-

River aus der Hauptstadt kannten, konnten sich nicht vorstellen, dass es sich hier um den gleichen Fluss handelte. Während seine Ufer in Kabul voller Dreck und Abfall waren und der Fluss sich als kleines, graubraunes Rinnsal durch die Stadt schlängelte, zeigte er hier seine wahre Schönheit. Umsäumt, gespeist und beschützt von den gewaltigen Bergen, entfaltete der Fluss hier seine ganze Kraft. Mitch bemerkte im Rückspiegel, dass seine beiden Passagiere genauso überwältigt von dem atemberaubenden Anblick waren, der sich ihnen hier bot. Der Oberst, wieder erwacht, und Jost blickten fasziniert in das grüne Tal unter ihnen. Langsam näherten sie sich dem verabredeten Treffpunkt und zur ehrfürchtigen Stille gesellte sich eine gewisse Anspannung.

Jost unterbrach als Erster das Schweigen und beugte sich nach vorn zu Mitch. »Sagen Sie, Mitch, wie lange brauchen wir bis Gogamandah?«

»Ich denke, wenn wir gut durchkommen, sind wir ungefähr in einer halben Stunde dort.«

»Sehr gut, wir sind im Zeitplan, ich werde unseren Kontaktmann dort unten gleich benachrichtigen«, bemerkte Jost und sah auf sein Handy: keine Verbindung.

Mitch steuerte den Bus hinunter ins Tal. Alles, was sie bisher bergauf an Serpentinen gemeistert hatten, passierten sie nun bergab – nur etwas schneller. Bremsen, Schalten, die nächste Kurve wartete schon. Das Karussell drehte sich, die Figuren nahmen ihre Aufstellung. Nur die wahren Spieler blieben weiterhin im Verborgenen. Kurven, steile Bergwände, ausgetrocknete Flussadern. Unaufhaltsam steuerte der kleine weiße Bus zum vereinbarten Treffpunkt.

Mitch dachte noch an den letzten Satz von Jost: Kontaktmann ... pünktliche Ankunft? Schon das Wenige, das er bisher wusste, gefiel ihm überhaupt nicht. Es gab also mindestens zwei Kontaktleute. Einer davon hat das Treffen organisiert – vielleicht dieser Brunner? Der andere koordinierte hier vor Ort die Zusammenkunft mit dem Gesprächspartner. Es waren zu viele Unbekannte in dieser Gleichung und Mitch wusste immer noch nicht, wohin die Reise sie eigentlich führte und worum es sich bei diesem Auftrag handelte. Nein, er musste sich korrigieren: Becks und er waren die Einzigen, die nicht wussten, worum, wohin und um wen es hier ging.

Becks verfolgte währenddessen am Monitor die Bewegung des Fahrzeuges. Die Fahrtroute zeigte immer weiter in Richtung Osten. ›Nicht gut‹, grübelte er.

Während sich der Bus hinunter ins Tal quälte, dachte Mitch an seine erste Fahrt mit Becks hierher. Über einen Vermittler hatten sie sich damals mit den Kutchis in Gogamandah getroffen. Es begann damals alles in diesem kleinen Teehaus im Dorf. Höflichkeiten wurden ausgetauscht, Tee getrunken, viel geredet, viel gefordert. Die Kutchis erklärten sich anschließend gegen die Zahlung einer vierstelligen Summe bereit, Becks und ihm die Gegend um die Talsperre zu zeigen. Sie führten sie über verschlungene Pfade zum ehemaligen Sommerhaus der Schahfamilie. Die ganze Gegend hier war vermint, eine nette Hinterlassenschaft der Russen. Sie gingen zu Fuß über kaum sichtbare Pfade, vorbei an alten Panzerwracks und ausgehobenen Schützenstellungen in einer Umgebung, die einer Mondlandschaft glich. Links und rechts neben dem Pfad lagen aufeinandergeschichtete Steine – das Zeichen für Minengefahr. Eine einzige Straße führte zum Anwesen hinauf. Das Sommerhaus der Schahfamilie lag idyllisch an einem Ufer des Stausees. Ein großer Grill, ein verrostetes Schiffshebewerk, alles wirkte verlassen und marode. Nur noch die Mauern zeugten von der einstigen Pracht dieses Hauses. Nach dem Sturz der Taliban sollte der letzte Schah das Volk der Afghanen wieder einen und so kehrte er aus seinem italienischen Exil nach Afghanistan zurück. Als Galionsfigur, verantwortlich für den Aufbau des Landes, blieb er jedoch für die Menschen unerreichbar und verstarb friedlich vor einigen Monaten in seinem Palast in Kabul. Soweit sich Mitch erinnern konnte, war er der erste Schah, der friedlich eines natürlichen Todes starb. Alle anderen seiner Vorgänger starben entweder durch Verrat oder wurden durch eigene Familienmitglieder ermordet. Der Sohn stürzte den Vater, der Onkel den Neffen, die Besatzer den Onkel, ein ewiges Morden und ein nicht enden wollender Kampf um die Macht zogen sich durch die gesamte Geschichte Afghanistans.

Weiter unterhalb des Hauses befand sich die mächtige Talsperre. Die Russen hatten damals fast zweitausend Soldaten unterhalb der Talsperre an den beiden Seiten des Flusses stationiert, um sie vor Angriffen der Mudschaheddin zu schützen. Die stummen Zeugen der Vergangenheit waren immer noch überall zu sehen. Die Kutchis führten Mitch und Becks vorbei an zerfallenen Kasernen und großen leeren Hallen für Militärtechnik. Überall im Tal standen ausgeschlachtete und mit den Jahren verblichene russische Panzer, Katjuscha-Raketenwerfer und gepanzerte Mannschaftswagen, die sich immer noch bedrohlich in die Landschaft fügten. Die Natur eroberte jedoch langsam ihren Platz zurück. Es war eine Gegend wie aus einem bizarren Computerspiel. Weiter unten flussabwärts passierten sie einen weiteren kleinen Staudamm. Von den Deutschen in den Siebzigern gebaut und in großen Buchstaben an die Wand geschrieben: Stuttgart 19… Der Rest war abgefallen.

Die beiden Staudämme in Sourobi lieferten fast vierzig Prozent der Elektrizität für Kabul. Die Straße nach Jalalabad war der einzige Zugang zu den Tälern und damit zur Elektrizität. Dieser Ort hier besaß eine enorme strategische Bedeutung. Wer Sourobi kontrollierte, hatte den Schlüssel zu Kabul. Das war ihnen beiden sofort klar.

Gemeinsam verbrachten sie den ganzen anstrengenden Tag in den Bergen. Für die folgende Nacht führten die Kutchis sie zu einem ihrer einsam liegenden Gehöfte. Von außen sah das Anwesen in der bereits einsetzenden Dämmerung wie eine kleine, bedrohlich wirkende Festung aus. Keine Menschenseele weit und breit, keine Geräusche – nur der Wind. Die braunen, aus Lehm erbauten Mauern und Ecktürme, die in den letzten Strahlen der Sonne noch einmal rot aufleuchteten, erinnerten Mitch an alte Bücher und an Orte, in denen die Karawanen Schutz für die Nacht suchten.

Den ganzen Tag hatten sie die Kutchis die Berge hoch und runter gejagt. Qua-dir, ihr Führer, hatte für diese Tour junge, drahtige Männer ausgesucht, die ständig den Wettkampf mit den beiden Europäern suchten und lang und ausdauernd waren. Sie alle trugen ihre traditionellen knielangen Hemden und Pluderhosen. Ihre schwarz-weißen Tücher legten sie sich um die Schultern oder trugen sie auf dem Kopf – zum Schutz vor der gleißenden Sonne, vor Staub und Wind. Während dieser Tour teilten die Kutchis ihr Essen, ihren Tee und das traditionelle Fladenbrot mit ihnen.

Sie hatten für diesen *Ausflug* beschlossen, ihre Waffen nicht sichtbar am Körper zu tragen. Alles, was sie brauchten, war in ihren Rucksäcken verstaut. Jeder führte eine MP-7, dazu fast zweihundert Schuss Munition, drei Rauch- und drei Splittergranaten. Die Rucksäcke waren mit einem Schnellverschluss ausgestattet, welcher ein besonders schnelles Ziehen der Waffe erlaubte. Die Pistolen und das Kampfmesser befanden sich in den Seitentaschen ihrer Rucksäcke. Mit dem Messer waren sie in einer Entfernung bis zu neun Meter noch schneller als mit der Pistole. Außerdem hatten sie in jedem Rucksack eine Erste-Hilfe-Ausstattung, Elektrolytlösungen und Verpflegung für drei Tage. Wasser und warme, trockene Bekleidung waren überlebenswichtig in dieser rauen Gegend.

Als sie am späten Nachmittag vor dem Tor zu ihrem Nachtlager standen, öffnete sich dieses laut knarrend und bewaffnete Wachen erschienen. In Begleitung ihrer Führer betraten sie einen großen Innenhof. Ein kleiner Generator lief laut schnaubend in der Ecke und drei einsame Lampen versuchten vergeblich, den riesigen Hof zu beleuchten. Hier warteten bereits eine Schar Frauen, Kinder und noch mehr Männer auf ihr Kommen. Zwei klapprige Toyotas standen an der Mauer, direkt neben angebundenen Eseln. Die ganze Anlage war rechteckig gebaut. In der gegenüberliegenden Ecke standen zwei voneinander getrennte Häuser. Ein Haus beherbergte die Frauen, das andere Haus die Männer. Die Frauen standen ganz ohne den traditionellen Schleier kichernd in einer Ecke und blickten neugierig zu den beiden Fremden hinüber. Für die meisten von ihnen war es zweifellos die erste Begegnung mit einem Europäer.

Quadir stellte sie den anderen Clanmitgliedern als Ehrengäste vor. Es folgte eine lange Begrüßungszeremonie. Zuerst begrüßten sie die älteren Männer der Reihe nach, danach die jungen. Sie wurden damit offiziell in die Familie aufgenommen und genossen Gastrecht. Die Familie umsorgte und beschützte sie – zumindest für diese Nacht. Während die Männer sich gleich wieder zum Beten versammelten, deckten die Frauen in Windeseile den Tisch. Dabei war der Begriff *Tisch* wohl etwas übertrieben: Eine Gummimatte wurde auf die Erde gelegt und darauf Teller und Speisen verteilt. Der ganze Raum war, bis auf den besagten *Tisch*, vollkommen leer, ohne die üblichen Einrichtungsgegenstände, die Europäer gewohnt waren. Die Wände waren mit einer hellgrünen Ölfarbe bestrichen und die braune Tischdecke ein altes Stück Bodenbelag. Überall im Raum verteilt lagen Kissen und Decken.

Ein älterer Koch überwachte die Arbeit der Frauen und gab ihnen Anweisungen. Es gab Reis, eine große Schüssel mit duftendem Hammelfleisch, verschiedene Salate und Fladenbrot. Nach dem Essen, an dem nur die Männer teilnahmen, wurde die Matte abgeräumt, die Frauen servierten den Tee und es kam die Zeit zur allgemeinen Unterhaltung. Quadir war dabei der Einzige, der relativ gut Englisch sprach, und hatte nun die schwierige Aufgabe, für alle in der Runde zu übersetzen.

Quadir erzählte stolz und etwas übertrieben von ihrem anstrengenden Tag und lobte die jungen Männer. Die Kutchis waren ihrerseits sehr neugierig und wollten von Mitch und Becks viel über ihr Leben und ihre Arbeit in Afghanistan wissen. Sie spürten, dass die beiden keine einfachen europäischen Vertreter einer Hilfsorganisation waren. Die Kutchis waren Händler und ergriffen sogleich die Möglichkeit, aus dieser Beziehung Kapital zu schlagen. Sie kamen mit der Beantwortung der vielen Fragen kaum nach.

Als sich die Runde langsam auflöste und man sich gerade zum Schlafen begeben wollte, stellte Mitch eine Frage, die ihn, seit er diese Behausung betreten hatte, brennend interessierte.

»Ich würde gerne wissen, warum die jungen Mädchen hier rote Kopftücher tragen«, fragte er unschuldig.

Als Quadir die Frage für die Runde übersetzte, verstummten plötzlich alle und setzten sich wieder auf den Boden. Becks führte im gleichen Moment unauffällig seine rechte Hand an die Pistole in der Bauchtasche, während er in der linken noch sein Glas Tee hielt. Die Männer blickten sich fragend an und dann brachen sie in lautes, schallendes Gelächter aus. Jetzt redete jeder laut durcheinander. Quadir versuchte, etwas Ruhe in die Runde zu bekommen, und sagte direkt an Mitch gewandt: »Du kannst eine von ihnen haben, mein Freund. Das ist alles unsere Familie. Die Mädchen, die ein rotes Tuch tragen, werden verkauft«, sagte er mit unglaublicher Selbstverständlichkeit und beleckte die Lippen. Seine grünen Augen unter den buschigen Augenbrauen blickten dabei freundlich, aber herausfordernd. Mitch überlief ein kalter Schauer, als er die Bedeutung dieser Worte begriff.

»Reiche Männer, sogar aus Kabul, kommen zu uns, um unsere Mädchen zu kaufen«, fügte Quadir stolz dazu.

Die Älteren in der Runde nickten wie zur Bestätigung seiner Worte. Erst jetzt bemerkte Mitch, wie alle ihn dabei ansahen und nach dem ganzen Durcheinander plötzlich eine ungewohnte Stille im Zimmer herrschte. Becks tat immer noch so, als ob er seinen Tee tränke. Dabei hielt er den Griff seiner Pistole fest umklammert.

»Ah, verstehe, ein großzügiges Angebot. Vielen Dank!«, sagte Mitch anerkennend in die Runde.

Sein Körper spannte sich wie vor einem Sprung. Immer noch waren alle Blicke auf ihn gerichtet. Zu oft wurden sie schon in Hinterhalte gelockt und trotz des heiligen Gastrechts der Afghanen mussten sie mit allem rechnen. Aus solchen Unterhaltungen konnte sich schnell ein Streit entwickeln, wenn sich der Gastgeber beleidigt fühlte.

»Aber weißt du, Quadir, wir müssen morgen früh in die Berge, das wird eine lange, harte Tour – was soll ich da mit einer Frau?«

Quadir übersetzte die Antwort an die gespannt lauernde Runde. Dann brachen alle in schallendes Gelächter aus und klopften Mitch anerkennend auf den Rücken. Es war schon spät, als die Männer sich endlich Schlafen legten. Am Ende dieses langen Tages vereinbarten sie ein neues Treffen und versprachen, den Kutchis beim Bau eines Brunnens zu helfen.

»Ist ja unfassbar«, flüsterte Becks, als sie einen Moment alleine waren.

»Ja, aber was können wir machen? Das ist ihr Leben. Sollen wir ihnen das verbieten und uns damit in ihr Leben einmischen?«

»Ich weiß es nicht ...«, erwiderte Becks. »Ich kann mir das alles nur schwer vorstellen. Sie verkaufen ihre eigenen Kinder ...«

»Sie leben ja auch in einer anderen Welt als wir«, bemerkte Mitch leise.

In dieser Nacht wechselten sie sich alle vier Stunden mit der Wache ab – einer schlief und der andere blieb wach. Denn mit dem ersten Gebet wollten sie bereits wieder aufstehen. Ihre Rucksäcke lagen am Kopfende und unter ihren Decken waren Pistolen und Messer griffbereit. Becks lag zusammengerollt und Mitch bemerkte an seinen gleichmäßigen Atemzügen, dass er bereits eingeschlafen war. Mit ihnen gemeinsam im Raum schliefen noch sechs weitere Afghanen. Einer schnarchte laut und irgendjemand erzählte im Schlaf. Mitch tippte zweimal Becks auf den Handrücken und weckte ihn. Er antwortete ihm, indem er zweimal das Klopfzeichen erwiderte. Becks übernahm für den Rest der Nacht die Wache. Nach dem anstrengenden Tag und mit vielen wirren Gedanken an das Gehörte und Erlebte fiel Mitch sofort in einen unruhigen Schlaf.

Es kam ihm vor, als hätte er gerade erst seine Augen geschlossen, als ihn Becks bereits wieder weckte. »So, genug geschlafen«, sagte er, »wir haben heute noch was vor.«

»Danke, du bist so großzügig.«

Die Afghanen waren bereits alle wach und wuselten emsig in den Häusern und auf dem Hof. Sie frühstückten gemeinsam mit ihren Gastgebern. Es gab Tee und Fladenbrot, das die Frauen frisch aus dem Ofen holten. Anschließend packten sie ihre Sachen zusammen und verabschiedeten sich von den Familien. Beim Verlassen des Hofes warf Mitch noch einen letzten Blick in den Innenhof – Mädchen mit roten Tüchern. Sie standen im Schatten der Mauer und blickten ihnen hinterher …

Quadir übernahm sofort wieder die Führung der kleinen Gruppe. Er brachte sie über unsichtbare Pfade, Stock und Stein immer höher die Berge hinauf. Mitch verglich die Richtung auf dem Kompass, den sie in ihrer Uhr hatten. Wie vereinbart, führte Quadir sie zum Camp Pluto in den Bergen von Sourobi. Vier Stunden ohne eine einzige Pause bei über 30° C Außentemperatur und in der Höhenluft. Die Jahre der harten Ausbildung machten sich bezahlt. Becks blickte hinüber zu Mitch und zwinkerte ihm zu. Mitch sah, dass Becks genauso schwitzte wie er. Doch sie zeigten keinerlei Anzeichen von Müdigkeit. Die Afghanen, die sie begleiteten, waren immer noch schnell und leichtfüßig unterwegs. Selbst wenn es für sie anstrengend war, zeigten sie es nicht offen. Diese Blöße würden sie sich gegenüber den Fremden nicht geben. Mitch war sich sicher, dass Quadir seine besten Männer für diese harte Tour ausgesucht hatte. Er marschierte unermüdlich vorn an der Spitze und blickte ab und zu in ihre Gesichter, um in ihnen erste Anzeichen der Anstrengung und der Müdigkeit zu entdecken. Die anderen Afghanen, aufgereiht wie an einer langen Kette, folgten ihnen den Berg hinauf.

Quadir verwunderte es nach wie vor, wie schnell und sicher sich die beiden Europäer hier in den Bergen bewegten. Er mochte die offene und herzliche Art der beiden vom ersten Tag an. Sie zeigten Respekt für seinen Glauben und seine Kultur, aber hinter allem steckte mehr, das spürte er in seinem tiefsten Inneren. Heute wählte er mit Absicht ein sehr hohes Tempo und hielt es nach wie vor. Seine Männer atmeten bereits schwer und machten immer wieder kurze Pausen in den Anstiegen. Doch die beiden hinter ihm zeigten kein einziges Anzeichen von Müdigkeit, immer wieder verglichen sie ihre modernen Geräte und marschierten ohne anzuhalten hinter ihm her.

»Na, etwas langsamer oder sollen wir einen Stopp für euch einlegen?«, fragte Quadir und wunderte sich, dass sie nicht von selbst nach einer Pause fragten.

»Wir sind doch gerade erst aufgebrochen, da müssen wir nicht gleich eine Pause machen. Lass uns lieber noch ein paar Kilometer machen«, antwortete ihm Becks lachend.

»Wie ihr wollt ...« So behielt Quadir sein Tempo bei – nicht, ohne sich weiterhin über die beiden Gedanken zu machen.

Die lang ersehnte Mittagspause machten sie im Schatten eines kleinen Felsvorsprunges. Sie saßen alle auf dem Boden und auf Tüchern vor ihnen lagen Fladenbrot und getrocknetes Ziegenfleisch.

»Ihr seid gut in den Bergen und schnell«, sagte Quadir anerkennend und betrachtete sie nachdenklich.

»Quadir, du bist ein sehr guter Führer. Wir könnten noch drei weitere Tage mit dir über die Berge laufen«, erwiderte Becks mit breitem Grinsen.

»Wir haben es nicht mehr weit, dann müsst ihr alleine weiter zu eurem Lager gehen. Ich erkläre euch den Weg. Wir kehren dann um, zurück zu unseren Familien.«

Damit hatten sie nicht gerechnet, dass sie schon so dicht an ihrem Außenposten waren.

»Kein Problem, ich weiß, gleich nach der nächsten Kurve nach links und dann noch ein kleines Stück geradeaus …«, platzte es aus Mitch heraus.

Quadir blickte ihn eine Weile misstrauisch an, dann blitzte ein kurzes, verschmitztes Feuer in seinen Augen.

»Ich wusste es. Ihr beide wart schon einmal hier!«

Sie lachten und als ihre Unterhaltung den restlichen Begleitern übersetzt wurde, stimmten auch die anderen Männer in das Gelächter mit ein. Eine Stunde später machten sie vor einer unauffälligen Biegung Halt. Quadir streckte seine Hand aus und sagte: »Ihr geht hier links diesen Pfad entlang und dann die Straße runter. Sie bringt euch in euer Lager. Genauso wie Mitch es vorausgesagt hat …«

Sie zahlten den vereinbarten Preis an die Kutchis und verabschiedeten sich herzlich von ihren Begleitern. Beim Abschied hielt Quadir Mitchs Hand etwas länger als üblich fest.

»Ihr seid immer unsere Gäste und willkommen in unserem Haus. Aber die anderen«, er machte eine Kopfbewegung in Richtung des Camps, »sind hier nur geduldet. Wir wollen unser Leben so weiterleben wie unsere Väter zuvor.«

Mitch blickte direkt in Quadirs grüne Augen.

»Das hier ist dein Land und deine Familie. Und ich komme gern als Gast wieder.«

»Allah sei mit dir, Mitch!«

»Wir sehen uns mein Freund!«

Sie setzten ihren Aufstieg, wie Quadir es ihnen beschrieben hatte, fort, und als sie die Bergspitze umrundeten, lag vor ihnen, ausgebreitet auf einem Plateau, der Außenposten von Sourobi. Die Worte von Quadir lagen warnend und zugleich drohend in der Luft: Ihr seid hier nur Gäste.

IV.

Sie näherten sich der Ortschaft Gogamandah. Ohne den Blick von der Straße zu wenden, sagte Mitch: »Herr Jost, wir sind in zehn Minuten am vereinbarten Treffpunkt.«

Jost nahm erneut sein Telefon und wählte.

»Guten Tag. Hans Jost hier. Wir sind in zehn Minuten vor Ort.«

Er hörte eine Weile angestrengt am Telefon zu. Anscheinend wurde die Verbindung wieder schlechter, dann hörte Mitch wie Jost, sagte: »Verstehe, nach Dalwazi … wie bitte? … Kalay. Gut, wir fahren weiter nach Dalwazi Kalay und dort werden wir bereits erwartet. Verstehe. Gut.«

Oberst Smith suchte auf der Karte den genannten Ort.

»Gibt es Schwierigkeiten?«, fragte er Jost.

»Nein, es ist alles bestens vorbereitet. Wir werden in Dalwazi erwartet …«, antwortete er schnippisch.

Noch bevor Jost den Namen des Ortes wiederholte, hatte Mitch die neue Fahrstrecke schon vor Augen. Die Strecke führte sie aus dem Tal wieder in die Berge hinauf. Spätestens ab diesem Zeitpunkt sollte man sich im Camp Pluto anmelden und Unterstützung für den Notfall anfordern.

›Sichere dich immer ab!‹ Außer ihm dachte vermutlich keiner im Fahrzeug an diese Möglichkeit. Seine Passagiere wollten unbedingt an diesem Treffen teilnehmen. Und so setzte der weiße Bus seine Fahrt fort, weiter in Richtung Jalalabad.

Nachdem sie Gogamandah passiert hatten, bemerkte Mitch, dass auch Oberst Smith sich seiner Schutzweste entledigt hatte. Wollte er sich auf das Treffen vorbereiten oder wirkten etwa die Worte von Jost? Es war noch ein weiter Weg bis nach Dalwazi Kalay. Eigentlich gingen die Amerikaner mit ihren

Schutzwesten sogar zum Sport und wahrscheinlich schliefen sie auch damit. Daher empfand Mitch es als äußerst ungewöhnlich, dass der Oberst gerade jetzt seine Weste auszog. Mitch sah im Rückspiegel die dunklen Flecken auf seiner Uniform. Der Oberst war bereits völlig durchgeschwitzt und er genoss sichtlich, die schwere Weste abgelegt zu haben. Er öffnete das Seitenfenster und spielte mit seiner Hand im heißen Fahrtwind. Jost nickte ihm anerkennend zu und schien die Entscheidung des Amerikaners sichtlich zu begrüßen. Plötzlich herrschte im Bus eine überraschend entspannte, losgelöste Stimmung und Mitch wollte kein Spielverderber sein. Noch waren sie nicht an ihrem Treffpunkt angelangt. Er konnte sich der Freude der anderen beiden nicht anschließen. Aber er war nur der Fahrer und außerdem musste man hier im Land immer mit allem rechnen.

Sie passierten mehrere kleine Ortschaften im Tal. Überall dieselben Bilder: kleine Geschäfte an der Straße, Männer, die zusammen Tee tranken. Keiner beachtete den kleinen weißen Bus, der auf seinem Weg aus dem Tal hinauf in die Berge nach Dalwazi Kalay eilte. Mitch war bisher nur einmal in dieser Ortschaft gewesen. Es war eine der größten Ortschaften auf dem Weg nach Jalalabad, gelegen auf der linken Uferseite des Kabul-Rivers.

›Warum plötzlich dieser Ort?‹, überlegte Mitch.

Oberst Smith beobachtete aus dem Fenster neugierig die vorbeiziehende Berglandschaft. Jost spielte mit seinem Telefon und tippte wild darauf herum. Mitch blickte auf sein Telefon. Keine Verbindung. Er war sich nicht mehr sicher, ob Becks seine Nachricht überhaupt erhalten hatte.

Hinter ihm klingelte es und Mitch hörte die Stimme von Jost. Plötzlich wurde es sehr ruhig hinter ihm und Mitch blickte in den Rückspiegel. Er sah Jost mit seinem Handy am Ohr sitzen. Der Oberst blickte gespannt zu ihm. Mitch schaltete einen Gang hinunter, der Motor jaulte vor Anstrengung auf.

Er wusste nicht mehr genau, wie lange er damit beschäftigt war, den Wagen durch die engen Kurven zu lenken, als er erneut in den Rückspiegel sah. Hatte er ein Déjà-vu? Es war das gleiche Bild: Der Oberst blickte zu Jost mit verständnislosem Gesicht. Und Jost saß immer noch mit seinem Telefon am Ohr. Doch seine Augen waren jetzt leer.

Plötzlich tauchte am rechten Straßenrand ein großer Stein vor dem Bus auf und Mitch riss das Lenkrad nach links.

V

Die letzten Tage in Kabul

Doktor Grand verließ gerade das Zimmer eines Patienten, als sich ihm ein Riese in den Weg stellte. Hinter ihm stand die Schwester und sagte entschuldigend: »Herr Doktor, er hört nicht auf mich und ist einfach hier durchgelaufen. Ich konnte ihn nicht aufhalten.«

»Ich will doch nur wissen, wie es ihm geht«, polterte der Riese gleich los und streckte seine riesige Hand zur Begrüßung aus. »Mein Name ist Becks und irgendwo hier drinnen liegt mein Freund. Er wurde heute hierher gebracht, vor ein paar Stunden.«

Der Doktor blickte verstimmt nach oben und sah sich den Riesen genauer an.

»Danke Schwester, ich rede mit dem jungen Mann in meinem Büro weiter.« Er gab Becks die Hand und hatte für einen Moment den Eindruck, in einen Schraubstock geraten zu sein, so kräftig war dessen Händedruck. »Kommen Sie mit Becks, wir unterhalten uns in Ruhe, ich muss sowieso ein paar Einträge in die Krankenakte machen. Was ist das überhaupt für ein Name? Becks!«

»Ach wissen Sie, Herr Doktor, das ist eine lange Geschichte«, entgegnete er ungeduldig.

Becks hätte am liebsten ein paar Türen eingetreten, um endlich zu erfahren, wie es Mitch ging. Aber die Götter in Weiß waren unantastbar. Alle redeten auf ihn ein, er solle sich gedulden und die OP abwarten, und er kam sich vor wie ein Tiger im Käfig. Immer waren sie auf diesen Fall vorbereitet worden.

Jeder hatte seine Blessuren aus den zahlreichen Einsätzen davon getragen, aber diesmal hatte es Mitch anscheinend heftig erwischt. Er hatte recht gehabt mit seinem ungutem Bauchgefühl – dieser ganze Einsatz (oder was auch immer) war ein Selbstmordkommando.

Als das GPS-Signal auf seinem Computer das erste Mal verschwand, war der Bus in den Bergen unterwegs. In diesem Gelände war das eigentlich nichts Ungewöhnliches. Becks versuchte trotzdem, über den Verbindungsoffizier Priorität für eine Drohnenüberwachung zu bekommen. Aber alle verfügbaren Drohnen für eine Begleitung aus der Luft waren angeblich in die laufenden Operationen der ISAF-Truppen eingebunden. Das GPS-Signal tauchte kurz darauf wieder auf und blieb eine ganze Weile stabil, dann verschwand es und die Verbindung zum Bus brach gänzlich ab.

Wie hypnotisiert blickte Becks auf den Monitor in der Hoffnung, dass sich die Verbindung wieder stabilisierte. Diese lähmende Untätigkeit machte ihn mürbe, aber er zwang sich, Ruhe zu bewahren. In seinem Inneren klingelten bereits sämtliche Alarmglocken und es wurde von Minute zu Minute schlimmer. Die Mitarbeiter im Roten Haus machten bereits einen großen Bogen um seinen Platz, da sie die Befürchtung hatten, dass dieser Vulkan irgendwann explodieren würde. Dann kam der Anruf aus dem Camp Warehouse. Für Becks brach eine Welt zusammen. Notoperation. Sein Freund lag schwer verletzt im Krankenhaus des Camps. Die weiteren Stunden sollten Gewissheit bringen, ob er überleben würde oder nicht.

Der Arzt war jetzt fertig mit seinen Einträgen und blickte auf.

»Ich würde sagen, die Operation ist gut verlaufen. Der Patient hat viel Blut verloren, aber wir konnten seinen Zustand stabilisieren.«

»Was heißt denn stabilisieren? Wird er wieder?«, unterbrach ihn Becks ungeduldig.

»Meine amerikanischen Kollegen haben mich bei der Operation unterstützt, wir haben ihn fast zwei Stunden lang operiert. Er hatte viel Glück, wenn man das Schicksal der beiden anderen betrachtet. Vermutlich hat ihn ein Metallsplitter an der Schulter getroffen. Ansonsten keine Brüche, keine abgetrennten Bänder.«

»Also meinen Sie, er kommt durch. Und seine Schulter – wird er sie wieder bewegen können?«

»Es ist jetzt noch zu früh für irgendwelche Voraussagen, wir müssen noch die nächsten Stunden und Tage abwarten, inwieweit sich sein Bewegungsapparat wieder regeneriert. Zuerst braucht der Mann Ruhe.« Doktor Grand spürte förmlich die Erleichterung.

»Herr Doktor, ich würde gern meine Erreichbarkeit hinterlassen, wenn Sie irgendetwas brauchen oder sich irgendwas Neues ergibt, rufen Sie mich bitte sofort an.« Becks verabschiedete sich eilig.

»Ach übrigens«, Becks war bereits in der Tür, »er kann sich bei den Einheimischen bedanken. Sie haben seine Blutung gestoppt und ihn hierher gebracht. Unsere Rettungskette hätte zu lange gedauert, er wäre vermutlich noch vor Ort verblutet.«

Als der Riese gegangen war, schüttelte Dr. Grand den Kopf. Ein verrückter Tag heute. Erst dieser Schwerverletzte. Dann fliegen die Amis extra seinetwegen ein ganzes Ärzteteam ein. Aber er musste zugeben, seine Kollegen waren sehr professionell und kannten sich bestens mit solchen Verletzungen aus. Es war ein sehr interessanter Arbeitsaustausch. Dr. Grand war kein Soldat, er hatte sich freiwillig für drei Monate für diesen Einsatz gemeldet, aber er merkte sofort, dass dieser Verletzte, jemand Besonderes war. Er hatte nicht einmal seinen Namen bekommen, und alle möglichen Leute aus irgendwelchen Stabsbereichen sorgten sich um seine Gesundheit und nervten das Krankenhaus mit ständigen Anrufen.

I.

Lionel

Becks schrieb noch spät am Abend seinen Bericht und überprüfte die letzten Anrufe auf seinem Telefon. Plötzlich entdeckte er die letzte SMS von Mitch, die er in der ganzen Aufregung des Tages einfach übersehen hatte. Er las die letzten spärlichen Zeilen, die ihm Mitch wahrscheinlich noch während der Fahrt geschickt hatte, und überlegte. Dann wählte er die Nummer von Lionel.

Lionel stammte aus Rumänien und leitete seit drei Jahren die Sicherheitsabteilung der UN in Kabul. Sie hatten sich bei den regelmäßigen Sicherheitsmeetings der internationalen Organisationen kennengelernt und mittlerweile war aus der ehemals rein beruflichen Beziehung eine echte Freundschaft entstanden. Oft saßen sie abends gemeinsam am Grill und diskutierten über Gott und die Welt und dann holte Lionel eine Flasche von diesem durchsichtigen Zeug heraus.
Balitschka half nicht nur gegen alle möglichen Krankheiten, sondern verursachte am nächsten Tag üble Kopfschmerzen und Gedächtnisverlust. Wenn irgendjemand eine Information über diesen Brunner bekommen konnte, dann war es Lionel.

Am anderen Ende der Leitung klingelte es.

»Hi Lionel, Becks hier. Du musst mir bitte einen Gefallen tun. Ich habe einen Namen. Brunner. Vermutlich ein Schweizer. Wir brauchen alles über ihn, was du finden kannst. Kontakte, Bewegungen, egal was und wenn es noch so unwichtig erscheint.«

»Hi Becks, schön, von dir zu hören. Danke mir geht's gut, nett, dass du fragst«, hörte Becks die tiefe Stimme von Lionel. »Wie schnell brauchst du denn diese Information? Es könnte etwas dauern, wir bereiten gerade eine Konferenz vor und ich habe gerade richtig viel Arbeit.«

»Hör mal, Lionel, das ist wirklich wichtig. Mitch hat es erwischt und ich brauche die Informationen so schnell, wie es geht.«

Am anderen Ende der Leitung wurde es plötzlich still und Becks hörte, wie Lionel um Fassung rang.

»Was? Mitch? Was ist passiert und wie schlimm ist es denn?«

»Er wurde heute noch operiert und liegt jetzt im Krankenhaus. Sein Zustand ist stabil, sagt zumindest der Doc. Den Rest müssen wir jetzt abwarten. Wie und was wirklich passiert ist, weiß keiner – vermutlich ein Anschlag. Unsere Ermittler sind heute Abend erst von der Anschlagsstelle zurückgekommen. Die müssen erst einmal ihre Ergebnisse auswerten. Ich habe eine SMS von Mitch mit diesem Namen bekommen. Die hat er mir vermutlich kurz bevor es passiert ist geschrieben. Sonst haben wir nichts. Die haben uns blind rausgeschickt.«

»Verstehe. Ich setze mich gleich ran und werde ein paar Anrufe machen, hab da so eine Idee. Ich melde mich, wenn ich was habe. Oh Mann, auf den Schreck muss ich gleich einen Balitschka trinken. Halte mich auf dem Laufenden, wie es Mitch geht!«

Er legte auf. Lionel konnte man vertrauen, er würde so lange bohren, bis er etwas gefunden hätte. Da war sich Becks absolut sicher.

Mitch erwachte in einem kleinen Zimmer, vollgestopft mit irgendwelchen Geräten, die seinen Zustand überwachten. Die Sonne schien durch ein Fenster direkt auf sein Bett. Er versuchte, sich zu erinnern, warum er hier war. Das letzte verwackelte Bild vor seinen Augen war das bärtige Gesicht über ihm und dann die staubige Straße mit den kreisförmigen Umrissen … Mitch wusste nicht, wie lange er so dagelegen hatte, als eine unbekannte Frau in das Zimmer kam und ihn freundlich anblickte. Nichts, keine Erinnerung. Irgendwo tief in seinem Körper pochte ein dumpfer Schmerz. Er schloss seine Augen und die Dunkelheit nahm ihn wieder auf.

»Guten Tag, Herr Becks, hier spricht Dr. Grand. Ich habe eine gute Nachricht für Sie, Ihr Kollege ist heute früh aufgewacht. Hallo? Hallo?« Die Leitung war plötzlich tot. Hatte er jetzt aufgelegt? Dr. Grand schüttelte den Kopf. Einen netten Umgang pflegte der Herr. ›Was ist das bloß für ein komischer Verein?‹, dachte er ärgerlich und legte den Hörer auf. Nicht einmal eine halbe Stunde später stand der Riese schwer atmend vor ihm.

»Na, Sie sind aber schnell!«, wunderte sich Dr. Grand.

»Ja, ich glaube, das war auch die schnellste Fahrt, die ich je aus der Stadt hierher gemacht habe. Hätten die an der Kontrollstelle nicht so getrödelt, wäre ich noch fünf Minuten früher gekommen. Wie geht es ihm?«

»Sie haben mich ja vorhin nicht ausreden lassen«, sagte Dr. Grand vorwurfsvoll. »Er war vorhin wach, jetzt schläft er wieder. Ich glaube, er ist aus dem Gröbsten heraus.«

Der Riese machte einen Schritt auf ihn zu, packte den Doktor an den Schultern und schüttelte ihn vor Freude.

»Herr Becks, bitte, ich bekomme gleich ein Schleudertrauma!«

Becks lockerte seinen Griff und blickte ihn fest entschlossen an. »Doktor Grand, ich bleibe jetzt hier. Solange, bis er wach wird.«

»Äh, ja gut, wie Sie wollen. Ich glaube sowieso, dass ich keine andere Wahl habe, Sie würden mir wohl eh nicht zuhören. Aber stellen Sie mich doch freundlicherweise wieder zurück auf den Boden!«, protestierte Dr. Grand energisch und musste abermals an den Schraubstock-Händedruck, der fast seine Hand zerquetscht hätte, denken.

»Was ist das überhaupt für eine Firma, für die Sie hier arbeiten?«

»Äh, wir bauen Elektroleitungen in Kabul und Umgebung ...«, stammelte Becks.

»Und weil Sie die Leitern sparen wollten, hat Ihre Firma die beiden größten Männer dafür eingestellt, richtig? Erzählen Sie mir doch bitte das nächste Mal eine glaubwürdigere Geschichte.«

Becks blickte wie ein kleiner Junge zu Boden.

Erwischt ...

II.

Hauptquartier der ISAF–Truppen, Kabul

»Guten Morgen, Herr General, ich verbinde Sie mit Oberst Gilliani«. Es knackte kurz in der Leitung.

»Guten Morgen, Herr General. Unserem Verletzten geht es wieder besser, er ist heute früh aus der Narkose erwacht. Der behandelnde Arzt ist voller Zuversicht, es hat keine Komplikationen während der Operation gegeben«, beeilte sich Oberst Gilliani mit der Meldung.

»Ja, sehr gut, Herr Oberst, bleiben Sie weiter an dieser Sache dran und halten Sie mich auf dem Laufenden. Falls Sie weitere Unterstützung brauchen, melden Sie sich in meinem Büro.«

»Verstanden, Herr General. Ich denke, er ist bei uns in guten Händen.«

»Wie sieht es mit den weiteren Verhandlungen aus? Können wir die begonnenen Gespräche weiterführen?«, fragte der General.

»Bisher konnten wir die Quelle von Jost nicht identifizieren und von den Afghanen haben wir auch nichts mehr gehört. Es scheint, als ob Jost alle Unterlagen bei sich hatte und sein Wissen mit keinem anderen teilte. Der Bus war komplett leer. Keine Unterlagen. Weder seine, noch andere Notizen. Und die Telefonate, die Jost im Bus führte, konnten nicht aufgezeichnet werden, da die Berge die Verbindung erheblich gestört haben. Gerade habe ich den Bericht der Ermittler bekommen. Wir können eindeutig von einem Sprengsatz ausgehen. Es war eine ferngezündete Ladung, so etwa zwölf bis zwanzig Kilogramm Sprengstoff. Die Ermittler haben noch ein zweites Loch, in dem vermutlich ein weiterer Sprengsatz versteckt war, gefunden. Das könnte bedeuten, wir waren nicht die Ersten vor Ort. Jemand versucht, hier alle Spuren zu beseitigen«, sagte Gilliani vorsichtig.

»Nehmen Sie alle verfügbaren Kräfte, gehen Sie erneut zu der Stelle und drehen Sie jeden Stein noch einmal um. Wenn Sie neue Informationen zu der Sache haben, unterrichten Sie umgehend meinen Stabschef. Ich will diesen Fall endlich geklärt haben!«

»Zu Befehl Herr General!«

III.

Amerikanische Botschaft, Kabul Büro des Botschafters

»Herr Botschafter, der Commander ist für Sie in der Leitung.«

Botschafter Whitaker horchte auf. »Gut, das wurde aber auch Zeit. Stellen Sie durch.«

»Guten Tag, Herr Botschafter«, meldete sich eine resolute Stimme am anderen Ende der Leitung.

»Guten Tag, Commander, ich hoffe, Sie haben dieses Mal bessere Nachrichten für mich.«

»Da muss ich Sie leider enttäuschen, Herr Botschafter. Unser Kontakt zu den Afghanen ist mit Jost gänzlich abgebrochen. Wir vermuten nach den ersten Informationen, die wir haben, einen gezielten Anschlag auf die Delegation, aber den genauen Hergang und die Umstände werden noch ermittelt. Ich habe jetzt meine besten Leute auf die Sache angesetzt.«

»Ich war immer der Meinung, man darf niemals jemandem allein so eine wichtige Aufgabe aufgrund irgendwelcher Quellen überlassen.« Der Botschafter konnte seinen Ärger kaum verbergen. »Aber leider konnte ich mich mit meiner Meinung gegenüber meinen geschätzten Kollegen aus Europa nicht durchsetzen. Allein die Briten hatten die Brisanz der Lage erkannt. Alle anderen waren wie geblendet von der unerwarteten Möglichkeit, einen neuen Kandidaten aufzubauen. Er ist wahrscheinlich wirklich der aussichtsreichste Kandidat, den wir seit Jahren haben! Wenn wir keine neue Verbindung zu ihm aufbauen, dann müssen wir eben andere Wege gehen! Denn wenn es ein gezielter Anschlag war, bekommt diese Sache eine ganz andere Qualität. Für mich stellen sich die Fragen, wer und warum? Doch diese Fragen können wir uns wahrscheinlich beide sofort beantworten. Sie verstehen mich, Commander! Diesen Ausflug hat es nie gegeben, wir müssen alles unternehmen, um aus dieser Geschichte unbeschadet herauszukommen.«

»Sie meinen, wir sollen den alten Präsidenten weiterhin unterstützen ... nach dieser Aktion?«, entfuhr es dem Commander und er ärgerte sich sogleich über seine schroffe Unbeherrschtheit.

»Also ich sehe zurzeit keine andere Möglichkeit. Unsere Bemühungen sind anscheinend doch nicht so geheim geblieben, wie wir es uns erhofft haben. Mit Verlaub gesagt, für mich war das eindeutig ein Warnschuss. Ich wiederhole mich nur ungern, aber wir müssen mit dem arbeiten, was wir jetzt haben. Schließlich haben wir ihn einst in dieses Amt gehoben und jetzt müssen wir ihn in die zweite Amtszeit bringen. Das verschafft uns zunächst genug Zeit, um einen geeigneten Nachfolger aufzubauen, der auch unsere wirtschaftlichen Interessen im Land berücksichtigt. Sicherlich haben Sie das neue Memo für die Pressekonferenz gelesen – die Bekanntgabe der gefundenen Bodenschätze in Afghanistan. Unentdeckt unter der Erde schlummert eine Billion US-Dollar. Eisen, Kupfer, Kobalt, Lithium und Gold!« Der Botschafter war nicht mehr zu bremsen in seinem Redefluss.

»Soweit ich weiß, sind das keine neuen Erkenntnisse. Die sowjetischen Bergbauingenieure haben schon in den Achtzigerjahren eine Karte mit diesen Vorkommen erstellt«, entgegnete der Commander unbeeindruckt.

Doch jetzt kam der Botschafter erst richtig in Fahrt und legte seine doppeldeutige Diplomatensprache ab.

»Ich erzähle Ihnen nichts Neues. Der Krieg dauert in diesem Land einfach schon zu lange und wir müssen der amerikanischen Öffentlichkeit zeigen, dass dieser Blutzoll nicht umsonst war. Wir brauchen dringend gute Nachrichten. Das würde auch das Ansehen des Präsidenten wieder stärken. Die gemeinsame Pressekonferenz mit dem Präsidenten ist für morgen um zwölf Uhr geplant. Sie haben dabei nur ein kurzes Statement abzugeben, den genauen Text stimmen wir mit dem Außenministerium noch ab.« Botschafter Whitaker unterdrückte seinen Ärger über die Engstirnigkeit des Generals.

»Wir machen unseren Job an der militärischen und Sie halten uns den Rücken an der politischen Front frei.«

»Commander, wir arbeiten schließlich für die gleiche Sache«, versuchte der Botschafter noch einmal den General zu beschwichtigen.

›Ja, wir arbeiten vielleicht für die gleiche Sache, aber wir blicken in verschiedene Richtungen‹, dachte der Commander, erwiderte jedoch nichts.

In diesem Moment musste er an Oberst Smith denken und an die gescheiterte Mission. Es klopfte an der Tür und sein Adjutant streckte ihm fünf Finger entgegen, um ihn an die bevorstehende Besprechung im Stab zu erinnern, die in fünf Minuten beginnen sollte.

»Herr Botschafter, ich muss leider jetzt zu einer Besprechung. Ich werde Sie unterrichten, sobald wir neue Erkenntnisse zu dem besagten Fall haben.«

Ihr Gespräch war beendet. In letzter Zeit hatte der Kommandierende der ISAF-Truppen immer mehr das Gefühl, auf verlorenem Posten zu kämpfen. Als Soldat war er gewohnt, Befehlen zu folgen, doch hier war er zerrissen zwischen Politik und seinen Männern, die jeden Tag im Kampf starben. Er verschloss seine Bürotür, legte sich auf die Couch und schloss für einen Moment die Augen, um der unangenehmen Wahrheit für einen winzigen Augenblick zu entfliehen.

IV.

Camp Warehouse, Krankenstation

Das Erste, was Mitch sah, als er wieder aufwachte, war sein Freund Becks. Zusammengekauert auf einem Stuhl, schlief er neben seinem Bett. Mitch versuchte, sich zu bewegen, um die Last und den Druck, den er auf seinem Körper fühlte, etwas zu lindern. Aber das war nicht so einfach und der stechende Schmerz in seiner linken Schulter unterbrach jäh seine Versuche. Er stöhnte vor Schmerzen auf. Becks wachte auf und strahlte über das ganze Gesicht.

»Mann, du kannst schlafen!«, war das Erste, was er von sich gab.

Mitch versuchte, trotz des Schmerzes ebenfalls ein Lächeln hervorzuquälen. Er freute sich riesig, seinen Freund hier zu sehen.

»Warte, ich hole gleich die Schwester. Ich musste ihr versprechen, sie sofort zu rufen, wenn du aufwachst, sonst hätte ich nicht bleiben dürfen.«

Becks verließ das Zimmer und tauchte einige Augenblicke später mit der Krankenschwester im Schlepptau wieder auf.

»Ach, der gnädige Herr ist endlich aufgewacht«, schnatterte die Schwester los.

Mitch wurde sogleich der zähen Prozedur eines Krankenhausaufenthaltes unterzogen. Vorher schickte die Schwester allerdings Becks nach draußen – nur zur Vorsorge –, damit er vor lauter Freude nichts kaputt machte. Mitch hatte den Eindruck, als wäre er der einzige Patient hier auf der Station, denn alle verfügbaren Ärzte schienen sich nur um ihn zu kümmern. Sie wechselten sich im Minutentakt ab, betasteten die frische Narbe, bewegten seinen Arm, drückten an der Schulter herum, warfen mit Fachbegriffen um sich, schrieben irgendetwas auf und gingen wieder. Mitch nahm alle Strapazen gelassen entgegen, er war am Leben und, nur das zählte.

Als Letzter stellte sich Dr. Grand vor.

»Sie, junger Mann, hatten vor drei Tagen Geburtstag. Glatter Durchschuss sozusagen, ich vermute ein Splitter, Sie haben viel Blut verloren, aber das wird schon wieder. Etwas weiter unten und Sie hätten nicht so viel Glück gehabt!«

Dr. Grand untersuchte nochmals die frische Narbe und murmelte mehr zu sich als zu Mitch: »Wir müssen noch die nächsten Tage abwarten und einige Tests durchführen. Auf den Röntgenbildern konnten wir bislang leider nicht viel erkennen, aber meine amerikanischen Kollegen und ich sind sehr zuversichtlich. Ich will nichts versprechen, aber für den Moment bin ich sehr zufrieden mit Ihnen.«

Nach der umfangreichen Visite durfte Becks wieder ins Zimmer zurück und überschüttete Mitch mit Grüßen und Neuigkeiten aus der Stadt. Doch schon während ihrer Unterhaltung bemerkte er, wie sein Freund in die Luft starrte.

»Hast du schon mit Mia telefoniert? Weiß sie Bescheid?«, fragte Mitch.

»Nein, ich hätte es heute gemacht, wenn du nicht aufgewacht wärst.« Becks reichte ihm sein Telefon. »Ich verschwinde dann wieder. Mach heute keinen Unsinn ohne mich. Morgen früh bin ich wieder da. Soll ich dir noch irgendetwas aus der Stadt mitbringen?«

»Nein. Danke. Die Mädels hier sorgen ganz gut für mich.« Mitch grinste.

Becks winkte zum Abschied und verschwand aus dem Zimmer. Mitch war jetzt allein und dankbar für die Ruhe. Doch auch jetzt, wie bereits drei Tage zuvor, stecke Mitch in einem ähnlichen Dilemma. Was war schlimmer: mit Mia vor einem Einsatz zu telefonieren oder aus einem Krankenhaus?

Lange hielt er das Telefon unentschlossen in der Hand. Dann wählte er langsam ihre Nummer.

VI

Die letzten Tage

Die Narben auf seinem Körper zeigten die langen Jahre harter Einsätze, aber noch nie fiel es Mitch so schwer, diesen einen Anruf zu tätigen. Dabei war jeder froh, zu hören, dass es einem gut ging. Man ist gesund und es ist nichts, naja, fast nichts passiert. Mitch entschloss sich für die ganze Wahrheit. Mia würde sowieso sofort merken, dass etwas mit ihm nicht stimmte.

›Die, die auf mich warten und mich lieben, sollen die ganze Wahrheit erfahren, so schwer es für alle ist‹, dachte Mitch und hörte das Läuten am anderen Ende. Als er die Stimme von Mia hörte, vergaß er für einen Augenblick all seine Schmerzen. Nur für diesen einen Moment, für diese Stimme, lohnte es sich, um sein Leben zu kämpfen.

»Hallo? Na, du hast dich ja lange nicht gemeldet, warst du wieder irgendwo mit Becks unterwegs und hast vergessen, es mir zu sagen?« Ihre Stimme klang vorwurfsvoll. »Ich habe dir eine SMS geschrieben, aber keine Antwort bekommen, du weißt doch, dass ich mir immer Sorgen mache, wenn du dich so lange nicht meldest!« Mitch schwieg und sammelte sich. »Hast du denn gar nichts zu deiner Verteidigung zu sagen? Das ist wirklich fies, sich so lange nicht zu melden und dann am Telefon zu schweigen.« Mia wurde langsam ärgerlich.

»Mia …«, unterbrach Mitch sie und versuchte, die richtigen Worte zu finden, »ich konnte mich so lange nicht bei dir melden, weil ich gerade im Krankenhaus liege. Unser Fahrzeug wurde angesprengt …«

Es wurde sofort still am anderen Ende – keine Klagen, keine Vorwürfe, kein Ärger. Nur Warten auf die Antwort und banges Hoffen.

»Mir geht es wirklich gut, ich habe nur eine leichte Verletzung an der Schulter.« Die ganze Wahrheit ... Mitch hörte sie am anderen Ende leise weinen. »Bitte Mia, ich bleibe nur noch drei Tage zur Beobachtung hier und dann komme ich wieder raus«, sagte er besänftigend.

»Ich will die Wahrheit wissen, sag es mir bitte, geht es dir wirklich gut? Wie schlimm ist es?« Langsam fand Mia ihre Fassung wieder.

»Mir geht es wirklich gut, ich habe nur eine kleine Verletzung an der Schulter und werde diese Woche wahrscheinlich schon entlassen. Der Arzt war sehr zufrieden mit mir und die Wunde verheilt gut.«

Fast wäre Mitch das Wort Operation herausgerutscht. Er biss sich auf die Zunge. Die ganze Wahrheit ...?

»Du hast mir versprochen, keinen Unsinn zu machen, und Becks sollte auf dich aufpassen, ich mache mir doch Sorgen, wenn du dich nicht meldest.« Mia stand noch immer unter Schock.

»Nein, Becks kann nichts dafür. Er hat mich von außerhalb geführt, ich war alleine unterwegs.«

»Ich will, dass du sofort nach Hause kommst, ich kann so nicht weiter machen, bitte komm zurück ...« Mia weinte wieder und Mitch konnte förmlich ihre Tränen spüren.

»Du weißt doch, dass ich im Moment noch nicht raus kann.«

»Aber wenn du verletzt bist, dann kannst du doch nach Hause.«

»Nein, wir müssen uns noch ein paar Wochen gedulden, ich muss hier bleiben. Die Verletzung ist auch nicht so schwer, dass ich hier raus muss. Wir bereiten gerade die Übergabe vor, das dauert leider. Das andere Team ist noch nicht einsatzbereit.« Mitch versuchte, die Situation herunterzuspielen.

»Du musst irgendwann eine Entscheidung treffen. Willst du diesen Job etwa dein ganzes Leben lang machen? Es muss doch für euch andere Möglichkeiten geben, hier zu Hause zu arbeiten. Meine Praxis reicht für uns beide und vielleicht kannst du auch als Ausbilder arbeiten.« Mias Stimme klang verzweifelt, sehr verzweifelt.

»Wir werden uns zu Hause gemeinsam darüber Gedanken machen«, versprach Mitch. Darüber hatte Mitch schon oft nachgedacht, irgendwann würde der berühmte Tag X kommen und er musste sich für eine andere Verwendung entscheiden. Es brach ihm fast das Herz, Mia so zu verletzen. Er liebte sie, keine Frage, aber er liebte eben auch diesen verdammten Job. Doch irgendwann musste er sich entscheiden – aber für heute schob er diese Gedanken weit weg von sich.

»Ich liebe dich, Mia« sagte er leise.

»Ich dich auch. Wir hören uns morgen, du musst dich jetzt ausruhen.«

Mitch blickte eine ganze Weile auf die weiße Wand vor ihm. Ja, irgendwann …

VII

Die Genesung

Die Tage vergingen für Mitch wie im Flug und seine Genesung machte gute Fortschritte. Dr. Grand war sichtlich zufrieden mit seinem Patienten.

»Lassen Sie sich Zeit! Ihre Genesung braucht noch etwas, überanstrengen Sie sich nicht gleich!«, bremste er immer wieder seinen ungeduldigen Patienten.

Täglich besuchte ihn Becks und brachte gemeinsame Freunde mit. Sie lachten viel und erzählten sich ihre alten Geschichten. Diese Besuche brachten für Mitch ein großes Stück Lebensfreude in den kargen Krankenhausalltag. Er schöpfte aus ihnen neue Kraft und Stärke.

Mit der Fortdauer der Genesung wurden die Räume für Mitch langsam zu eng. Am Nachmittag setzte er sich vor dem Krankenhaus auf eine Bank in die Sonne und genoss die warmen Strahlen. Einmal versuchte er, ein paar Meter die Straße entlangzugehen, doch die Kräfte verließen ihn schnell. Seine Beine fingen an zu zittern und ihm wurde schwindelig. Daraufhin setzte sich Mitch ein neues Ziel: jeden Tag die Strecke, die er zurücklegen konnte, ein wenig zu verlängern. Er wollte das Krankenhaus so schnell wie möglich verlassen und dazu musste er wieder einigermaßen fit werden. Vor allem aber freute er sich, endlich wieder nach Hause zu kommen. Doch zuerst warteten auf ihn hier noch einige unerledigte Dinge. Bereits in den ersten Tagen hatte er darüber eine Liste erstellt und wartete ungeduldig auf den Tag, an dem er endlich das Krankenhaus verlassen durfte.

Im Hauptquartier warteten einige Gesprächspartner, die den Unfallhergang und alle möglichen Details dieser Fahrt noch einmal mit ihm gemeinsam auswerten wollten. Oberst Calesi besuchte ihn hier regelmäßig und Mitch hat ihm bereits seine Bewertung des Vorfalls abgegeben. Doch irgendetwas passte in dieser Geschichte nicht zusammen und Calesi suchte verzweifelt nach neuen Lösungsansätzen. Es blieben einfach immer noch zu viele Fragen offen. Außerdem wollte sich Mitch unbedingt persönlich bei der afghanischen Familie für seine Rettung bedanken. Die Übergabe ihres Auftrages an das neue Team stand auch noch bevor und dazu mussten einige umfangreiche Berichte verfasst werden. Er konnte die ganze Arbeit unmöglich auf Becks abwälzen.

Täglich wurde seine Geduld auf eine harte Probe gestellt. Mittlerweile schaffte Mitch schon eine ganze Runde um das Lager, vorbei am alten Stabsgebäude, an den Instandhaltungshallen, an der Wolfshölle und zurück zu seiner Krankenstation. Mitch musste auf diesem Weg immer wieder einige Pausen einlegen, was ihn sehr ärgerte. Dr. Grand bekam Sorgenfalten, als er bemerkte, wie sein Patient sich täglich quälte.

»Was passiert mit Ihnen und wer übernimmt die Verantwortung, wenn das Lager angegriffen wird oder ein Raketenangriff kommt und Sie da draußen alleine herumlaufen? Als Ihr Arzt bin ich für Sie verantwortlich und kein anderer.«

»Ich melde mich doch immer ab und sage, wohin ich gehe. Außerdem weiß ich, wie sich Raketenbeschuss anhört und hier sind doch überall Bunker.«

»Ach, woher wissen Sie denn das so genau? Ihr Freund sagte, Sie verlegen Elektroleitungen in Kabul«, unterbrach ihn Dr. Grand.

»Äh, naja, manchmal auch außerhalb der Stadt und da muss ich das wohl irgendwo gehört haben«, stammelte Mitch.

»Na, da kommen Sie ja richtig herum im Land«, sagte Dr. Grand streng, musste aber gleich darauf wieder grinsen, als er in die betont unschuldige Miene von Mitch blickte. Dieser Junge, der noch vor ein paar Tagen um sein Leben kämpfte und jetzt schon wieder nur so vor Kraft und Lebenswillen strotzte. Mitch sehnte sich nach dem Tag seiner Entlassung aus dem Krankenhaus, das war nicht zu übersehen.

‚Lange werde ich ihn hier nicht mehr halten können‘, dachte Dr. Grand, als er Mitch aufmerksam betrachtete.

I.

Leutnant Smith

»Sein Name ist Smith. Er würde gerne mit Ihnen sprechen«, sagte die Krankenschwester. Sie wunderte sich schon lange nicht mehr über diesen Patienten, den jeden Tag irgendwelche Leute besuchten. Manche trugen Uniformen und sahen sehr ernst aus, während andere hier mit ihren Sonnenbrillen und wilden Bärten voller Staub und Dreck aufkreuzten. Stundenlang saßen sie alle gemeinsam im Zimmer oder draußen in der Sonne beim Kaffee, erzählten laut und lachten. Sein Freund, dieser Große mit dem komischen Namen konnte sich ruhig öfter sehen lassen. Sie kommandierte Becks zwar immer herum, doch innerlich freute sie sich, ihn hier zu sehen. Eigentlich brauchte der Patient Ruhe, aber in seinem Krankenzimmer ging es zu wie in einem Taubenschlag – ein ständiges Kommen und Gehen.

Ein junger Mann mit wachen, blauen Augen stand etwas schüchtern in der Tür. »Gestatten Sie, Leutnant Smith.«

»Ja, bitte kommen Sie doch rein. Wie kann ich Ihnen helfen?«

»Ich bin nur kurz in der Stadt und will Sie nicht weiter stören. Sie waren auf der letzten Reise meines Vaters …«

Der junge Mann sah nach unten.

Smith! Erst jetzt fiel Mitch die Ähnlichkeit auf – der Junge war seinem Vater wie aus dem Gesicht geschnitten. Die gleichen Augen, der gleiche herausfordernde Blick.

Sofort tauchten vor seinem inneren Auge die Bilder der Fahrt nach Sourobi auf. Die letzte Kurve und der Anblick, den er zuletzt im Spiegel sah: die beiden Männer hinter ihm auf der Rücksitzbank. Jost, das Telefon wie erstarrt in der Hand, während der Oberst ihn erwartungsvoll anblickte.

Mitch konnte nicht genau einschätzen, wie viel er dem jungen Leutnant sagen durfte und wie viel der schon wusste. Nein, diese letzten Bilder konnte er ihm unmöglich erzählen.

›Vielleicht kommt eine Zeit, in der alles, was passiert ist, einmal deutlich wird. Vielleicht finden wir eines Tages die Antworten, die wir suchen.‹ Mitch wurde nachdenklich.

»Ich kann Ihnen leider nicht viel über unseren Auftrag erzählen. Ihren Vater haben wir erst einen Tag zuvor bei einer Besprechung kennengelernt. Und am nächsten Morgen sind wir in aller Frühe gemeinsam nach Sourobi aufgebrochen. Wie alles genau passiert ist, da fehlt mir, ehrlich gesagt, selbst die Erinnerung. Aber ich mochte Ihren Vater schon bei unserem ersten Treffen. Er war ein sehr geradliniger Soldat. Leider sind nicht alle wiedergekommen. Mein herzliches Beileid.«

»Danke«. Der Leutnant blickte nach unten. »Sie sagten, er war auf der Stelle tot. Wir hatten noch am Abend zuvor miteinander telefoniert und ich hatte den Eindruck, naja, wie soll ich es sagen, ich kannte ihn als einen harten Offizier, aber während unseres Gesprächs wirkte er ungewöhnlich nachdenklich. Als ob ihn irgendetwas beschäftigte. Er sagte, er muss sich auf ein wichtiges Treffen vorbereiten, kann mir aber noch nichts Genaues sagen. Dieses Treffen könnte jedoch einen entscheidenden Einfluss auf die Gestaltung der zukünftigen Politik in Afghanistan haben. Vielleicht haben Sie etwas gehört oder gesehen. Nicht, dass es an der Tatsache etwas ändern würde, aber er soll nicht umsonst gestorben sein.«

Erwartungsvoll sah er Mitch an.

Mitch horchte bei den beiden letzten Sätzen auf. Da war es wieder: die Gestaltung der zukünftigen Politik in Afghanistan.

»Ich hatte nur den Auftrag, die beiden zu einem Treffpunkt nach Sourobi zu begleiten. Ehrlich gesagt wurden uns auch keine Einzelheiten zum eigentlichen Auftrag genannt.« Mitch unterbrach sich kurz und überlegte, ob er den Leutnant einweihen sollte. Dann fuhr er fort: »Nur eine Sache bereitet mir persönlich die ganze Zeit Kopfzerbrechen. Unser vereinbarter Treffpunkt wurde anscheinend spontan verlegt. Verstehen Sie, ich hatte den Eindruck, wir wurden absichtlich immer tiefer in die Berge geführt. Wer hatte ein Interesse daran? Ich muss den Bericht der Untersuchungskommission abwarten. Mich interessiert brennend, welcher Sprengsatz und welche Art von Auslöser verwendet wurden.«

Leutnant Smith war bislang der Einzige, abgesehen von Becks, dem Mitch seine Vermutungen, welche ihn schon beschäftigten, seit er aus der Narkose aufgewacht war, offen äußerte. Er bemerkte einige nachdenkliche Falten auf der Stirn von Leutnant Smith.

»Ich habe mir eigentlich von Ihnen …«

»Wir können auch Du zueinander sagen. Ich bin Mitch«, unterbrach er den jungen Leutnant und streckte ihm seine gesunde Hand entgegen.

»Ja gern, ich bin Steve. Eigentlich habe ich mir einige Antworten von Ihnen, äh, sorry, von dir erhofft. Aber jetzt sehe ich mehr Fragen als vorher.«

»Ja, so geht es mir auch«, sagte Mitch nachdenklich. Fast zwei Stunden blieb Steve bei ihm. Sie sprachen über ihre Familien, über ihre Zukunft und vereinbarten zum Ende ihr nächstes Treffen. Leutnant Smith war im Camp Phönix bei den Marines stationiert – ganz in der Tradition seiner Familie.

Nachdem der Leutnant gegangen war, brachte Becks Kuchen vorbei. Bei einer Tasse Kaffee erzählte ihm Mitch von dem Treffen und ihr Gespräch drehte sich erneut um die zurückliegenden Ereignisse.

»Ist uns vielleicht ein Fehler unterlaufen oder gab es irgendwo eine undichte Stelle? Das lässt mir keine Ruhe. Oder müssen wir vielleicht die ganze Angelegenheit aus einem ganz anderen Blickwinkel betrachten?«

Becks rieb sich die Stirn. Fragen und Antworten, die alle in eine Sackgasse führten. Den Angaben ihres Verbindungsoffiziers konnten sie vertrauen. Allerdings war er keine große Hilfe, da er nur als Vermittler in dieser Organisation fungierte.

»Lionel hat einige Informationen über deinen Schweizer besorgt.« Becks legte ein vollgeschriebenes Blatt Papier auf den Tisch. »Ich wollte erst abwarten, bis du wieder gesund bist. Er musste lange suchen und einige Mauern einreißen, bis er das hier zusammengetragen hat.«

»Ich hatte schon befürchtet, meine SMS ist nicht angekommen«, entgegnete Mitch und nahm das vollgeschriebene Blatt in die Hand.

»Sein Name taucht Ende der Achtziger in Afghanistan zum ersten Mal auf, also schon zu Zeiten der sowjetischen Besatzung. Lionel fand im Protokoll einer Besprechung bei der UN-Vertretung in Kabul einen Teilnehmer namens Brunner. Dann verschwindet seine Spur wieder. Keiner kann etwas Genaues über ihn sagen, für welche Organisation er arbeitet oder welche Tätigkeit er hier ausübt. Offiziell ist er für eine humanitäre Schweizer Organisation tätig, aber Lionels Quelle bezweifelt das. Die Rede ist immer wieder von verschiedenen Geheimdiensten, für die er arbeiten soll. Er kooperierte schon damals mit den Russen, anschließend mit den Taliban und seine Rolle bei der Auslieferung vom damaligen Präsidenten Nadshibulla und dessen Bruder an die Taliban konnte auch nie richtig geklärt werden. Lionel ist dabei auf eine Mauer des Schweigens gestoßen. Brunner kommt und geht anscheinend, ohne Spuren zu hinterlassen. Alle paar Jahre, bei jedem Wechsel an der Spitze von internationalen Organisationen taucht er wie aus der Versenkung auf. Mehr haben wir nicht.«

Becks blickte zu Mitch.

»Hm, interessant. Wer ist er wirklich und wieso hatten unsere Geheimdienste keine Informationen über ihn?«

»Die Amis haben auch nichts über ihn. Denn sonst, glaube ich, hätten die sich nie auf diese ganze Sache eingelassen. Vielleicht ist Brunner ihre einzige Möglichkeit, einen Kontakt zu seinen Freunden aus der früheren Taliban-Zeit herzustellen. Geht es hier vielleicht doch um Gespräche mit den Aufständischen? Brunner hält sich immer im Hintergrund und zieht von dort aus die Fäden. Er stellt Verbindungen zwischen den verschiedenen Parteien her und dann verschwindet er wieder von der Bildfläche.«

»Okay, wir bleiben an dieser Sache dran. Mich interessieren immer noch einige Details der Reise. Was steckt verdammt noch mal dahinter und warum wusste keiner über ihn Bescheid?«

Mitch wurde wütend bei dem Gedanken, dass er sein Leben riskierte, nur weil einige ihren Job nicht richtig beherrschten.

Plötzlich sah er sich wieder im Bus und hinter ihm Oberst Smith und Jost. Doch die Bilder, die ihn jetzt überfluteten, waren so verschwommen ... Flashback ...

»Sag mal, wenn dem Oberst der Kontaktmann auch nicht bekannt war, dann bleibt eigentlich nur noch Jost übrig.«

»Politische Gespräche ...«, murmelte Mitch vor sich hin.

Becks ergänzte: »Nach dem, was hier steht, konnte eigentlich nur Brunner dieses Treffen organisiert haben. Also hat er Jost dazu benutzt, die anderen für dieses Treffen zu überzeugen. Dann stellt sich für mich sofort die Frage: Wer steckt hinter Brunner?«

Die Bilder wurden langsam deutlicher, und auch wenn ihnen noch einige Details fehlten, erkannten sie allmählich die Dimension dieser politischen Verstrickung, in die sie unfreiwillig hineingezogen worden waren.

»Das alles passt auch zu den Aussagen unserer Ermittler. Ich habe erst gestern mit denen ein Bier getrunken. Sie sagten, so einen sauberen Tatort haben sie noch nie gesehen. Da muss wohl jemand eine Putzkolonne vorbeigeschickt haben, um alle Spuren zu beseitigen. Du weißt doch, so etwas machen keine normalen Taliban. Hier hatte es jemand direkt auf euch abgesehen.«

»Du hast recht, das sind alles komische Zufälle. Calesi ist schon ganz verzweifelt. Keine Täter, keine Spuren, keine Anhaltspunkte.«

»Na, dann lass uns hier mal ordentlich aufräumen. Wird endlich mal Zeit!«, polterte Becks los und rieb sich die Hände. »Du bist der Chef und ich bin für jeden Blödsinn zu haben! Sag, wann es losgehen soll. Ich bin auf jeden Fall dabei!«

»Becks. Ich hab Mia versprochen, in den letzten Tagen keinen Blödsinn zu machen, und du sollst dabei auf mich aufpassen. Außer diesem geheimnisvollen Brunner haben wir nichts. Irgendetwas fehlt noch.«

»Ach Mitch, nie darf ich die richtig gefährlichen Einsätze machen, immer nur du«, sagte Becks gespielt bockig.

Sie blickten sich tief in die Augen und bei der letzten Bemerkung krümmten sie sich vor Lachen. Dieses Lachen wirkte auf Mitch befreiend, er fühlte, wie in diesem Moment eine große Last von ihm abfiel. Er wusste plötzlich, dass seine Tage auf dieser Krankenstation gezählt waren, und fasste noch mal neue Kraft. Nur diese neuen Hinweise zu dem Vorfall trübten seine Freude, das Bild ihres Auftrages veränderte sich ständig und unter jedem Stein, den sie umdrehten, fanden sie neue Hinweise, die doch nur in neue Sackgassen führten.

Zwei Tage später erbarmte sich Dr. Grand und Mitch durfte gemeinsam mit Becks ins Hauptquartier fahren. Der Doktor war sichtlich überrascht, als er Becks ausgestattet mit seiner schweren Schutzweste, vollen Magazintaschen, Pistole und Kampfmesser vor sich sah. Dadurch wirkte Becks noch größer und breiter als er sowieso schon war.

»Die Elektrizität scheint aber ein sehr gefährliches Geschäft in diesem Land zu sein«, bemerkte Dr. Grand lakonisch.

»Doc, da haben Sie schön recht. Man weiß nie, wohin es einen verschlägt und dann überall diese Überlandleitungen …«

Mitch trug einen dicken Verband und seine Hand lag in einer Trageschlaufe, um die Schulter ruhigzustellen. Trotzdem merkte Mitch auf seiner ersten Fahrt jedes Schlagloch und jede Unebenheit auf der Straße. Der Schmerz zog sich tief in die Wunde. Doch das Einzige, was für Mitch zählte, war: Er war jetzt draußen und er genoss seine wiedergewonnene Freiheit. Die Stunden und Tage auf der Krankenstation waren für ihn viel zu langsam vergangen. Zum Ende der Woche sollte Mitch gänzlich aus dem Krankenhaus entlassen werden, allerdings unter strengen Auflagen. Alle paar Tage wollte Dr. Grand seinen Patienten wiedersehen. Eigentlich war er dagegen, dass Mitch so schnell das Krankenhaus wieder verließ, aber er sah, wie unglücklich sein Patient hier war. Er hatte überlebt und jetzt wollte er aus diesem kleinen Zimmer, aus dieser Enge raus. Er brauchte seine Freiheit, um das Erlebte auch verarbeiten zu können.

»Junger Mann«, pflegte Dr. Grand bei jedem neuen Treffen zu sagen, »Stress, unnötige Belastung und Ihre ständige Unruhe sind keine guten Voraussetzungen für eine schnelle Genesung. Ich bin mir immer noch nicht ganz sicher, ob alles hundertprozentig verheilen wird. Das geht mir alles viel zu schnell bei Ihnen.« Dr. Grand wirkte nachdenklich. »Trotzdem, Sie sind ein Glückspilz und außer dieser Narbe bleibt Ihnen ihr Leben.«

Er tastete mit seinen Fingern die Narbe von oben nach unten ab. Schmerzen durchzuckten Mitch von Kopf bis hinunter in seine Zehen. Äußerlich zeigte er jedoch keinerlei Regung. Er wollte unbedingt hier raus.

»Sie haben natürlich recht, mich treibt eine innere Unruhe. Ich will immer alles auf einmal – vielleicht zu viel. Aber ich bin Ihnen zutiefst dankbar, dass Sie mich wieder zusammengeflickt haben und mich so schnell wieder entlassen.«

»Die Narbe und die Erinnerung daran werden Sie Ihr Leben lang begleiten. Auch wenn äußerlich alles verheilt, so etwas hinterlässt auch Narben in der Seele.« Dr. Grand blickte Mitch eindringlich an.

»Danke Doc, Sie sind der Beste!«

Nur noch drei Wochen …

II.

Familie Shamadi
Stadtbezirk Shash Darak, Kabul

Mitch hatte sich das Treffen mit der Familie Shamadi bis zum Schluss aufgehoben. Gemeinsam mit Becks stand er jetzt auf einem kleinen, staubigen Vorplatz in einer Sackgasse im Stadtbezirk Shash Darak. Links und rechts entlang der Häuser schlängelte sich eine zerfahrene staubige Straße, die an den Stahltoren neu erbauter Häuser vorbei führte. In ihrem Rücken lag eine Zufahrtsstraße, die geradewegs auf ein unscheinbares rotes Tor führte.

»Bist du wirklich sicher, dass wir hier richtig sind?«, fragte Becks ungläubig.

»Ja, links liegt die Moschee, rechts daneben ein rotes, eisernes Tor. So hat er es mir am Telefon beschrieben.«

Mitch hatte vor zwei Tagen mit Ajmal Shamadi telefoniert und ihren Besuch für heute angekündigt. Vor und neben dem Tor hockten Afghanen und unterhielten sich, ohne die Fremden weiter zu beachten, und zwischen den alten Autos spielten kleine Kinder.

»Wie es aussieht, ist hier alles ruhig. Lass uns reingehen«, entschied Mitch, »die Jungs warten schließlich auf uns.«

»Du weißt doch, wo du hingehst, gehe ich auch hin.«

»Wir nehmen nur die Pistole mit«, sagte Mitch.

»Und die Schutzweste?«

»Die lassen wir im Wagen.«

Mitch stieg als Erster aus dem Fahrzeug. Wegen seiner verletzten Schulter war es für ihn sehr umständlich, die schwere Schutzweste im Wageninneren auszuziehen. Er hatte immer noch starke Schmerzen bei jeder Bewegung, ließ sich jedoch nichts anmerken.

»Ich hoffe nur, sie haben was zu essen da und vernünftige Musik«, knurrte Becks und schloss mit lautem Knall die Tür des Jeeps.

Mitch grinste. Die Afghanen, die immer noch vor dem Tor hockten, beobachteten sie jetzt aufmerksam. Als sie gemeinsam zum Tor gingen, erhoben sich alle plötzlich und deuteten auf eine unscheinbare Tür. Becks drückte die rostige Klinke und sie betraten den weitläufigen Hof. Eine etwa zwanzig Meter lange Zufahrt führte auf das Grundstück. Rechts befand sich ein Gebäude mit unzähligen Türen, links stand eine hohe Mauer, hinter der eine kleine Moschee zu erkennen war.

»Rock 'n' Roll!«, hörte Mitch seinen Freund sagen und musste zwangsläufig grinsen. Langsam gingen sie die schmale Zufahrt entlang.

Nach einigen Metern endete der Weg und mündete in einem großen, grünen Garten, der von Bäumen umsäumt war. Im Schatten der Bäume standen mehrere Liegen. Eine große Gesellschaft von Afghanen saß mitten auf einer sattgrünen Wiese, umrandet von Wein und Rosensträuchern, auf einem großen Teppich. Jeder schien sich mit jedem zu unterhalten. Sie alle waren festlich, in traditionellen weißen und braunen Gewändern mit den typischen Westen darüber gekleidet. Einige der Männer hatten ihre Paschtunenmützen lässig auf den Hinterkopf geschoben.

Die Unterhaltung der Afghanen brach abrupt ab, als sie aus dem Schatten auf die sonnige Wiese hervortraten. Die Männer erhoben sich von ihren Plätzen. Mitch musste sich nicht umdrehen, er spürte Becks direkt hinter sich. Er war bereit, ihn zu beschützen und zu verteidigen.

›Er hat sich bestimmt vorhin im Wagen noch zwei Handgranaten eingesteckt. Deswegen hat er auch so lange am Fahrzeug gebraucht, um sie irgendwo zu verstecken‹, dachte Mitch. ›Typisch!‹

»Salam! Ich bin Mitch!«, grüßte er laut die versammelten Männer. Sofort begannen alle, laut durcheinanderzureden. Auch nach einigen Jahren hier im Land war es unglaublich schwer, alle Dialekte und Sprachen des Landes voneinander zu unterscheiden.

›Es scheint um uns zu gehen.‹ Soviel verstand Mitch.

Ein großer, kräftiger Paschtune mit langem, schwarzen Bart und tief nach hinten geschobener Mütze kam auf Mitch zu. Neben ihm tauchte ein anderer Afghane auf, der dem älteren wie aus dem Gesicht geschnitten war. Der Mann baute sich vor Mitch auf und musterte ihn von oben bis unten. Mitch bemerkte, wie es auf dem Hof ganz still wurde.

Der große Paschtune machte noch einen weiteren Schritt nach vorne, entblößte dabei eine Reihe weißer Zähne und sagte laut »Mitch« und umarmte ihn herzlich. Dabei drückte er sein Gesicht fest an seine Wange, so, wie es der Brauch wollte, und ließ dabei seine Hand nicht mehr los. Dann drehte er sich zu den anderen Männern auf dem Hof um und rief laut: »Mitch! Mitch!« und zeigte mit der Hand auf ihn.

Jetzt brachen alle Dämme – von allen Seiten und aus allen Türen des Hauses strömten plötzlich Männer und Kinder heraus. Sie wurden in Bruchteilen von Sekunden von allen Seiten umzingelt. Mitch verlor in der Menschenmenge, die ihn jetzt umgab, jeglichen Blickkontakt zu Becks. Der wiederum stand selbst etwas unbeholfen in einer großen Traube von Männern. Jeder wollte sie persönlich umarmen und begrüßen. Nach einer scheinbar nie enden wollenden Zeremonie saßen die beiden nun endlich auf der Wiese und tranken gemeinsam Tee.

Der kleinere Afghane, der neben seinem Vater saß, hieß Ajmal. Er stellte sie alle nacheinander noch einmal vor, übersetzte und erklärte dabei ausführlich die Stellung desjenigen in der Familie und das dazugehörige Verwandtschaftsverhältnis.

Nach dem ganzen Umarmen hatte Mitch das Gefühl, seine Schulter würde jeden Moment einfach abfallen. Seine rechte Wange hatte sich von den vielen Küssen und dem Reiben an afghanischen Bärten sicher bereits entzündet.

Der Hausherr Mohammad saß derweil zwischen ihnen und strahlte vor Stolz. Heute war die ganze Familie Shamadi gekommen, um die beiden Europäer im Kreis der Familie zu begrüßen. Der Onkel, der Schwiegervater, die beiden Schwager, Vettern, Söhne mit ihren Kindern. Auf dem Anwesen waren an die vierzig Personen versammelt – ausschließlich Männer mit ihren Söhnen und Enkeln. Lange, laute Reden wurden gehalten. Zuerst der Vater, dann der Onkel und schließlich erzählte auch Ajmal die ganze Geschichte seiner Rettung immer wieder aufs Neue bis ins kleinste Detail. Sie sprachen in Paschtu, in Dari und teils in Englisch, was zweifellos eine interessante Sprachmischung ergab. Zweimal rief der Muezzin die Gläubigen zum Gebet und die Männer machten sich im großen Pulk eilig auf den Weg in die Moschee. Endlich waren sie für einen Augenblick allein.

Becks sagte nur ungläubig: »Sag mal, das träume ich doch gerade!«

Kaum hatten sie ein paar Sätze untereinander gewechselt, ging es schon wieder von vorne los. Die Männer kehrten vom Gebet zurück und die Unterhaltung in ihrer Runde wurde fortgesetzt. Ajmal versuchte während der Unterhaltung nach Kräften, den ganzen Wirrwarr zu übersetzen und dabei noch die Anweisungen seines Vaters an die Bediensteten im Haus zu erteilen. Eine wirklich anspruchsvolle Aufgabe. Sein Kopf war bereits hochrot vor Anstrengung. Mitch lächelte – einige Männer schienen also doch multitaskingfähig zu sein ...

Sie alle waren sehr neugierig und wollten einfach alles über sie wissen – über ihre Familien, über Europa und ihre Arbeit in Afghanistan. Es wurde viel über die politische Lage im Land, die schlechte Arbeit der Regierung und die Unzufriedenheit mit dem Präsidenten debattiert.

Die beginnende Dämmerung beendete schließlich ihr erstes Treffen und wie schon die Begrüßung, dauerte die Abschiedszeremonie ähnlich lange. Nachdem sich alle voneinander verabschiedet hatten, kehrten sie in ihre Häuser zu ihren Familien zurück. Von diesem Tag an gehörten Mitch und Becks zur Familie Shamadi – ihr Haus stand immer für sie offen. Diesem ersten Treffen folgten schließlich etliche Einladungen zum Tee, zum gemeinsamen Essen und zu Gesprächen, die sich immer um Geschäfte, Politik und Religion drehten.

Mitch dachte dabei oft an die Aussage von Winston Churchill, der einmal über die Afghanen sagte: ein Krieger, ein Politiker und ein Geistlicher. In diesem Satz steckte viel Wahrheit, verdammt viel.

VIII

Zu Hause

Drei Monate lagen die Ereignisse mittlerweile zurück und hinter Mitch damit ellenlange Berichte und die Aufarbeitung der Ereignisse in Sourobi durch die zuständigen Gerichte. Nachdem der Untersuchungsbericht vom EOD fertig war, wurde der Vorfall dann endgültig zu den Akten gelegt. Es konnte weder ein Täter noch eine dahintersteckende Gruppierung ermittelt werden. An einer wirklichen Aufklärung zeigte mittlerweile auch keine der betroffenen Seiten mehr wahres Interesse. Der Tod zweier hochrangiger Vertreter sollte so schnell wie möglich in Vergessenheit geraten.

Auf der politischen Bühne in Afghanistan wurden derzeit neue Allianzen und Bündnisse geschmiedet und es tauchten neue Herausforderer auf, die politische Ämter im Land anstrebten. Doch die eigentlichen Machthaber blieben im Hintergrund und zogen dort ihre Fäden. Mehrere Bewerber auf das höchste Amt im Land zogen bereits im Vorfeld der Wahlen ihre Kandidatur zurück. Andere verzichteten und unterstützten anschließend offen den alten Präsidenten. Einer der hartnäckigsten Herausforderer unterlag dem amtierenden Präsidenten knapp in einer Stichwahl. Wochen später tauchten gefälschte Wahlscheine auf, und Vorwürfe zu den Unregelmäßigkeiten während der Abstimmung wurden laut. Die internationalen Wahlbeobachter stellten diesen Wahlbetrug in ihrem langen Bericht fest, doch die mächtigen Unterstützer hatten sich bereits festgelegt ...

Der strahlende Sieger bedankte sich bei seinen Unterstützern und verbot anschließend die Arbeit der Wahlbeobachter für die nächste Präsidentschaftswahl.

Von offizieller Seite aus wurde festgestellt, dass Mitch kein fehlerhaftes Verhalten nachgewiesen werden konnte. Ein Herbeiführen einer Explosion mit Todesfolge durch Dritte ist nicht ausgeschlossen. Aus Mangel an Beweisen werden weitere Ermittlungen eingestellt. Damit war die ganze Sache drei Monate nach dem Anschlag offiziell beendet.

Jedoch nicht für Mitch. Einige Fragen, die immer noch im Raum schwebten, konnte er sich einfach nicht beantworten. Aber würde sich für ihn etwas ändern, wenn er alles wüsste? Immerhin waren zwei Menschen gestorben und Mitch hat als Einziger überlebt. Nein, für ihn würde sich in diesen Fall nichts ändern, aber er konnte diese ganze Sache für sich einfach nicht abschließen. Nicht nach all dem, was geschehen war.

Der Direktor des Amtes und sein verantwortlicher Einsatzleiter unterstützten ihn bei seinen Nachforschungen, doch zuallererst rieten sie ihm dringend zur Erholung.

»Machen Sie jetzt ein paar Monate frei, erholen Sie sich und werden Sie wieder ganz gesund. Wir brauchen gute Leute und zählen auf Sie. Der Commander schätzt Ihre Arbeit sehr und hat ein Dankesschreiben verfasst. Sie werden natürlich ausdrücklich für weitere Einsätze in Afghanistan angefordert. Ich habe ihm bereits unsere Unterstützung zugesichert, aber auch betont, dass Sie sich jetzt erst einmal erholen müssen. Ich danke Ihnen für die hervorragende Arbeit und Sie sehen, welch hohen Stellenwert Ihre Arbeit bei den Amerikanern besitzt. Ich wünsche Ihnen einen schönen Urlaub. Ach ja, und grüßen Sie bitte Ihre Frau von mir.«

Der Einsatzleiter verabschiedete sich und eilte zum nächsten Termin ins Außenministerium. Sie verließen gemeinsam das Büro und fuhren mit dem Fahrstuhl ins Erdgeschoss.

»Lass uns noch schnell einen Kaffee in der Cafeteria trinken und einen Plan machen«, schlug Becks vor.

»Okay, ich hab ja eh nix zu tun. Ich habe jetzt offiziell frei und muss mich erholen«, erwiderte Mitch zynisch.

Kurze Zeit später saßen sie beim Kaffee und starrten schweigend auf das geschäftige Treiben auf der Straße.

»Weißt du, Becks, ich glaube, die haben recht. Wir sollten mal richtig ausspannen und erst mal schön in den Urlaub verschwinden. Wir haben uns nach dem ganzen Scheiß diese Pause verdient.« Becks wirkte plötzlich nachdenklich.

»Hab nichts dagegen, aber was machen wir danach?«

»Ach komm, bisher haben sie uns mit Arbeit zugeschüttet und ich glaube nicht, dass sich daran nach drei Monaten etwas ändern wird.«

Mitch rührte gedankenversunken in seinem Kaffee.

»Ja stimmt, ab in den Urlaub und danach sehen wir weiter. Was macht eigentlich deine Schulter?«

»Soweit ganz gut, muss noch die Reha abschließen und dann könnte ich eigentlich schon mit leichtem Training anfangen, aber ich will es nicht überstürzen. Manchmal merke ich den Wetterumschwung in der Schulter. Vielleicht sollte ich die Branche wechseln und Wetterfrosch beim TV werden!«

»Na, mein Kleiner, sei bloß vorsichtig, ich brauche dich noch«, sagte Becks lachend und winkte den Kellner heran, um noch einen Kaffee zu bestellen.

Zu Hause berichtete Mitch von seinen Gesprächen im Amt.

»Na, siehst du, er hat dir sozusagen frei verordnet. Das ist doch super!« Mia war begeistert.

»Ja, ich glaube, er hat recht. Ich brauche wohl wirklich ein bisschen Ruhe, um von all dem Abstand zu gewinnen«, sagte Mitch nachdenklich.

»Und? Hast du mit ihm über eine andere Verwendung gesprochen?«

»Nein, Becks war dabei. Ich will zuerst mit ihm darüber reden.« Vor diesem Gespräch graute es Mitch bereits jetzt.

»Ihr beide arbeitet schon so lange zusammen, das wird nicht einfach für ihn. Was will er denn später machen? Ihr könnt schließlich nicht ewig in solche Einsätze gehen. Irgendwann ist doch mal Schluss! Ich habe immer Angst um dich, wenn du da draußen bist.« Mias Stimme klang vorwurfsvoll – wie so oft bei diesem Thema.

»Möglich wäre vieles. Vielleicht in die Einsatzleitung oder in die Ausbildung wechseln, aber dann bin ich jeden Tag zu Hause und ein Bürohengst. Willst du das wirklich?«

»Nein, was willst du? Du musst dich irgendwann entscheiden. Ich will doch nur, dass du mit deiner Arbeit zufrieden bist. Es gibt nicht Schlimmeres, als den lieben, langen Tag einen Job zu machen, den du hasst. Glaub mir, ich habe jeden Tag Patienten, denen es so geht. Du weißt, ich stehe auf jeden Fall hinter dir, egal, wie du dich entscheidest. Aber dieser Job …« Mia brach abrupt ab, als sie merkte, wie das Thema ihn belastete.

»Na gut«, lenkte Mitch ein, »erst mal werden wir uns erholen und dann bestimmt eine Möglichkeit finden, wie es weiter gehen soll.«

Mitch hoffte, mit diesem Satz dieses leidige Thema wenigstens für heute vom Tisch zu haben.

»Du kannst doch auch zu Hause bleiben, meine Praxis wirft genug für uns beide ab. Wohnung putzen, abwaschen, das ist doch auch was!« Mia lachte.

»Hm, ja, eine interessante Alternative. Ich könnte dich auch jeden Tag zur Arbeit fahren und wieder abholen. Und dazwischen beschäftige ich mich intensiv mit chinesischer Malerei oder Kratzbildern. Super Idee!«

Mitch lachte bei der Vorstellung.

»Egal, was. Hauptsache, du bist glücklich«, sagte Mia.

»Mit dir immer!«, erwiderte Mitch. »Ach ja, ich bin übrigens doch für die Asien-Rundreise. Wir machen ein bisschen Kultur und ganz viel Strand. Da gibt's die schönsten Strände der Welt. Was hältst du davon?«

»Mit dir immer!«, erwiderte Mia und musste lächeln.

IX

Koh Samui, Thailand

Mitch saß im Schatten einer riesigen Palme am schönsten Strand der Insel und surfte im Internet. Mia war an diesem Nachmittag bei einer Ayurveda-Behandlung und so hatte Mitch Zeit, seine Mails zu checken und im Internet zu stöbern. Auch im Urlaub interessierte sich Mitch für die aktuellen Ereignisse in der Welt. Er saß in einem kleinen Café direkt am Strand, das eigentlich mehr eine schiefe Bretterbude war. Aber hier gab es eiskaltes Bier und die besten Shrimps der Insel. Die Wellen waren heute viel höher als gestern und einige mutige Surfer versuchten, sie zu bezwingen.

Mitch las die aktuellen Nachrichten und blieb, wie so oft, an den Meldungen aus Afghanistan hängen. Er überflog die Berichte, klickte sich durch andere Seiten und wurde auf eine vier Monate alte Meldung aufmerksam. Die Worte brannten sich förmlich in seinen Verstand: »Toter bei Anschlag in Sourobi.«

Gleißende Sonne, Staub, gewaltige Berge um ihn herum, er war wieder dort ... Mitch versuchte, die Erinnerungen zu verdrängen, und las den Bericht: ›Plötzlich hörten wir Schüsse‹, sagte Melai. Er sei sicher, dass der Anschlag gezielt gegen ihn gerichtet gewesen sei, zumal viele Leute von seinem Besuch in der Region gewusst hätten. Auch sei nur auf die vorderen Wagen geschossen worden, in denen er fuhr. Andere Abgeordnete und ranghohe Beamte im hinteren Teil des Konvois seien nicht beschossen worden. Melai war sich absolut sicher:

›Sie hatten niemand anderen als uns zum Ziel.‹ Laut Polizeichef des Distriktes Sourobi, Abdul Jalil Shagni, wurde der Konvoi bei der Einfahrt auf die Sourobi–Passhöhe beschossen. Ein Wachmann erlag seinen Verletzungen auf dem Weg ins nächstgelegene Krankenhaus. Der Konvoi setzte seine Fahrt nach dem Zurückschlagen der Angreifer fort. Mohamad Shali Melai war Präsident des Provinzrates von Kandahar und ein enger Verwandter des Präsidenten. Südafghanistan war das Zentrum des Opium- und Heroinhandels. Hier war der Ursprung der Talibanbewegung, in den Stammesgebieten von Waziristan. Immer wieder wurden Shali Melai Verwicklungen mit lukrativen Drogengeschäften nachgesagt. Die Anschuldigungen konnten jedoch nie bewiesen werden. Melai hielt sich am Sonntag in Nangarhars Provinzhauptstadt Jalalabad auf, um dem dortigen Gouverneur Sherzai zu danken, der seine Pläne aufgegeben hatte, bei den stattfindenden Präsidentschaftswahlen gegen seinen Cousin, den jetzigen Präsidenten, anzutreten. Sherzai galt bei der kommenden Wahl als der aussichtsreichste Herausforderer des Präsidenten.

Die letzten Zeilen verschwammen vor seinen Augen. Und in diesem Moment brach all das wieder auf, was Mitch glaubte, in den letzten Monaten vergessen zu haben. Mitch war plötzlich in einem Tunnel gefangen und suchte einen Ausweg. Kalte Angst kroch in ihm hoch. Er legte den Laptop aus der Hand und schloss die Augen. Sein Gehirn arbeitete auf Hochtouren. Er rechnete den im Artikel angegebenen Zeitraum zurück und überlegte. Als er die Augen wieder aufschlug, sah er plötzlich den Besitzer des Cafés direkt vor ihm.

»Na, Mitch, alles in Ordnung bei dir?«, fragte dieser besorgt. »Willst du noch ein Bier?«

Die beiden Gouverneure trafen sich einen Tag nach dem Anschlag auf die Delegation. Das konnte kein Zufall sein.

Melai brauchte auf dem direkten Weg von Kandahar nach Jalalabad etwa sechs Stunden, mit dem Umweg über Sourobi waren es zwei Stunden mehr. Was suchte Melai in Sourobi, an dem Tag, als sein Bus angesprengt wurde? War der Beschuss seines Konvois eine Finte, um von dem Anschlag auf die Delegation abzulenken? Hatte der Anschlag Gouverneur Sherzai *überzeugt*, seine Präsidentschaftskandidatur aufzugeben?

Mitch blickte auf das türkisblaue Meer. Die Surfer auf dem Wasser kämpften immer noch mit den Wellen. ... die letzte Kurve, der große Stein, der auf seiner Spur lag – er musste nach links ausweichen ...

»Ich glaube, ich brauche jetzt etwas Stärkeres«, erwiderte Mitch. Er nahm seinen Laptop wieder in die Hand, öffnete Skype und sah, dass Becks gerade online war. Mitch wählte die Option *Anrufen*. Kurz darauf hörte er die Stimme seines Freundes am anderen Ende der Welt.

X

Der Hilferuf

Das Klingeln eines Telefons nahm Mitch im Schlaf zwar wahr, aber sofort befiel ihn wieder eine bleierne Müdigkeit und er tauchte in die Welt der Träume ab. Seit vier Wochen waren er und Mia aus ihrem Urlaub zurück. Mia war wieder täglich in ihrer Praxis und Mitch verschärfte sein Training. Er hatte sich bereits im Urlaub einen Trainingsplan erstellt. Ausdauer und Muskelaufbau standen dabei an erster Stelle. Schon nach ein paar Tagen konnte er gleichmäßige, langsame Bewegungen mit Gewichten machen und auch kürzere Strecken ohne Schmerzen schwimmen.

›Nicht zu viel, nicht zu schnell, nicht alles auf einmal!‹

Mitch fielen wieder die mahnenden Worte von Dr. Grand ein und er zwang sich zur Mäßigung. Sorgen bereiteten ihm immer noch die Schmerzen, die er bei Erschütterungen spürte. Gerade beim Radfahren bemerkte Mitch, wie bei jedem Stoß das Blut in seiner Narbe pochte und sich ein dumpfer Schmerz in der ganzen Schulter ausbreitete.

Aber trotz dieser Schmerzen versuchte er, jeden Tag etwas mehr von seinem Körper zu fordern. Becks war stets mit dabei und unterstützte ihn. Dafür durfte sich Becks von Mia einiges anhören.

»So bekommst du nie eine Frau ab, wenn du immer nur mit Mitch rumhängst. Aber denk dran, er ist schon mit mir verheiratet, da kommst du etwas zu spät.« Mia grinste siegessicher.

»Ach, Mia, lass mich doch einfach bei euch einziehen! Ihr habt immer einen vollen Kühlschrank«, scherzte Becks.

Erneut hörte Mitch im Halbschlaf das Klingeln, aber ihm fehlte nach dieser harten Trainingswoche einfach die Kraft, ans Telefon zu gehen. Schließlich quälte er sich doch stöhnend aus dem Bett. Mia war bereits weg und hatte Mitch einen kleinen Brief hinterlassen, den sie auffällig an der Kaffeemaschine platziert hatte: *Hallo Morgenmuffel! Viel Spaß heute beim Sport und übertreib es nicht. Ich freue mich auf heute Abend und auf dich. Liebe Küsse, Mia.*

Mitch machte sich einen Kaffee und ging dabei die Tageszeitungen durch. Heute war er erst um halb elf mit Becks zum Laufen verabredet. Zufällig fiel sein Blick dabei auf das auf der Kommode liegende Telefon.

›Ach ja, stimmt, das Telefon hat ja geklingelt.‹

Mitch erinnerte sich. Drei Anrufe in Abwesenheit. Mitch drückte die Anrufliste durch. Alle drei Nummern begannen mit der Vorwahl 0093 – Afghanistan. Er setzte sich wieder hin und überlegte. Bei seinem letzten Treffen mit Ajmal hatte Mitch ihm seine Telefonnummer gegeben und gesagt: »Ajmal, nur für den Notfall, wähle diese Nummer dreimal hintereinander. Aber wirklich nur im Notfall, wenn dir oder deiner Familie etwas passiert. Ich werde nicht rangehen. Aber ich werde mich bei dir melden. Hab Geduld und denk dran, nur im Notfall, mein Freund.«

Bereits damals hatte Mitch so eine Vorahnung. Anscheinend war dieser Notfall jetzt tatsächlich eingetreten. Für solch einen Fall hatte sich Mitch extra ein Prepaidhandy besorgt, denn die Anrufe von diesen Handys konnten nicht zurückverfolgt oder geortet werden. Er holte es aus der Schublade, trank einen Schluck Kaffee und wählte die Nummer von Ajmal. Es hatte nur einmal geklingelt, da hörte Mitch schon die Stimme von Ajmal.

»Balle?«

»Hallo Ajmal, Mitch hier.«

Mitch hörte undeutliche, verzerrte Stimmen im Hintergrund. Ajmal war also nicht allein im Raum.

»Mitch, wie geht es dir, mein Freund?«

›Hat er mich etwa nur angerufen, um zu hören, wie es mir geht?‹ Mitch war etwas verdutzt.

»Danke, Ajmal. Mir geht es gut und wie geht es deinem Vater und der Familie?«

»Mitch, du musst kommen, sie haben Onkel Nabi entführt!« Ajmals Stimme überschlug sich. »Sie wollen 1,4 Millionen Dollar von unserer Familie, das haben sie gerade am Telefon gesagt!«

»Ajmal, ganz ruhig. Hast du irgendeinen Verdacht, wer deinen Onkel entführt haben könnte?« Also doch ein Notfall ...

»Das sind gefährliche Leute, das sind Kriminelle. Wir haben denen nichts getan, warum machen die so was?« Ajmal klang jetzt verzweifelt.

»Wann ist es denn passiert?«, fragte Mitch knapp.

»Sie haben sich heute gemeldet, aber ich glaube, sie haben ihn schon seit vorgestern. Wir haben uns gewundert, warum er nicht zum Tee kommt.«

»Bleib ganz ruhig und erzähl mir alles, was du weißt.« Mitch versuchte, Ajmal zu beruhigen. Er musste möglichst viele Informationen sammeln. »Was sind das für Leute, was weißt du über sie?«

»Das sind gefährliche Kriminelle. Sie entführen Leute aus der Gegend und die Familien müssen bezahlen. Wenn sie nicht zahlen, dann töten sie ihre Opfer und entführen einfach den Nächsten aus der Familie. Das machen sie so lange, bis die Familie bezahlt. Die Entführungssumme verdoppelt sich jedes Mal. Mitch, was sollen wir bloß machen? Du musst uns helfen! Zur Polizei können wir nicht gehen. Die stecken alle unter einer Decke.« Jetzt schwang neben der Verzweiflung blanke Angst in der Stimme mit.

»Ajmal, wie lange haben wir noch Zeit?« Mitch versuchte, Ajmal zu beruhigen und dabei selbst ruhig zu bleiben.

»Sie wollen sich in drei Tagen noch einmal melden. Bis dahin haben sie versprochen, Onkel Nabi gut zu behandeln. Nach den drei Tagen müssen wir dann sagen, ob wir die Summe bezahlen können oder nicht.«

Mitchs Entschluss stand bereits fest. Er musste da runter und der Familie helfen. Das war etwas Persönliches, er war es Onkel Nabi schuldig. Ein schemenhafter Plan begann sich bereits in seinem Kopf abzuzeichnen.

»Ich werde euch helfen, Ajmal, aber hör bitte genau zu. Du musst die Geldübergabe verzögern, solange du kannst. Ich brauche drei Tage, um alles vorzubereiten. Dann, zum Ende der Woche, komme ich. Aber wir werden nach meiner Ankunft auch noch einmal drei bis vier Tage brauchen. Versuch mit allen Mitteln, Zeit zu gewinnen, die brauchen wir ganz dringend.«

»Du weißt, wir sind Händler. Eine Woche ist kein Problem und dann werden wir wieder mit denen verhandeln, bis Du so weit bist. Danke Mitch, wir sind sehr froh, dass du uns hilfst!« Ajmal klang erleichtert.

»Ja, kein Problem. Wir bleiben in Kontakt, und ruf mich sofort an, wenn sich was ändert!«

»Wir machen alles so, wie du es sagst. Vielen Dank, mein Freund.«

Mitch legte auf und begann sofort, einen Plan zu entwickeln. Aber er konnte das nicht allein machen, dazu brauchte er tatkräftige Unterstützung ...

Becks wartete bereits unten auf ihn, fertig zum Laufen.

»Hi Becks. Na, bist du heute endlich wieder fit?«, begrüßte ihn Mitch.

»Na klar, ich bin immer fit! Was macht die Schulter?«

»Ach, die ist so gut wie neu.«

»Du hast auch schon mal besser gelogen.«

Becks grinste.

»Wollen wir reden oder wollen wir laufen?«

Mitch lief los. Sie hatten ihre bevorzugte Laufstrecke in einem idyllischen Waldstück. Dreimal die Woche liefen sie ihre drei Runden. Während der ersten Runde erzählte Mitch von dem Anruf aus Afghanistan. Becks hörte schweigend zu und lief ruhig neben ihm her. Er war sein Freund und Partner, und Mitch legte großen Wert auf seine Meinung. Er wusste, ohne Becks würde sein ganzer Plan nicht funktionieren.

»Hör mal, mein Kleiner, bilde dir nicht ein, dass du das alleine durchziehst, ich komme auf jeden Fall mit. Nach der Nummer, die sie mit uns veranstaltet haben, habe ich jetzt richtig Lust, da unten aufzuräumen!« Er zog augenblicklich das Tempo an und Mitch bemerkte seine eigene, noch fehlende Kondition. Sein Puls schnellte hoch. »Ich brauche eine Stunde, dann bin ich abmarschbereit, das weißt du doch.«

»Dann hast du aber noch nicht geduscht.« Mitch grinste und versuchte gleichzeitig, seine Lungen mit frischer Luft vollzupumpen.

»Ach, dann laufen wir halt noch etwas schneller«, sagte Becks und verschärfte abermals das Tempo.

»Danke Becks, ich würde es ohne dich nicht schaffen.« Mitch schnappte nach Luft. Bei der zweiten Runde erklärte er den Plan. Sie nahmen das Tempo heraus und liefen jetzt wieder etwas langsamer.

»Wir müssen Lionel ins Boot holen. Er hat gute Verbindungen dort unten und er kann uns neue Ausweise besorgen.«

»Becks, du buchst dir noch heute einen Flug nach Dubai, am besten last minute und ein gutes Hotel. Kennst du noch diesen kleinen Elektronikladen am Souk? Wir brauchen zwei Sender und ein Track24-Programm zur Peilung. In drei Tagen treffen wir uns in Dubai und fliegen dann gemeinsam nach Kabul weiter.« Mitch hatte sich wieder erholt und lief nun gleichmäßig neben Becks. »Ich fliege in der Zwischenzeit nach Bukarest, mache einen kleinen Stopp bei Lionel und komme dann nach Dubai. Du buchst für uns in Dubai zwei Flüge nach Kabul. Zahle Cash, die Namen schicke ich dir noch.«

»Na klar, keine Spuren.«

»Erst vor Ort können wir uns ein genaues Lagebild erstellen, am Telefon habe ich nichts mehr aus Ajmal heraus bekommen. In Kabul muss uns die ganze Familie unterstützen, wir können nicht die offiziellen Kanäle benutzen. Ich will auf keinen Fall unsere Jungs da unten in diese Sache mit reinziehen.«

»Du hast recht. Aber wir waren bisher immer auf uns allein gestellt. Dieses Mal ist es auch nicht anders. Nur müssen wir uns jetzt auf die Afghanen verlassen. Wir haben schon einige verrückte Sachen gemacht, aber das ist wohl die verrückteste.«

»Überleg dir das gut, du musst bei der Sache nicht mitmachen, das kann dich deine Karriere kosten«, gab Mitch zu bedenken.

»Was für eine Karriere und was ist mit deiner? Wo du hingehst, gehe ich auch hin!«

»Okay, danke Becks. Dann lass uns noch eine letzte Runde drehen und dann ist gut für heute.«

»Sag mal, hast du schon mit Mia darüber gesprochen?«, fragte Becks ihn nach einer Weile.

Jetzt lief Mitch plötzlich schneller und er musste zu ihm aufschließen. Mitch hatte einen Plan entworfen und eine Entscheidung getroffen, die vielleicht sein ganzes Leben verändern würde.

»Nein noch nicht, das Schwerste hebe ich mir wie immer bis zum Schluss auf.«

Doch nach einer Weile beschlichen Mitch die ersten Zweifel, ob das Gespräch mit Mia wirklich das Schwerste für ihn war. Als sie sich am Hauseingang verabschiedeten, zögerte Becks einen Augenblick.

»Sag mal, eine Sache noch ... Onkel Nabi ist doch nicht der einzige Grund, warum du unbedingt da runter willst, oder?«

Mitch brauchte einen Augenblick, ehe er Becks antwortete.

»Stimmt. Nach dem Anruf von Ajmal habe ich mir selbst eingeredet, dass es nur diese Entführung ist, wegen der ich da runter muss. Aber in Wahrheit suche ich seit Monaten nach Antworten. Manchmal werde ich von Albträumen wach. Ich sehe immer wieder diese staubige Straße vor mir. Das Letzte, was ich im Spiegel sah, war, wie der Oberst zu Jost hinüberblickte. Ich kann seinen Gesichtsausdruck nicht vergessen. Ich will wissen, wer es auf uns abgesehen hatte, und warum. Ich will endlich Antworten auf alle diese Fragen.«

Schweigend blickte Mitch jetzt zu Boden. Becks legte seine schwere Hand auf seine Schulter.

»Ich bin auf jeden Fall dabei.«

XI

Die Vorbereitungen

Die Businessclass der ROM-Airline war heute nicht ausgebucht; nur sieben Passagiere hatten Platz genommen. Riana Nescu teilte sich heute den Service mit ihrer jüngeren Kollegin. Sie ging erneut die Sitzreihen entlang, um zu überprüfen, ob alle Passagiere angeschnallt waren. Bei der letzten Reihe blieb sie kurz stehen und schaute noch einmal genau hin – der Passagier war ihr vorhin schon aufgefallen. Er war groß, schlank, hatte blaue Augen mit einer kleinen Narbe darüber und strahlte eine fast unheimliche Ruhe aus. Sein Anzug und das Parfum, das sie roch, wenn sie an ihm vorbeiging, verrieten einen sehr exklusiven Geschmack. Sie hatte zur Sicherheit noch einmal auf seine kräftigen Hände geschaut, aber außer einer großen, teuren Uhr konnte sie keinen Ring entdecken. Sehr gut ... ›Na, der Flug geht ja noch zwei Stunden, vielleicht hat er Zeit in Bukarest.‹ Sie blickte dem Unbekannten tief in die Augen, lächelte und fragte: »Sind Sie auch angeschnallt?«

Mitch wurde plötzlich aus seinen Gedanken gerissen. Eine Stewardess wollte noch einmal sehen, ob er auch angeschnallt war. Er zeigte ihr bereitwillig den Sicherheitsgurt und schaute wieder hinaus auf das verregnete Rollfeld. Die Triebwerke heulten auf und die Maschine rollte langsam zum Start. Mitch schloss die Augen und dachte an den Abschied von Mia. Sie hatte, trotz seiner anfänglichen Befürchtungen, die Geschichte von der Entführung sehr ruhig aufgenommen. Gemeinsam sind sie alle Möglichkeiten und das Für und Wider der Reise nach Kabul durchgegangen. Aber letztendlich gab es nur diesen einen Weg, das hatte auch Mia schnell eingesehen. Mitch wollte, musste zu Ajmal fliegen.

»Du bist doch überhaupt nicht richtig fit, was kannst du da unten schon ausrichten? Vielleicht bezahlen sie vorher schon und dann musst du nicht mehr fliegen …« Mia versuchte ein letztes Mal, ihn umzustimmen, klang aber nicht sehr optimistisch dabei.

»Natürlich, das wäre die beste Lösung für alle Seiten, aber Entführungen in Afghanistan dauern in der Regel sehr lange. Bis die sich auf einen Preis einigen und bis das Geld geflossen ist, vergehen einige Wochen! Mia, ich kann sie da unten nicht hängen lassen. Sie haben das auch bei mir nicht getan. Sie haben mich verbunden und mitgenommen. Ohne ihre Hilfe würde ich nicht mehr hier sitzen.«

»Ja, ja, ich verstehe das alles, aber ich habe immer so eine Angst, wenn du da unten bist. Hast du denn keine Angst?« Sie blickte ihn jetzt mit ihren durchdringenden Augen an.

»Doch, Angst muss man haben, nur Lebensmüde und Dummköpfe haben keine, aber es gibt Momente, in denen du einfach nur funktionierst, ohne an die Folgen zu denken.«

Zärtlich, aber immer noch zögernd berührte ihre Hand seine Schulter. Sie gab ihren Widerstand auf. Der Abschied am Flughafen war sehr bewegend. Mia wollte Mitch nicht gehen lassen und er wusste in seinem tiefsten Inneren, dass keine Absage aus Kabul kommen würde. Sie brauchten und hofften auf seine Hilfe.

»Ich fliege nur schnell runter und helfe bei der Geldübergabe und dann bin ich gleich wieder zurück.« Mitch versuchte, die Situation aufzulockern.

»Du machst es dir immer so einfach und ich muss immer hoffen und bangen, dass dir nichts passiert. Du weißt doch, wie schnell es gehen kann und so viel Glück kannst du nicht immer haben!«

Mitch sah jetzt, dass eine Träne aus ihren großen Augen kullerte. Sein Herz setzte kurz aus und ein Kloß drückte in seiner Kehle. Mia wirkte in diesem Moment so klein, zerbrechlich und schutzlos. Mitch war selbst den Tränen nahe.

»Ach nein, ich hasse es, wenn ich weinen muss.«

Sie drückte sich eng an ihn.

»Weine nicht, Kleine, ich bin immer bei dir.« Mitch kämpfte selbst mit seinen Emotionen. Irgendwann musste er sich entscheiden …

Jetzt saß er im Flieger in Richtung Ungewissheit. Der Pilot gab Schub auf die Triebwerke und die Maschine erhob sich in den verregneten Himmel über Berlin.

XII

Bukarest

Lionel holte Mitch vom Flughafen in Bukarest ab. Sie kannten sich erst seit drei Jahren, doch gefühlt war es ein Leben lang. Stets war Lionel wie ein großer Bruder für Mitch, der ihn immer vor allen Gefahren dieser Welt beschützen wollte.

Lionel war verantwortlich für die Sicherheit der UN-Vertretung in Kabul. Bei ihm liefen alle Fäden und Informationen sämtlicher UN-Büros zusammen. Mit der Statur eines Gewichthebers und seinen schwarzen, lockigen Haaren war er kaum von einem Afghanen zu unterscheiden. Lionel hatte Becks und ihn oft mit lebenswichtigen Informationen versorgt. Informationen, die noch nicht einmal die Geheimdienste hatten. Seit ihrer gemeinsamen Zeit in Afghanistan verband die Drei eine tiefe Freundschaft.

Lionel umarmte Mitch zur Begrüßung.

»Hallo Mitch, schön dich gesund wiederzusehen. Wie geht es deiner Frau und was macht der Pflegefall Becks?«, fragte Lionel fröhlich und nahm Mitch die Tasche ab.

»Ich soll dich und deine Familie ganz lieb von Mia grüßen. Becks ist schon unterwegs für unsere gemeinsame Sache.«

Einen Moment lang sah er Mitch aus seinen strengen, braunen Augen an.

»Mitch, ich denke, die ganze Geschichte ist nicht ohne. Ich würde euch gerne dabei helfen, das schafft ihr nicht alleine! Ich habe schon meine Sachen gepackt.«

Damit hatte Mitch überhaupt nicht gerechnet.

»Lass uns doch später darüber reden, Lionel. Wir haben einen Plan und brauchen jede Hilfe, die wir bekommen können«, sagte Mitch und öffnete die Beifahrertür.

Lionel bewohnte mit seiner Frau und seinen zwei Kindern ein kleines Holzhaus am Rande von Bukarest.

»Hör mal Lionel, ich kann mir doch auch ein Hotelzimmer nehmen.«

»Kommt überhaupt nicht infrage! Du bist mein Gast und wohnst auch bei mir.« Lionel schien empört. »Wir sind erst vor einem Jahr hierher gezogen – raus aus der Stadt. Du kannst keine Wohnung mehr in Bukarest bezahlen, die Mieten sind so hoch, alles nur Spekulanten und Verbrecher. Die Kinder können hier im Grünen aufwachsen und die Menschen sind nicht so verrückt wie in der Stadt. Wir haben eigene Hühner und im Sommer Kartoffeln und Tomaten aus dem Garten. Was will ich mehr? Ich habe meine Frau mit den Kindern für zwei Tage zu ihrer Mutter geschickt. Also können wir uns über alles in Ruhe unterhalten. Vlasso hat mir übrigens diesen guten, selbst gemachten Balitschka vom Land besorgt.« Lionel lächelte und zwinkerte Mitch zu.

»Ich glaube, das letzte Mal, als wir ihn getrunken haben, hatte ich von dem Zeug drei Tage lang Kopfschmerzen und lecker war er auch nur in Maßen!«

Lionel lachte jetzt laut und klopfte Mitch dabei kräftig auf die Schulter. Der stöhnte vor Schmerzen unwillkürlich auf.

»Oh, entschuldige.« Lionel zog sofort die Hand wieder weg.

»Nee, das geht schon wieder. Ich stehe doch jetzt im Training.«

»Ach was. Habe ich gar nicht bemerkt.«

Nach einer Stunde Fahrt über die verstopften Straßen von Bukarest hielt Lionel vor einem kleinen Holzhaus.

»Ist nicht sonderlich groß, aber bezahlt und meins. Willkommen zu Hause, Mitch!«

Sie aßen gemeinsam zu Abend und Mitch half Lionel anschließend, den Tisch abzuräumen. Danach brachte Lionel aus der Küche eine große Flasche mit weißer Flüssigkeit und zwei Teegläser mit. Der berüchtigte Balitschka – selten unter fünfzig Promille, half er gegen alles, besonders beim Vergessen.

›Oh je, das wird böse.‹ Mitch ahnte Schlimmes. Lionel füllte die Gläser bis zur Hälfte.

»So, Mitch, na dann. Na Sdorowje!«

»Na Sdorowje, mein Freund!«

Das verdammte Zeug brannte wie Feuer.

»So, dann lass uns mal zum Geschäftlichen kommen«, sagte Lionel und plötzlich, wie aus dem Nichts, lag ein brauner Umschlag auf dem Tisch. »Hier ist das, was du bei mir bestellt hast. Glaub mir, wie immer beste Qualität!«

Mitch holte zwei blaue Dienstpässe für UN-Mitarbeiter aus dem Umschlag. Wenn er es nicht besser wüsste, hätte er geschworen, dass sie direkt aus der Bundesdruckerei kommen, so echt wirkten die Dokumente.

»Lionel, du hast nicht zu viel versprochen, die sind vom Original nicht zu unterscheiden.« Mitch untersuchte jede Seite der Pässe.

»Besser geht‘s nicht«, bestätigte Lionel.

Jetzt schob Mitch einen Umschlag über den Tisch. Verwundert blickte Lionel auf.

»Hier sind 30.000 Euro …«, begann Mitch.

»Nein, kommt überhaupt nicht infrage! Das ist für dich, verstehst du, für dich, wir sind Freunde!«, rief Lionel und schob den Umschlag empört von sich weg.

»Lionel, bitte, ich weiß, was so etwas kostet und du sollst keine Schulden bei diesen Leuten haben. Außerdem brauchen wir auch weiterhin deine Hilfe. Über einen Link kannst du alle unsere Bewegungen über das Track-Programm verfolgen und leiten. Ich versuche, einen Sender bei den Entführern zu platzieren und einen bei uns zu lassen, dann hast du uns alle auf dem Schirm. Wir können das alles nicht allein überwachen und du hast recht, zu zweit ist es fast nicht zu schaffen, aber von hier aus kannst du uns viel besser unterstützen.«

Lionel überlegte kurz. »Äh, du willst mich nicht dabei haben, oder?« Er wirkte gekränkt.

»Hier bist du viel wertvoller für uns. Du bist unser Kontakt nach außen, wir brauchen dich hier. Du bist unsere Schaltzentrale und über dich steuern wir alle unsere Bewegungen und Kontakte. Von hier aus koordinierst du unseren Einsatz.«

Lionel wirkte immer noch nicht ganz überzeugt und so erläuterte Mitch ihm noch einmal genau seinen Plan und was er von Lionel erwartete.

»Wenn wir uns in den engen Straßen bewegen, brauchen wir jemanden, der das Signal verfolgt und uns führt. Außerdem sollst du unsere Bewegungen auswerten und die Bewegungen der Sender während der Nacht überwachen.«

Genau diese Aufgabe hatten sie Lionel zugedacht. Er hatte immer noch sehr gute Kontakte nach Kabul, das könnte für sie im Notfall sehr nützlich sein. Und er kannte sich in den verzweigten Straßen der Stadt wie kein Zweiter aus, daher war er so wertvoll für sie. Mehr Unbeteiligte wollten sie nicht in diese Sache einweihen. Lionel hatte außerdem zwei Kinder und im Falle eines Scheiterns wollten sie nicht über die Folgen nachdenken. Darüber waren sich Becks und er einig. Sie waren bereit, das Risiko eines Scheiterns auf sich zu nehmen, aber sie wollten keinen Weiteren in die Sache hineinziehen. Die Flasche war jetzt leer und Lionel holte eine neue aus der Küche.

»Um einen Gefallen muss ich dich doch noch bitten«, sagte Mitch. »Wer vertritt dich jetzt eigentlich in Kabul?«

»Viro. Den kennst du auch, er war dort vor zwei Jahren schon mein Stellvertreter.«

Er goss jetzt die beiden Gläser bis zum Rand voll und blickte Mitch direkt in die Augen.

»Mitch, ich kenne dich schon länger als zwei Tage. Du planst nicht eine einfache Geldübergabe, das wird doch eine größere Sache.«

Lionel blickte ihn an und schloss dabei sein linkes Auge, so als ob er zielte. Trotz der langsam einsetzenden Lähmungserscheinungen im Gesicht – Balitschka sei Dank – musste Mitch breit grinsen.

»Lionel, dann lass uns doch noch ein paar Einzelheiten durchgehen, bevor ich von diesem Zeug hier einen Knoten in der Zunge habe.«

Erst als sie die dritte Flasche geleert hatten, konnte Mitch Lionel endgültig überzeugen.

»Ruh dich mal aus und geh jetzt schlafen. Du wirst deine Kräfte noch brauchen. Ich mache mir noch ein paar Gedanken dazu«, sagte Lionel und machte es sich am Kamin gemütlich.

Am nächsten Tag standen sie wieder am Flughafen. Vom gestrigen Tag, besser gesagt vom nächtlichen Balitschka-Ausflug, hatte Mitch immer noch einen Tunnelblick und sein Schädel brummte. Doch er war froh, dass sie auf die Unterstützung von Lionel zählen konnten.

»Kommt beide gesund wieder. Ich warte auf euch!«

Sie umarmten sich zum Abschied und Lionel holte eine Flasche Balitschka, die er sorgfältig in eine Zeitung eingepackt hatte, aus seiner Tasche. Mitchs Bauch verkrampfte sich.

»Hier, für den Notfall.« Lionel zwinkerte.

»Danke, mein Freund. Wir sehen uns«, sagte Mitch zum Abschied.

›Hoffentlich bis bald!‹, dachte Lionel und sah, wie sein Freund im Flughafengebäude verschwand. Nachdenklich ging er zurück zu seinem Wagen. ›Hoffentlich ...‹

XIII

Die Ankunft

Mitch flog gern nach Dubai. Dieser Schmelztiegel verschiedenster Kulturen und Religionen faszinierte ihn immer wieder aufs Neue. Auf ehemaligen Karawanenstraßen entstanden moderne, sechsspurige Autobahnen und auf kleinen Handelsplätzen wuchsen klimatisierte Hochhäuser und Hotels. Vor fast dreißig Jahren waren hier noch Beduinen mit ihren Kamelen unterwegs und jetzt hatte sich daraus eine supermoderne Stadt voller Glanz und Glamour entwickelt. Eine der modernsten Oasen dieser Welt. Seit England 1971 Dubai und die angrenzenden Emirate in die Unabhängigkeit entlassen musste, begann der kometenhafte Aufschwung der Stadt. Das flüssige Gold hatte Dubai einen rasanten Aufstieg und schier grenzenlosen Reichtum beschert.

Mitch traf sich mit Becks in der Nähe vom Flughafen im Irish Village, einer riesigen Anlage mit verschiedenen Restaurants, Pubs und Diskotheken, in deren Menschengewühl man problemlos untertauchen konnte. Mitch berichtete über seinen Besuch bei Lionel und Becks seinerseits über seine Vorbereitungen.

»Ich habe die Sender und die Karten besorgt und das Programm auf unseren Rechner installiert. Funktioniert alles super. Unser Flug nach Kabul geht morgen um fünfzehn Uhr dreißig, sodass wir abends gegen neunzehn Uhr landen.«

»Gut. Wir nehmen auf dem Flug nur das Notwendigste im Handgepäck mit. Viro organisiert unsere Abholung direkt vom

Flieger, dann brauchen wir nicht durch die Sicherheitskontrollen. Es ist schon dunkel, wenn wir ankommen und das Vorfeld ist schlecht beleuchtet, so können wir gleich untertauchen. Viro wird uns in die Stadt bringen und den Rest gehen wir zu Fuß. Ajmal wird allein auf uns im Büro warten, um keine unnötige Aufmerksamkeit zu erregen.«

»Das Hotel habe ich noch bis morgen gebucht und ab dann ein kleines Apartment, zwei Eingänge, ruhig gelegen am Dubai Creek. Ich hab gleich für zwei Monate angemietet, doppelte Rate, dafür keine Fragen. Dort können wir auch unsere restlichen Sachen deponieren.« Becks klang zufrieden.

»Bisher liegen wir im Zeitplan. Ab morgen wird es dann interessant. Ajmal verhandelt noch mit den Entführern. Sie sind bereit, von 1,4 Millionen Dollar auf 1,2 Millionen runterzugehen.«

Die beiden tranken ihr letztes Bier und unterhielten sich weiter am Tisch. Keiner von den lärmenden Urlaubern, die sie umgaben, konnte auch nur erahnen, dass es bei dieser Unterhaltung um Leben und Tod ging.

Die Maschine nach Kabul war voll. Becks und Mitch hatten verschiedene Sitzreihen genommen, um so wenig wie möglich aufzufallen.

›In zwei Stunden wissen wir mehr. Das Warum hängt wie ein Damoklesschwert über dieser ganzen Sache. Können wir der Familie Shamadi überhaupt helfen?‹

Mit dieser Frage beschäftigte sich Mitch schon die ganze Zeit. Er schloss die Augen und ging im Kopf noch einmal alle Vorbereitungen durch. Von seiner Seite war soweit alles bereit, das Unberechenbare lag jetzt vor ihnen in Kabul.

Das Flugzeug hatte mittlerweile seine Reisehöhe erreicht, und ohne aus dem Fenster zu sehen, wusste Mitch, wie die Landschaft unter ihm aussah. Einmal hatte er versucht, dieses Bild Mia zu beschreiben.

»Du musst dir das so vorstellen: Nimm ein großes Stück Backpapier und zerknülle es. Dann breite es wieder vor dir aus. Genauso sieht Afghanistan aus der Luft aus.«

Bei dem Gedanken daran musste Mitch unweigerlich schmunzeln, denn Mia hatte es genau so gemacht und staunte nicht schlecht über das vor ihr liegende Ergebnis – ein braunes Stück Backpapier übersäht mit Falten.

»Das ist ja alles braun und es gibt gar kein Grün. Wer lebt denn an solchen Orten?«, hatte Mia damals gefragt.

»Ja, so sieht die Landschaft von oben aus. Zerklüftet, schroff, braun und grau und wieder braun. Diese Falten, wie du sie nennst, sind Täler. Und da unten gibt es Leben und Wasser und manchmal auch ein bisschen Grün.«

Bei diesen letzten Gedanken war Mitch eingeschlafen. Die Anschnallzeichen leuchteten auf und sofort breitete sich unter den Passagieren eine gewisse Spannung und Unruhe aus. Die Landung stand kurz bevor. Auf die offiziellen Vertreter der internationalen Organisationen, die vorn in der Businessclass saßen, wartete jetzt ihre Arbeit. Auf die anderen, die in der Economy saßen, warteten ihre Familien. Und auf Mitch und Becks ein Auftrag mit ungewissem Ausgang …

Sie näherten sich Kabul und die letzten Gipfel der Berge, die die Stadt umgaben, schienen fast die Flügel der Maschine zu streifen. Unter ihnen lag die Stadt, die bereits in die Abenddämmerung eintauchte. Kabul lag gefangen in einem von hohen Berggipfeln umgebenen Kessel. Das Wetter und der Wind änderten sich ständig und beim Start mussten die Maschinen sofort an Höhe gewinnen, denn die Viertausender, die vor ihnen in die Luft ragten, machten keinen Platz.

Mitch sah bereits die ersten Lichter, die gefährliche Jalalabad Road, das berüchtigte Kabuler Gefängnis am Rande der Stadt und das Camp Warehouse. Die Maschine sackte noch einmal stark ab und allen stockte kurz der Atem. Sie überquerten den militärischen Teil des Flughafens, bis schließlich das Fahrwerk hart auf der Landebahn aufschlug. Die Triebwerke heulten auf, als der Umkehrschub eingeleitet wurde. Die Maschine rollte jetzt über die holprige Landebahn an den entlegensten Teil des Flughafens. Hier herrschte seltsame Betriebsamkeit. Marode Scheinwerfer leuchteten einen weißen Helikopter ohne Hoheitszeichen an. Eine russische Mi-8 wurde gerade beladen und eine Gruppe schwer bewaffneter Männer wartete daneben. In der beginnenden Dunkelheit konnte Mitch leider nicht mehr erkennen.

›Ein Helikopter ohne Kennzeichnung, eine große Gruppe bewaffneter Männer ohne Militärabzeichen – vermutlich ein Nachtflug in die Berge. Die Jagd nach irgendeinem Anführer der Al Qaida geht anscheinend in die nächste Runde‹, dachte Mitch.

Er war noch mit seinen Überlegungen beschäftigt, als ihn sein Sitznachbar, der sich als Berater im afghanischen Ministerium vorstellte, anstieß.

»Da fliegt unser Geld ...«, sagte er lakonisch.

Dieser nervige Typ wollte ihm schon während des gesamten Fluges ein Gespräch aufdrängen, war aber an den *schlechten Englischkenntnissen* von Mitch immer wieder kläglich gescheitert. Tja, gewusst wie! Mitch grinste und sah aus dem Fenster eine abgewrackte Challenger, die von schwer bewaffneten Soldaten umstellt war. Ein Blick genügte und er erkannte sogar im Halbdunkel, dass es sich dabei um die Präsidentengarde handelte.

»… was heute hier rein kommt, landet eine Woche später bei den Banken in Dubai«, ergänzte sein Sitznachbar seinen angefangenen Satz.

Diese Gerüchte hatte Mitch auch schon gehört. Ein großer Teil der Hilfsgelder, die zum Aufbau Afghanistans von der internationalen Gemeinschaft aufgebracht wurden, verschwand in den dunklen Kanälen der korrupten Regierung. Aber keiner konnte das bisher konkret beweisen – oder fehlte den Verantwortlichen einfach der Mut dazu? Egal. Mitch hatte jetzt andere Dinge im Kopf. Ihn interessierte vielmehr die Frage, wie viel Geld in eine normale Reisetasche passte. Und wurde das Geld dabei vorher gewogen oder gezählt? Er hielt seine Hand ans Ohr gepresst und neigte sich zu seinem Sitznachbarn hinüber.

»Was bitte sagten Sie? Ich wünsche Ihnen einen angenehmen Aufenthalt in Kabul«, stotterte er in gebrochenem Englisch.

»Ach, nichts weiter! Aber danke und vielleicht sehen wir uns hier wieder. Ist das Ihr erster Aufenthalt hier?«, fragte der Sitznachbar sichtlich erfreut, nun doch noch seine Unterhaltung zu bekommen.

»Ja«, stammelte Mitch, »und ich freue mich, Land und Leute kennenzulernen bei unserem Projekt.«

In diesem Moment kam die Maschine mit einem Ruck an einer Außenposition zum Stehen und alle Passagiere sprangen scheinbar gleichzeitig von ihren Plätzen auf. Die Ersten hatten schon ihre Taschen in der Hand und telefonierten wild gestikulierend mit ihren Familien. Auf genau dieses Durcheinander nach der Landung hatten sie spekuliert. Es hatte sich in all den Jahren hier nicht viel geändert. Mitch nickte seinem Nachbarn noch einmal freundlich zu und griff nach seinem Rucksack.

Ein großer blauer Bus fuhr vor, um die Passagiere zum Terminal zu bringen. Daneben standen einige kleine Busse für die VIP–Passagiere. Mittlerweile war es dunkel geworden und um das Flugzeug herum wimmelte es von Leuten. Mitch erblickte einen weißen Bus ohne Innenbeleuchtung. Becks sah zu Mitch hinüber und machte ein Zeichen in Richtung des Busses, als sie die Treppe hinuntergingen. Sie machten die Tür auf, setzten sich wortlos hinein und der Bus fuhr sofort los. Vorbei am Terminal in Richtung des militärischen Teils des Flughafens.

Erst als sie im militärischen Teil des Flughafens angekommen waren, drehte sich der Fahrer zu den beiden um.

»Willkommen zu Hause, ihr Spezialagenten. Lionel sagte, ihr braucht meine Hilfe und hier bin ich«, sprudelte es gut gelaunt von vorn.

»Hallo Viro, danke für deine Hilfe«, sagte Mitch.

Becks drückte ihm die Hand.

»Wo soll ich euch denn hinbringen? Habe nicht erwartet, euch beide hier so schnell wiederzusehen. Ihr könnt auch bei uns schlafen, wenn ihr eine Bleibe braucht«, setzte Viro seinen Redeschwall fort.

»Fahr uns einfach in Richtung Ariana Hotel. Wir springen unterwegs raus. Eine Übernachtung haben wir schon gebucht. Aber was ist denn mit dir los, du bist ja auch schon wieder hier! Dir muss ja schon halb Rumänien gehören, so viel Geld, wie du hier verdienst«, sagte Becks grinsend.

Viro lachte laut auf. »Habe gerade nix zu tun und die UN suchte wieder jemanden für Kabul und da habe ich mich gemeldet. Auf der Rücksitzbank liegt eine Tasche. Dort ist alles drin, was ihr bestellt habt. Wenn ihr noch etwas braucht oder in Schwierigkeiten seid, meldet euch. Meine Nummer habt ihr. Soll ich hier anhalten oder wo wollt ihr raus?«

Sie passierten gerade den Massoudkreisel nahe der amerikanischen Botschaft.

»Du kannst uns da vorne rechts absetzen, wir haben es nicht mehr weit«, antwortete Mitch.

Viro setzte die beiden in einer dunklen Ecke der Straße ab und brauste mit dem Bus davon. Ab hier gingen sie zu Fuß, weiter durch die menschenleeren, finsteren Straßen von Kabul. Becks wechselte auf die andere Straßenseite und folgte Mitch in einiger Entfernung. Manchmal fuhr ein Auto an ihnen vorbei und erhellte für wenige Augenblicke die Straße, die gleich danach wieder in der Dunkelheit versank.

Mitch bog in eine enge Seitenstraße ein und verharrte. Becks kam einige Augenblicke später. Hinter ihnen war keine Bewegung zu sehen, trotzdem warteten sie noch eine Weile. Es blieb dabei – sie waren allein. Jetzt setzten sie den restlichen Weg gemeinsam fort. Links, dann wieder rechts und schon standen sie am Ende der Straße, die auf den kleinen Vorplatz führte. Die Straße, in der die Familie Shamadi ihr Büro hatte und Ajmal bereits auf sie wartete. Der Vorplatz war menschenleer, in einigen Häusern brannte Licht. Nur bei Familie Shamadi war alles dunkel. Ihre Idee, über den Zaun zu klettern und von hinten auf das Grundstück zu gelangen, hatten Mitch und Becks gleich wieder verworfen. Alle Häuser waren hier durch hohe Mauern voneinander getrennt, an deren Spitzen Metalldornen oder Glasscherben eingearbeitet waren. Und die, die es sich leisten konnten, hatten zusätzlich noch eine oder zwei Wachen im Haus. Daher wählten Mitch und Becks lieber den direkten Weg. Schnell überquerten sie den Vorplatz, und als Mitch die Türklinke berührte, wurde diese schon von innen aufgemacht. Die beiden schlüpften hinein und die Tür schloss sich geräuschlos hinter ihnen. Ajmal stand im dunklen Hof und grinste die beiden an.

»Wir haben euch schon lange vorher gesehen. Keine Sorge, euch folgt keiner. Mein kleiner Cousin ist zu Fuß zum

Massoudkreisel gegangen. Er hat euch als Erster gesehen. Ihr seid ganz schön herumgestolpert auf der Straße!«

Ajmal war sichtlich amüsiert.

»Meinst du diesen kleinen Obstverkäufer, der statt zu verkaufen nur mit seinem Handy herumgespielt hat?«

Becks brummte beleidigt.

Sie umarmten sich.

»Schön, euch wieder zu sehen, meine Freunde, und danke, dass ihr uns helfen kommt.«

Im Haus duftete es bereits nach Tee. Nach dem ersten Glas begann Ajmal, die Geschichte über die Entführung zu erzählen.

»Es war vor einer Woche am Donnerstag, als Nabis Frau bei uns anrief und fragte, wo er sei. Er hatte sein Haus in Wazir Akbar Khan gegen zehn Uhr verlassen und seitdem hatte ihn keiner mehr gesehen. Wir machten uns sofort Sorgen und befragten die Nachbarn. Aber niemand wusste etwas. Zwei Tage später rief jemand mit Nabis Telefon bei uns an und verlangte 1,4 Millionen Dollar. Wenn wir nicht innerhalb einer Woche zahlen würden, wäre er tot, und der Nächste von uns wäre dran. So lange, bis unsere Familie das Geld bezahlt. Genau das waren seine Worte.«

Ajmal blickte betreten zu Boden.

»Wie oft haben sich die Entführer denn bisher gemeldet und mit welchem Handy rufen sie an?«, fragte Becks.

»Seit sie die Forderung gestellt haben, haben wir insgesamt dreimal telefoniert. Immer mit Onkel Nabis Telefon.«

Mitch blickte kurz zu Becks hinüber. Bisher hatten die Entführer also noch nicht mit Gewalt gedroht. Soweit so gut. Denn die beiden brauchten noch ein wenig Zeit für ihre Vorbereitungen.

Ajmal sah zuerst Becks und dann Mitch an.

»Ich habe alles so vorbereitet, wie du es verlangt hast. Diese Gegend wird von unserer Familie überwacht, kein Fremder wird sich diesem Haus nähern, ohne dass wir es vorher wissen. Ab morgen bekommt ihr ein Fahrzeug. Mein kleiner Bruder Azam wird euch fahren, und wenn ihr etwas braucht, wird er es euch besorgen. Unsere Familie setzt große Hoffnungen in euch. Außer mir, meinem Vater, meinem Schwiegervater und meinen Brüdern weiß keiner über euch Bescheid.«

»Gut Ajmal, ich werde mit Becks hier schlafen und von hier aus alles vorbereiten. Wie nimmst du Kontakt zu den Entführern auf?«

»Sie werden sich morgen melden. Da läuft die Frist ab«, sagte Ajmal.

»Als Erstes müssen wir alles über diese Leute in Erfahrung bringen. Was sie machen, wo sie schlafen und essen und wo sie deinen Onkel gefangen halten. Erst dann können wir uns einen genauen Plan zur Befreiung ausdenken« erwiderte Becks. »Wie viel Geld habt ihr bis jetzt zusammen?«

»Wir haben fast 500.000 Dollar, aber uns fehlt noch das Geld von meinem Schwager aus Peschawar und meinem Bruder aus Jalalabad. Sie wollen uns das restliche Geld morgen bringen.«

Mitch hatte bereits kurz nach dem Hilferuf von Ajmal einen groben Plan im Kopf. Gemeinsam mit Becks hatten sie in Dubai die Einzelheiten verfeinert und alles noch einmal durchgesprochen. Manchmal musste er Becks bremsen, aber die Rolle »guter Bulle – böser Bulle« beherrschten beide perfekt. Becks wollte am liebsten auf der Stelle einige Stadtteile von Kabul dem Erdboden gleichmachen, während Mitch eher der Diplomat und Stratege war. Irgendwann konnten sie sich dann auf eine annehmbare Alternative zwischen diplomatischen

Verhandlungen und platt walzen einigen. Die ganze Angelegenheit hier war sehr delikat. Sie durften auf keinen Fall in Kabul entdeckt werden. Sie hatten keinen offiziellen Auftrag hier und die Familie Shamadi musste natürlich vor den eventuellen Folgen einer Befreiungsaktion geschützt werden.

»Gut Ajmal, dann wird dir Becks gleich erklären, was wir in den nächsten Tagen so vorhaben«, fuhr Mitch fort und machte es sich auf dem Boden bequem.

XIV

Die Entführer

Etwa zur selben Zeit, circa sechs Kilometer Luftlinie vom Haus der Familie Shamadi entfernt und getrennt durch mächtige Bergkämme, hockten fünf Männer in einem halbdunklen Zimmer. Ihre Waffen standen an die Wand gelehnt und ein kleiner Fernseher lief in der Ecke. Die Männer unterhielten sich.

In diesem Moment ging die Tür schwungvoll auf und ein kleiner, kräftiger Mann mit Schnauzbart betrat das Zimmer. Er blickte gebieterisch in die Runde der versammelten Wachleute und seine dunklen Augen funkelten. Die Unterhaltung im Zimmer verstummte augenblicklich.

»Macht den Fernseher nicht so laut, ihr hört ja überhaupt nichts mehr. Und löst den Posten am Tor ab!«, schnauzte er die Männer, statt einer Begrüßung, in kaltem Befehlston an.

Sofort brach Hektik aus. Einer der Männer stellte den Fernseher leiser. Ein anderer nahm seine Waffe und rannte in den Hof hinaus. Ein anderer brachte Tee und reichte Basir unterwürfig ein Glas davon. Zufrieden ob seiner Wirkung auf seine Untergebenen nahm Basir den Tee.

Anscheinend etwas besänftigt fragte er: »Haben denn unsere lieben Gäste auch schon etwas zu essen bekommen? Sie sollen schließlich satt und zufrieden nach Hause kommen.«

Sofort brach lautes Gelächter unter den restlichen Männern aus, die noch immer ihre ganze Aufmerksamkeit auf den Mann mit dem strengen Befehlston richteten.

»Wir haben denen etwas Brot und Gemüse gegeben«, antwortete einer der Männer schüchtern. »Wir haben schließlich selbst nichts.«

Diese Bemerkung löste erneut einen Lachanfall in der Runde aus. Die Stimmung wurde sichtlich entspannter.

»Diese Woche, wenn die Familien zahlen, seid ihr reiche Männer. Das sage ich euch, passt schön auf und bleibt aufmerksam!«, erwiderte Basir und ging wieder aus dem Zimmer.

Ajmal fuhr mit seinem Sohn nach Hause zu seiner Frau und dachte nach. Heute Abend war er sehr müde, aber froh, dass Mitch und Becks endlich gekommen waren. Die beiden waren die Einzigen, die seiner Familie noch helfen konnten. Nach einer langen und turbulenten Versammlung aller Familienvertreter gab es nur zwei Möglichkeiten: Erstens – die Familie bezahlt. Aber dann würden sie immer weiter erpresst werden und Zielscheibe dieser Kriminellen bleiben. Zweitens – die Familie holt sich Hilfe. Von der Polizei konnten sie dabei keine Unterstützung erwarten, die war zu korrupt. Also blieb nur noch sein Freund Mitch. Damals hatte er zu Ajmal gesagt, dass er im Notfall auf seine Hilfe zählen könne und das war zweifellos ein Notfall. Das Leben seines Onkels und die Ehre seiner gesamten Familie standen auf dem Spiel. Und schließlich hatte Ajmal Mitchs Nummer gewählt. Jetzt lagen die ganze Verantwortung und das Leben seines Onkels in den Händen der beiden. Mitch und Becks hatten ihn mit Tausenden von Fragen bombardiert und ihm viele Aufträge erteilt. Ajmal zweifelte zunächst, aber jetzt, wo die beiden endlich angekommen waren, konnten sie es gemeinsam schaffen, Onkel Nabi aus den Fängen der Entführer zu entreißen und die Familie zu schützen.

›So Gott will, werden wir es schaffen!‹ Ajmal machte sich noch einmal selbst Mut, stellte den Motor ab und ging ins Haus.

Mitch saß noch immer mit Becks am Tisch, nachdem Ajmal sich verabschiedet hatte. Sie trugen alle Informationen zusammen, die er ihnen gegeben hatte, und besprachen den morgigen Tag.

Doch das, was Ajmal ihnen erzählt hatte, ließ sie von ihrem ursprünglichen Plan abweichen. Entgegen ihrer ersten Strategie, einen Peilsender in der Geldtasche zu platzieren, um das Versteck der Entführer auszumachen, hatten sie sich nun dazu entschlossen, den Peilsender direkt am Fahrzeug der Entführer zu platzieren. Die Gefahr, dass die Entführer den Sender in der Tasche sofort entdeckten, war einfach zu hoch. Außerdem hatte die Familie Shamadi bisher nur die Hälfte der geforderten Geldsumme zusammen. Daher entschieden sie sich, die Entführer mit einem kleinen Trick aus ihrem Versteck zu locken.

Becks überlegte laut: »Auf der Straße fallen wir sofort auf. Ich hoffe, Ajmal hat alles verstanden und bekommt das hin mit seinen Jungs. Sonst war alles umsonst und das gleich nach dem ersten Tag.«

»Ja, das hoffe ich auch. Sie müssen alles geben, wir können sie nur von den Fahrzeugen aus führen. Den Rest müssen sie allein hinkriegen. Das Risiko ist einfach zu hoch, den ersten Sender in der Tasche zu platzieren und eventuell zu verlieren. Eine Tasche ist einfacher zu wechseln als ein Auto. Wir werden den Sender am Auto anbringen müssen. Ich zeige ihnen, wie das geht und den Rest müssen sie vor Ort selbst entscheiden. Und außerdem sehe ich zurzeit, ehrlich gesagt, auch keine andere Alternative.«

Becks war es nicht entgangen, dass sein Freund schon die ganze Zeit über irgendetwas grübelte.

»Sind dir die beiden Zeppeline über der Stadt aufgefallen?«, fragte Mitch plötzlich.

»Stimmt, ich habe mich schon gewundert, wozu die in der Luft sind. Wird die Stadt jetzt etwa aus der Luft überwacht?«

»Die sind seit zwei Monaten in der Luft. Damit kann man fast rund um die Uhr die ganze Stadt überwachen.«

»Das könnte allerdings für uns zu einem Problem werden. Wir dürfen auf keinen Fall irgendwo in einer Kamera auftauchen!«

»Ich habe über die Möglichkeit nachgedacht, mit einem Störsender zu arbeiten. Ich glaube, wir müssen noch ein paar Leute hier anrufen. Vielleicht können die uns irgendwie helfen«, entgegnete Mitch nachdenklich.

»Na komm Mitch, dann lass uns den Rest auf morgen vertagen und für heute erst mal ins Bett gehen. Es wird ein langer Tag für uns«, sagte Becks und stand auf.

XV

Die Falle

Basir war heute in euphorischer Stimmung. Er schenkte sich noch einen Tee ein und schickte alle aus dem Zimmer.

›Die sollen endlich mal was für ihr Geld tun. Wenn sie nur herumsitzen und palavern, kommen die noch auf dumme Gedanken. ISAF–Konvois zu überfallen ist die eine Sache, aber das hier, damit kann man richtiges und schnelles Geld verdienen‹, dachte Basir.

Die sechs Männer hatte er sich persönlich ausgesucht. Alle waren erprobte Kämpfer und bereit, für Geld alles zu tun. Der Rest war einfach. Er bekam einen Tipp von seinem Schwager und dann schickte er seine Männer los. Es war alles so simpel. Die meisten Opfer erstarrten sofort vor Angst, wenn sie in die Mündung einer Waffe blickten. Bei den Kindern genügte ein kräftiger Schlag und schon brach ihr Widerstand. Nur dieser Alte, der hatte sich gewehrt und zeigte anscheinend keine Angst, weder vor einer Waffe noch vor seinen Entführern.

›Dafür werden die Shamadis teuer bezahlen, diese Esel, die es nicht schaffen, das Geld zusammenzubekommen.‹

Freudige Erregung über seine Macht und den Respekt, den er bei seinen Männern hatte, durchströmte ihn. Er griff zum Telefon. Diesmal klingelte es sehr lange, bevor jemand am anderen Ende abnahm.

»Balle?«, hörte er eine ihm fremde, tiefe Stimme sagen.

»Heute will ich das Geld …«, weiter kam er nicht, denn die Stimme unterbrach ihn barsch.

»Ich bin Longar, der Koch. Mister Shamadi ist beim Beten.«

›Was bildete sich dieser Einfaltspinsel ein?‹

Sofort stiegen Ärger und Wut in Basir auf. Sein Schwager sagte, die Familie sei sehr vermögend und mache gute Geschäfte im Land. Das, was er bisher mit denen erlebte, deutete jedoch nicht auf erfolgreiche Geschäftsleute hin.

»Gut, ich rufe gleich wieder an, er soll sofort ans Telefon kommen!«, befahl Basir in verärgerten Ton, doch noch bevor er den Satz beenden konnte, wurde am anderen Ende schon aufgelegt. Eisige Wut stieg in ihm hoch.

»Ich lasse dem Alten sofort einen Finger oder am besten gleich die Hand abhacken!«, brüllte er und schlug mit der Hand auf den wackeligen Tisch vor ihm. Die Freude auf das bevorstehende Geschäft war augenblicklich kaltem Zorn gewichen.

Ajmal, Mitch und Becks saßen derweil gemeinsam im Zimmer und hörten das Telefonat mit. Als der alte Koch der Familie das Gespräch so plötzlich abbrach, grinsten alle drei um die Wette. Es war ein schmaler Grat, den Entführer aus dem Konzept zu bringen und Widerstand mit kleinen Gemeinheiten zu leisten. Jedoch durfte man ihn nicht zu sehr verärgern, damit er sich nicht an der Geisel rächte. Jetzt warteten sie gespannt auf den zweiten Anruf. Die Minuten vergingen, doch das Handy blieb stumm. Verzweifelt blickte Ajmal abwechselnd auf seine Uhr und auf das Telefon. Mitch und Becks waren jedoch die Ruhe selbst. Keine Regung, keine Geste, nichts konnte Ajmal aus ihren Gesichtern lesen. Sie hatten einen straffen Plan für alle aufgestellt und alles war danach ausgerichtet.

Plötzlich klingelte das Telefon und Ajmal griff, wie vorher besprochen, sofort danach.

»Entschuldigen Sie, werter Herr, mein Koch ist schwer von Begriff und ich war beim Beten, verzeiht mir!«, sagte er in flehentlichem Ton.

Am anderen Ende der Leitung spürte Basir die Unterwerfung und kalte Angst in der Stimme.

›Ja, das ist jetzt der richtige Ton! Noch lassen wir die Finger dran, aber wenn der heute kein Geld rausrückt, dann wird sich Salim sehr darüber freuen.‹ Basir grinste.

»Ja, ja, ist ja gut«, hörte Ajmal die Stimme am anderen Ende. »Hast du das Geld? Mir geht allmählich die Geduld aus. Bisher war ich sehr nachsichtig mit euch, aber das kann sich schnell ändern. Meine Männer werden langsam ungeduldig.«

»Herr ... Hadschi ... bitte, wir brauchen ein Lebenszeichen von unserem geliebten Onkel, wir geben euch dafür auch Geld. Bitte betrachtet es als eine Anzahlung. Bitte! Nur ein Wort mit unserem Onkel.«

Damit, dass die Familie mit der Geisel reden will, hatte Basir nicht gerechnet. Es traf ihn unvorbereitet und er hasste es, wenn er die Kontrolle verlor.

›Aber wenn die bereit waren, dafür Geld zu geben, umso besser‹, dachte er bei sich.

»Ich will heute die Hälfte der Summe haben, dann könnt ihr von mir aus telefonieren, solange ihr wollt«, sagte Basir in möglichst abfälligem Ton.

Doch er hörte, wie dieser Schlappschwanz am anderen Ende um das Telefonat mit dem Alten bettelte.

»Hadschi bitte, das Geld bekomme ich erst in drei Tagen aus Peschawar von meinem Schwager. Es ist für uns sehr schwer, so eine hohe Summe zu bekommen, aber wir haben sie in drei Tagen. Wir geben euch dafür fünfzigtausend Dollar. Bitte Herr, auf ein Wort mit unserem geliebten Onkel.«

Basir brauchte Zeit, um darüber nachzudenken. Aber auf der anderen Seite lockte das viele Geld. Es war eine zusätzliche Geldeinnahme, mit der er nicht gerechnet hatte. Er überlegte fieberhaft und die Minuten verrannen.

›Es ist ja nur ein kurzer Anruf und der Schwager wird es nicht erfahren. Und ich bin um fünfzigtausend Dollar reicher‹, schoss es ihm durch den Kopf. ›Hadschi nennt er mich ehrenvoll, dabei war ich noch nie am Grabe des Propheten. Diese Pilgerfahrt werde ich erst nach dieser Sache hier machen‹, beschloss er und traf seine Entscheidung.

Die drei hörten, wie es am anderen Ende ruhig wurde. Der Entführer schien zu überlegten.

Schließlich sagte er: »Heute an der blauen Moschee will ich das Geld haben oder ihr bekommt als Warnung drei Finger eures geliebten Onkels. Vor dem letzten Gebet um sechzehn Uhr an der Moschee. Das Geld versteckt ihr in einer Tasche. Jemand wird es abholen.«

Die Gier hatte gesiegt. Basir legte auf. Seine Laune besserte sich schlagartig. Alles lief nach Plan und außerdem hatte er gerade einen hübschen Nebenverdienst für sich eingeheimst.

›Dass ich nicht lache! Familie Shamadi und Geschäftsleute, pah! So macht man Geschäfte!‹

Basir war sehr stolz auf sich. Er ging zur Tür und schrie über den Hof.

»Salim! Komm her!«

Der Wachmann kam sofort im Laufschritt zu ihm herübergeeilt und blieb vor ihm in gebeugter Haltung stehen. Als Salim vor ihm stand, blickte sich Basir verschwörerisch nach allen Seiten um und senkte seine Stimme.

»Salim, hier ist ein Telefon. Geh zu dem Alten und wähle die letzte Nummer. Er darf kurz mit seiner Familie reden. Danach machst du das Telefon sofort wieder aus. Hast du mich verstanden?«

»Ja, Herr!«

»Ach, und nimm den roten Toyota. Ich will, dass du um sechzehn Uhr an der blauen Moschee bist und für mich eine Tasche abholst. Das ist ein sehr wichtiger Auftrag. Den Rest erkläre ich dir dann später am Telefon. Aber davor fährst du noch am Haus der Shamadis vorbei. Schau dir alles genau an. Falls du etwas Auffälliges siehst, rufst du mich sofort an, verstanden?«

Salim kniff listig seine gierigen Augen zusammen. Er verstand sofort, dass Basir etwas Besonderes vorhatte. Basir gab dem Wachmann, unbemerkt von den anderen, fünfzig Dollar und das Telefon.

»Den Rest bekommst du, wenn ich die Tasche habe«, sagte er leise.

Der Wachmann zwinkerte verschwörerisch und ging schnellen Schrittes hinter das Haus zu den Zellen, wo sie die Geiseln gefangen hielten. Basir blickte ihm eine Weile misstrauisch hinterher. Als Salim um die Ecke verschwunden war, drehte er sich um und ging zu seinem Wagen. Er lächelte und war immer noch sehr zufrieden mit sich.

›Ja, der ist zuverlässig. Wenn alles gut geht, habe ich hundertfünfzig Dollar investiert und fünfzigtausend Dollar verdient. Ein schöner Tag. Das sind gute Geschäfte. Und andere ackern ein Leben lang!‹, dachte Basir und rieb sich die Hände.

Von diesem kleinen Geschäft musste sein Schwager nichts wissen. So mächtig, wie er immer tat, war er schließlich auch nicht.

»Und eines Tages werde ich ihm die Kehle durchschneiden«, murmelte Basir leise.

Kurz vor seinem Wagen blieb er stehen, überlegte kurz und sagte zu den Wachleuten am Tor: »Der Alte bekommt heute nur Wasser! Wir hatten schon genug Kosten seinetwegen.«

XVI

Die Übergabe

Mitch blickte auf die Uhr. Es war genau zwölf.

»Uns bleiben noch drei Stunden, um alle Vorbereitungen zu treffen. Ajmal, du bist der Geldbote und kannst uns vor Ort nur bedingt helfen. Wir brauchen fünf von deinen Leuten und am besten drei Fahrzeuge dazu«, sagte Mitch bestimmt. »Becks, du machst die Sender startklar und stellst eine Verbindung zu Lionel her. Er muss uns gegebenenfalls lotsen. Und ich fahre gleich mal zur Moschee rüber und sehe mir die Örtlichkeiten an. Also los, jeder kennt seine Aufgabe. Wir haben noch einiges zu tun!«

Mitch drängte die anderen zur Eile. Die Würfel waren gefallen und die Aufgaben klar verteilt. Mitch fuhr gemeinsam mit Azam zur blauen Moschee – so hatte der Entführer das Gebäude genannt. In Wirklichkeit war die Moschee allerdings gelb und nur ihr Dach blau.

Der richtige Name dieser Moschee war Shah-Doh-Shamshira-Moschee. Sie wurde 1920 erbaut, in der ehemaligen Altstadt von Kabul, direkt am Kabul-River. Sie glich auf den ersten Blick weniger einer Moschee, sondern eher einem großen Wohnhaus. Nur die Minarette verrieten die wahre Bedeutung des Gebäudes. Einen Augenblick lang waren sie sich nicht einig, welche Moschee der Entführer meinte. Es gab noch eine weitere Moschee mit einem blauen Dach, die sich in der Nähe vom Shar-e-Now-Park befand. Diese Möglichkeit hatten sie jedoch gleich wieder verworfen, da diese Moschee nur von einer Seite zugänglich und lediglich von einer Straße aus erreichbar war.

»Das wäre viel zu übersichtlich«, hatte Becks sofort festgestellt.

Dem stimmten alle zu und so konzentrierten sie sich auf die Shah-Doh-Shamshira-Moschee am Kabul-River.

Einst war die Altstadt umgeben von hohen Bergen und dicken Mauern und in ihrem Inneren drängten sich braune, aus Lehm gebaute Häuser aneinander. Mit der Öffnung des Landes und der beginnenden Industrialisierung um die Jahrhundertwende veränderten die ersten, aus Ziegeln gebauten Häuser das Antlitz der Stadt. Entlang des Flusses schlängelten sich jetzt dreistöckige Gebäude mit großen Werbetafeln, die Geschäfte und Teestuben beherbergten.

Schon um diese frühe Zeit herrschte hier im Zentrum der Stadt dichtes Gedränge – Autos, Busse, Menschen und Eselskarren bewegten sich scheinbar planlos im dichten Verkehr. Fußgänger sprangen ohne jede Rücksicht auf die Straße. Dazwischen zogen fliegende Händler ihre Wagen und priesen ihre Waren an. Das absolute Chaos.

Aber genau dieses Durcheinander hatten sich die Entführer ausgesucht, um schnell aufzutauchen und unerkannt wieder verschwinden zu können. Leider konnte Mitch nicht aus dem Fahrzeug aussteigen und die Wege selbst ablaufen. Er wäre hier viel zu auffällig. Im Normalfall verirrte sich selten ein Ausländer hierher und die ISAF-Fahrzeuge mieden dieses chaotische Gedränge ganz bewusst. Daher beobachtete er aus dem Inneren des Wagens, wie sich Azam seinen Weg durch das Gewühl bahnte. Zwei Straßen führten dicht an der Moschee vorbei. Die eine direkt in die Altstadt und die andere über die Brücke des Kabul-Rivers auf die andere Seite der Stadt.

Allerdings gab es da auch noch eine dritte Möglichkeit in Richtung des Babur Gartens, aber um auch diese Richtung abdecken zu können, brauchten sie noch mehr Leute.

Mitch machte sich auf dem Rücksitz Notizen. Er versuchte, sich in die Entführer hineinzuversetzen. Die Örtlichkeit war sehr gut gewählt, also waren es keine Anfänger. Wie würde er selbst in diesem Fall handeln? Dazu gehörten schon mehr als ein Hauch krimineller Energie und gutes Einfühlungsvermögen. Von beiden hatte auch Mitch eine ordentliche Portion.

›Also ich persönlich würde in die Altstadt gehen, um dort im Gedränge unterzutauchen, eine Schüttelschleife drehen und dann ab mit dem Geld nach Hause. Wenn es zu dieser Übergabe kommt, dann würde ich es selbst machen oder einen Handlanger schicken, dem ich vertrauen kann. Der Kopf der Bande hält sich garantiert im Hintergrund. Bei so einer großen Summe kann man nie vorsichtig genug sein. Vielleicht wird er das Ganze von außen beobachten?‹

Diese Gedanken gingen Mitch gerade durch den Kopf, als sich Azam bei ihm meldete.

»Viel zu voll hier und später wird es noch voller. Noch mehr Menschen und kein Durchkommen!«

»Lass uns zurückfahren, ich habe genug gesehen«, sagte Mitch und klappte sein Notizheft zu.

»Dann fahren wir gleich auf dieser Seite des Flusses am Ghazi-Stadion vorbei. Ich glaube, ihr sagt dazu Olympiastadion?«

Ja, Mitch erinnerte sich an dieses Stadion. Aus den Zeiten der Talibanherrschaft war es berüchtigt für seine grausamen *Vorführungen*. Jeden Freitag fanden hier in aller Öffentlichkeit Bestrafungen und Massenhinrichtungen statt. Jetzt spielten hier Fußballmannschaften und es gab jedes Jahr eine große Militärparade zum Tag der Befreiung von den Sowjets. Wobei die letzte Parade im Chaos endete, da die Taliban mitten in den Feierlichkeiten einen Überraschungsangriff auf die versammelte Regierung starteten ...

Es war kurz nach vierzehn Uhr, als alle wieder im Haus saßen und vom Stand ihrer Vorbereitungen berichteten.

»Ajmal, du schickst gleich zwei zuverlässige Leute zur Moschee rüber, die sich unauffällig an beiden Seiten postieren. Die Jungs müssen uns alle verdächtigen Fahrzeuge oder Personen, die sich auffällig lange an der Moschee aufhalten, sofort melden. Die beiden haben den längsten Job, sie sollen auch noch nach sechzehn Uhr, wenn die eigentliche Übergabe schon längst vorbei ist, dort bleiben, bis wir sie wieder abholen.«

»Ich nehme die beiden Jüngsten, die besuchen dort unten eine technische Schule und kennen sich gut aus«, beschloss Ajmal.

Draußen vor der Tür waren plötzlich laute Stimmen zu hören. Azam steckte seinen Kopf hinein.

»Unsere Leute haben einen roten Toyota gesehen hier bei uns in der Straße vor ungefähr fünf Minuten. Der Wagen ist auffällig langsam gefahren.«

Ajmal blickte Mitch mit schreckgeweiteten Augen an.

»Alle bleiben gelassen, sie wollen vielleicht sehen, was ihr hier so treibt. Bleibt ruhig! Unser Plan ist gut und wird funktionieren«, sagte Becks.

Azams Kopf verschwand wieder aus der Tür.

»Ajmal, das ist jetzt ganz wichtig. Du musst jetzt Ruhe bewahren, denn alle blicken auf dich. Deine Familie vertraut dir und wir sind hier, um euch zu helfen.«

Mitch merkte, wie nervös Ajmal war, und sprach ihm Mut zu. Ajmal stand auf und holte die beiden Jungs herein. Becks erklärte langsam und deutlich den Plan.

»Nehmt euch ein Taxi und steigt in der Nähe vom Serena-Hotel aus. Den Rest der Strecke geht ihr zu Fuß. Hier beginnt euer Auftrag. Merkt euch alle verdächtigen Männer und Fahrzeuge, die vielleicht mehrmals an euch oder an der Moschee vorbeifahren. Habt ihr verstanden? Das ist der vielleicht wichtigste Auftrag von allen.«

Die beiden nickten schüchtern. Dabei blickten sie Becks die ganze Zeit mit großen Augen an. Er saß vor ihnen, nur in einem kurzen Shirt, barfuß und unrasiert. Allein seine Größe flößte allen Respekt ein. Und jetzt hatten die Jungs auch noch seine mächtigen Muskeln gesehen …

»Ajmal, du verlässt als Letzter das Haus, es soll nicht so aussehen, als ob hier gleichzeitig zehn Leute das Haus verlassen. Gehört euch das Nachbarhaus?«, fragte Mitch.

»Natürlich, aber es ist noch zu vermieten«, sagte Ajmal.

»Dann stell die Fahrzeuge mit den restlichen Leuten da rein. Das ist weniger auffällig, wenn wir hier losfahren.«

Die Zeit rannte – es war schon kurz vor fünfzehn Uhr.

»So, dann lasst uns das Spiel beginnen!«, sagte Mitch und erhob sich.

Becks freute sich auf die Herausforderung.

›Endlich raus aus diesen engen vier Wänden‹, dachte er erleichtert.

Sie verabschiedeten sich von Ajmal und wünschten ihm Glück.

»Jetzt liegt alles in Allahs Händen«, sagte Mitch zum Abschied.

»Nicht nur in Allahs, auch in deinen Händen liegt unser aller Schicksal«, ergänzte Ajmal pathetisch.

›Wie recht du hast ...‹, dachte Mitch und hoffte, dass ihr Plan aufging.

Gemeinsam verließen Mitch und Becks das kleine Zimmer und gingen durch einen Hintereingang ins Nachbarhaus. Dort standen bereits die drei Fahrzeuge mitsamt den ausgewählten Männern der Familie Shamadi. Diese erhoben sich sofort von ihren Plätzen und kamen auf sie zu. Ihre Gesichter spiegelten den Druck und die Anspannung des heutigen Tages wider.

XVII

Die blaue Moschee

Alle versammelten sich um Mitch und Becks: fünf Männer, stellvertretend für alle fünf Familienzweige der Shamadis. Mitch holte ein Blatt Papier aus seiner Tasche und skizzierte grob die Umgebung der blauen Moschee und die herumführenden Straßen. Dabei teilte er die Männer und die Positionen der Fahrzeuge auf. Alle blickten schweigend und aufmerksam auf die Zeichnung und warteten geduldig, bis Ajmal alles ins Paschtu übersetzte. Becks beobachtete derweil die jungen Männer, für die es heute um die Ehre ihrer Familie ging.

›Auf euch kommt es jetzt an. Eine zweite Chance bekommen wir von den Entführern nicht. Fünf Männer, hm, etwas zu wenig für so eine komplizierte Operation, aber was haben wir für eine Wahl? Von Anfang an war uns klar, dass es eine verworrene und komplizierte Angelegenheit wird. Ohne unsere gewohnte Unterstützung. Ein Zusammenspiel zweier verschiedener Kulturkreise‹, dachte Becks und hörte gerade noch die letzten Worte von Mitch.

»Bleibt ruhig, unternehmt nichts auf eigene Faust und bleibt immer zusammen. So, wie wir heute gemeinsam diese Sache erledigen, davon hängt das Leben eures Onkels ab! Eure Familien vertrauen euch und wir beide, Becks und ich, vertrauen ebenso auf euch. So, let's rock it!«

Alle murmelten zustimmend, umarmten sich noch einmal und dann verließen die einzelnen Gruppen, die Mitch zuvor eingeteilt hatte, das Anwesen. Eine halbe Stunde war vergangen, bis alle ihre Positionen an der blauen Moschee eingenommen hatten. Ihre beiden Beobachter, die bereits vor allen anderen hier waren, hatten bisher nichts Auffälliges gemeldet. Der Verkehr und das Gedränge hatten noch einmal zugenommen.

›Es wird schwierig, jemanden rechtzeitig in dem chaotischen Verkehr zu erkennen und noch schwieriger, ihn hier zu verfolgen.‹

Mitch saß nachdenklich auf der Rücksitzbank im Fahrzeug und beobachtete das Treiben an der blauen Moschee. Becks bezog seine Position weiter flussabwärts in der Altstadt von Kabul, um den Geldboten hier aufzunehmen – falls er ihnen im Verkehr an der Moschee entwischen sollte.

Ajmal saß zur gleichen Zeit im Fahrzeug vor dem Kreisverkehr an der Moschee und wartete auf seinen Auftritt. Er fasste noch einmal in die Tasche mit den fünfzigtausend Dollar und fühlte die prallen Geldbündel. Es war sehr viel Geld und die Entführer wollten noch mehr. Das Leben seines Onkels hing am seidenen Faden. Er vertraute auf Mitch und Becks und auf ihren Plan. Denn schon einmal hatte Mitch ihrer aller Leben auf dieser staubigen Straße gerettet ...

Ajmal blickte auf seine Uhr, es war fünfzehn Uhr dreiunddreißig.

›Noch zehn Minuten, dann muss ich mich auf den Weg machen.‹

Er merkte, wie er schwitzte. Mitch sah einen weißen Toyota, der bereits das zweite Mal vor der Moschee auftauchte. Der Wagen war mit vier Personen besetzt. Der Fahrer hupte laut, hielt an und nahm noch einen Passagier mit. Nur ein Taxi.

Mitch sah, wie Ajmal langsam in Richtung der blauen Moschee über die Brücke des Kabul-Rivers ging. Um Ajmal herum setzte Mitch drei seiner Männer ein, die ihn in einiger

Entfernung begleiteten. Das Geld durften sie jetzt auf keinen Fall aus den Augen lassen oder im Gedränge verlieren. Sie brauchten einen Kontakt zum Entführer, sonst war der ganze Einsatz umsonst. Es war ein hohes Risiko, das sie eingingen.

›Jetzt bloß keinen Fehler machen!‹

Die Aufgaben waren an alle klar verteilt. Mitch konnte nur noch beobachten und seine Leute vom Fahrzeug aus führen. Ajmal war derweil ohne Zwischenfall am vereinbarten Treffpunkt angekommen. Er lehnte sich an die Wand der Moschee und blickte erneut auf seine Uhr: fünfzehn Uhr siebenundvierzig.

Mohamed und Aziz, die beiden Beobachter, standen in der Nähe der technischen Schule im Schatten einiger neu gepflanzter Bäume mit direktem Blick auf die blaue Moschee. Sie waren bereits seit fast einer Stunde vor Ort und beobachteten aufmerksam die Umgebung. So, wie Mitch es ihnen aufgetragen hatte. Einige ihrer Mitschüler blieben bei ihnen stehen und unterhielten sich. Bisher hatten sie nichts Ungewöhnliches bemerkt. In diesem Moment, gerade, als es spannend wurde und die Übergabe stattfinden sollte, kam eine Schar Jungs lärmend aus der Schule und steuerte direkt auf sie zu.

»Salam, ihr beiden. Was macht ihr denn hier, ihr habt doch heute frei!«, sagte einer der Jungen.

»Ach, uns war so langweilig zu Hause und da sind wir hergegangen und jetzt warten wir auf unseren Vater. Er holt uns wieder ab.«

Aziz bemerkte plötzlich einen grauen Toyota, der rückwärts in eine Einfahrt neben ihnen einbog. Ein kräftiger Mann saß hinter dem Steuer und blickte angespannt zur Moschee hinüber. Seine Mitschüler verdeckten Aziz die Sicht, aber er konnte trotzdem sehen, wie der Mann die Umgebung vor ihm genau beobachtete. Aziz stieß Mohamed mit dem Ellenbogen an und zeigte unauffällig in Richtung des grauen Toyota. Mohamed verstand sofort.

Mitch blickte auf die Uhr im Fahrzeug: sechzehn Uhr zehn. Von den Entführern war noch immer nichts zu sehen. Er bemerkte, wie Ajmal ebenfalls ungeduldig auf seine Uhr blickte.

Basir hatte in dem Chaos um die Moschee endlich eine geeignete Stelle zum Parken gefunden, um die Übergabe zu beobachten. Fast eine Stunde lang, Runde um Runde, zog er immer engere Kreise um die Moschee. Wie ein Raubvogel, der über seiner Beute kreist. Bis er endlich genau gegenüber der Moschee stand. Und in diesem Augenblick entdeckte er sein Geld. Ja, der da an der Moschee musste es sein. Mit einer Tasche, die er fest an den Körper gepresst hielt – zu fest. Bislang hatte Basir den kleinen Shamadi nur einmal gemeinsam mit seinem Vater und dem alten Onkel gesehen.

›Die gleiche Knollennase. Das muss wohl der Sohn sein‹, dachte Basir.

Erst hatten sie vorgehabt, den Vater zu entführen, aber es erwies sich als äußerst schwierig, da dieser ständig in Begleitung von anderen Männern unterwegs war. Dann musste eben dieser Alte dran glauben, und wie sich herausstellte, war es genau die richtige Entscheidung.

›Jetzt noch ein Anruf und ich bin ein reicher Mann.‹

Basir holte sein Telefon aus der Tasche und wählte die Nummer. ›Geschäftsleute nennen die sich, dass ich nicht lache!‹, ging ihm dabei immer wieder durch den Kopf.

Ein gieriges Lächeln umspielte sein Gesicht. Eine Schar Kinder stand rechts von seinem Fahrzeug und machte gehörigen Lärm. Basir schloss das rechte Seitenfenster.

Aziz holte das Telefon aus der Tasche, das ihm Mitch zuvor gegeben hatte. Seine Mitschüler schrien sogleich durcheinander. Jeder wollte es zuerst in der Hand halten.

»Wartet mal! Stellt euch alle zusammen! Ich mache damit ein Foto! Fertig ... und los!«

Aziz drückte zweimal auf den Auslöser.

Becks blickte auf seine Uhr: sechzehn Uhr siebenundzwanzig. Immer noch alles ruhig und nichts Neues von Mitch – langsam musste etwas passieren. Ajmal bemerkte in diesem Augenblick einen roten Toyota. Er hätte ihn nicht weiter beachtet, aber der Fahrer telefonierte und blickte ihn dabei an. Ihre Blicke trafen sich für einen kurzen Augenblick. Dann steuerte der Toyota direkt auf ihn zu. Mit der rechten Hand fuhr sich Ajmal nervös durch die Haare. Mitch hatte es geahnt – wenn etwas passieren würde, dann alles gleichzeitig. Daher stellte er sein Telefon auf Konferenzschaltung um. Das Zeichen von Ajmal! Dann kam der Anruf von Aziz.

»Mitch, neben uns steht ein grauer Toyota. Er beobachtet Ajmal an der Moschee«, sagte der Kleine ins Telefon. Seine Stimme war vor Aufregung ganz heiser.

Der Mann im grauen Toyota sah, wie Salim an der Moschee hielt und sich zum offenen Fenster beugte. Mit Absicht hatte er nur einen Mann geschickt. Diese Tasche sollte kein anderer sehen und keiner öffnen. Er kannte seine Männer und traute ihnen nur so weit er sie sehen konnte. Das war sein Geschäft und schon die hundertfünfzig Dollar, die er Salim für diese Abholung versprochen hatte, waren eigentlich zu viel.

›Das nächste Mal mache ich alles allein.‹

Seit er den roten Wagen und den Fahrer entdeckt hatte, wusste Ajmal, dass das der Geldbote sein musste. Ajmal sollte *auf Zeit spielen*, so hatte es Mitch formuliert, um den anderen die Möglichkeit zu geben, sich vorzubereiten. Er zögerte und der Fahrer hupte bereits zum dritten Mal, um auf sich aufmerksam zu machen. Ungeduldig winkte er Ajmal zu sich heran.

»Was ist denn da los, was macht dieser Trottel? Er soll einfach das Geld nehmen und es mir bringen«, entfuhr es Basir, als er sah, dass Ajmal keine Anstalten machte, um das Geld zu übergeben.

Er holte erneut sein Telefon heraus. Ganz langsam löste sich Ajmal von der Wand und ging zögerlich zu dem roten Toyota.

»Ich soll ein Paket abholen«, zischte ihn der Fahrer feindselig an und drehte ihm dabei sein entstelltes Gesicht zu. Eine auffällige Narbe zog sich über sein abstoßendes Antlitz.

»Und wer schickt dich?«, fragte Ajmal vorsichtig.

»Dein alter Onkel schickt mich«, erwiderte der Fahrer kalt.

Das war das verabredete Zeichen. Schweren Herzens legte Ajmal die Tasche mit dem Geld auf den Beifahrersitz, und zwar so, dass sie spätestens beim nächsten Bremsen im Fußraum landen würde. Sobald er die Tasche im Fahrzeug abgelegt hatte, gab der Fahrer Gas und verschwand, ohne ihn weiter zu beachten, in Richtung der Altstadt.

In einiger Entfernung davon beobachtete Mitch die ganze Szenerie und gab neue Anweisungen an seine Leute. Das Telefon klingelte, aber keiner ging ran. Basir wollte gerade auflegen und losfahren, als sich eine Schar Kinder um seinen Wagen versammelte und ihn damit beim Hinausfahren behinderte.

»Buru, Buru!«, brüllte er verärgert aus dem Fenster und drohte mit der Faust.

Im Rückspiegel sah er noch, wie eines der Kinder stolperte und hinfiel. Er hupte und drängelte sich in den fließenden

Verkehr. Dabei beobachtete er weiterhin aufmerksam die Gegend. Er sah, wie der junge Shamadi mit herunterhängenden Schultern seinem Geld hinterherblickte und jetzt zu Fuß langsam in Richtung der Brücke ging. Erst jetzt bemerkte Basir, dass er sein Telefon noch immer in der Hand hielt, und legte es neben sich auf den Sitz.

›Bloß nicht Salim mit dem Geld aus den Augen lassen! Mit meinem Geld!‹

Ein zufriedenes Lächeln machte sich auf seinem Gesicht breit. Für den Fahrer des roten Toyotas war der Auftrag, für den er fünfzig Dollar extra und später hoffentlich mehr kassierte, einfach. Genau diesen Satz an der Moschee sagen, die Tasche abholen und dann wieder zu verschwinden. Mehr nicht. So verlangte es Basir. Aber dieser Typ an der Moschee war wohl schwer von Begriff. Er musste hupen und auch noch auf diesen Trottel warten. Salim ahnte schon lange, dass sein Boss etwas Großes plante, und war sehr stolz, als er ihm diesen Auftrag erteilte und ihm das viele Geld heimlich vor den anderen in die Hand drückte.

›Dafür würde ich glatt noch einmal zu dieser Moschee fahren.‹

Doch Salim wusste nicht genau, was Basir plante und so zog er es vor, sich an seine Anweisungen zu halten.

›Eines Tages werde ich es sowieso erfahren‹, dachte er und lächelte kalt.

Plötzlich bemerkte Salim, dass sein Telefon vibrierte. Er nahm es und blickte auf das Display. Als er wieder auf die Straße sah, bemerkte er im letzten Moment zwei Männer, die direkt vor seinem Wagen auf der Straße standen. Salim hupte wie wild und dabei fiel ihm sein Telefon aus der Hand. Die beiden blieben wie erstarrt vor seinem Wagen stehen. Bremsen! Ein Wagen wendete vor ihm auf der Straße und versperrte die

Durchfahrt! Salim fluchte und hupte laut. Die beiden Männer kamen wutentbrannt auf ihn zu. Sie beschimpften ihn aufs Übelste. Am liebsten hätte er seine Pistole gezogen und den beiden gezeigt, wer hier der Stärkere war. Aber Salim musste so schnell wie möglich von diesem Ort verschwinden. So lautete sein Auftrag. Er blieb sogar ruhig, als der eine mit der Hand auf die Motorhaube schlug. Die Straße vor ihm war jetzt frei und sofort drückte Salim das Gaspedal durch. Im Rückspiegel sah er die beiden immer noch schimpfend auf der Straße stehen.

›Wenn ich könnte, wie ich wollte, dann würdet ihr nicht mehr so da stehen. Wenn ich wieder im Haus bin, dann muss eine der Geiseln dran glauben. An irgendeinem muss ich heute meine Wut auslassen!‹ Salim war aufgebracht und konnte sich kaum beruhigen. Wenn er allein mit diesen Geiseln in der niedrigen Hütte war, dann überkamen ihn Wellen der Erregung. Er durfte mit ihnen so lange spielen, bis sie ohnmächtig wurden. Nur töten durfte er sie nicht – bis Basir es ihm befahl. Salim spürte augenblicklich, wie seine Erregung wuchs.

›Ja, heute werde ich mir meine Befriedigung schon holen. Einer wird dafür büßen!‹ Allein dieser Gedanke daran trieb ihn zur Eile an. Dabei sah Salim nicht mehr, wie die beiden Männer, die ihm fast in sein Auto gestolpert wären, in einen Geländewagen stiegen, der anschließend seinem Toyota folgte.

Becks wählte die Nummer von Mitch.

»Ja?«

»Beide Sender sind dran und arbeiten. Wir sind im Spiel.«

XVIII

Die Jagd

Becks saß auf der Rücksitzbank des roten Toyota Jeeps und beobachtete die Bewegungen der beiden Sender auf seinem Laptop. Der Geldbote war in jedem Fall ein Treffer, aber den grauen Toyota konnten sie bisher nirgends zuordnen. Er sah, dass sich die beiden Fahrzeuge durch den Kabuler Verkehr quälten. Der rote Toyota fuhr in Richtung des Gemüsekreisels am Kabul-River. Der graue Toyota bewegte sich auf der anderen Seite des Flusses, in Richtung der Plattenbauten, die hier von den Russen gebaut und von den Afghanen immer noch liebevoll Microrayan genannt wurden.

Azam fuhr mit Mitch. Er war die ganze Zeit sehr aufgeregt.

›Hoffentlich merkt Mitch nichts davon und nimmt sich keinen anderen Fahrer‹, dachte Azam. Denn er war stolz darauf, Mitch fahren zu dürfen. Die ganze Zeit, als sie da unten in der Innenstadt gewartet hatten, war Mitch sehr wortkarg. Er studierte immer wieder die Karte und beobachtete aufmerksam die Gegend. Dann ging es plötzlich los, aber Mitch blieb immer noch sehr ruhig und konzentriert. Er telefonierte mit Becks, gab den anderen neue Anweisungen und veränderte ihre Positionen in der Stadt. Mitch erhob nie seine Stimme oder wirkte unschlüssig. Er hatte einen eiskalten Unterton in seiner Stimme, der keinen Widerspruch duldete. Sehr gelassen dirigierte er Azam durch die kleinen Seitenstraßen von Kabul. Es war, als ob er selbst in dieser Stadt aufgewachsen wäre. Sie fuhren parallel zu den Fahrzeugen der Entführer auf der anderen Seite des Flusses, immer tiefer in den Microrayan.

Plötzlich überquerte vor ihnen der graue Toyota aus der Altstadt die Straße. Mitch hob sofort die Hand und sagte: »Bleib einen Moment stehen und dann gleich hinterher. Wir wollen doch mal sehen. Mal sehen, was der hier so treibt. Ich vermute fast, er folgt dem roten Toyota. Die gehören zusammen. Das ist vermutlich der zweite Mann. Der ist scharf auf das Geld.«

Und genauso war es. Der graue Toyota fuhr jetzt parallel zu dem roten an der Uferstraße in Richtung des Gemüsekreisels. Mitch wählte die Nummer von Becks.

»Da sind wir wieder. Hast du uns auf dem Schirm?«

»Ja, die Sender arbeiten einwandfrei und fast ohne Verzögerung. Die beiden Toyotas gehören eindeutig zusammen. Ich möchte wirklich gern wissen, was die beiden vorhaben.«

»Ich vermute, der Graue will sein Geld nicht aus den Augen lassen und überwacht gleichzeitig, ob ihnen jemand folgt.«

»Azam, lass dich noch ein Stück zurückfallen, wir dürfen unter keinen Umständen auffallen!«

Azam bremste den Wagen ab und ließ sich von anderen Fahrzeugen überholen.

»Was sagen die Jungs hinter uns, werden wir verfolgt?«, fragte Mitch.

»Nein, alles ruhig, uns folgt keiner.«

Am Gemüsekreisel bogen die beiden Fahrzeuge der Entführer ab und begegneten einander. Sie hatten jetzt die Seiten gewechselt und fuhren zurück in die Altstadt. Azam wunderte sich erneut, woher Mitch das alles wusste. Er hatte ihm vorhin erklärt, wie die Sender, die jetzt unter den beiden Fahrzeugen waren, funktionierten. Aber Mitch war den beiden anscheinend immer einen Schritt voraus und lenkte Azam zielsicher durch den chaotischen Kabuler Verkehr zurück zur Moschee.

Becks blickte auf seinen Monitor – da vorne mussten die beiden Fahrzeuge sein. Sie waren jetzt so dicht beieinander, dass die beiden Sender auf seinem Monitor fast übereinander lagen. Er sah wieder nach unten.

›Was führen die beiden nur im Schilde?‹, überlegte er, als er plötzlich die Stimme seines Fahrers hörte.

»Hey Becks, die fahren auf die Tankstelle!«

Sofort griff er zum Telefon.

»Unsere beiden Hübschen fahren auf die Tankstelle, die vor dem Kabuler Zoo. Wir brauchen einen Fuß draußen.«

Mohamed und Aziz, die noch an der blauen Moschee auf ihre Abholung warteten, sprangen nach dem Anruf von Mitch sofort auf und rannten los. Unterhalb der Tankstelle befanden sich mehrere Holzhändler. Dort stellten sie sich in Position, noch atemlos vom unerwarteten Sprint, um das Geschehen zu beobachten.

Es war die einzige Tankstelle in Kabul, die staatlich subventionierten Kraftstoff verkaufte, und dementsprechend groß war hier immer der Andrang. Aber sie hatten Glück, ein Lkw blockierte die Zufahrt zur Tankstelle und sie sahen gerade noch rechtzeitig, wie die beiden Fahrzeuge nacheinander auf die Tankstelle fuhren.

Der Fahrer des roten Toyotas hielt an. Er brauchte eine Weile, um die Tasche von Ajmal herauszuholen, vermutlich hatte sie sich im Fußraum verkeilt. Dann ging der Fahrer mit der Tasche zum grauen Toyota, der dicht hinter ihm angehalten hatte. Basir saß im Auto und wartete ungeduldig. Der dämliche Salim fummelte immer noch im Auto an der Tasche herum.

›Das nächste Mal mache ich es allein. Er darf nicht in die Tasche hineinsehen. Das ist mein Geld. Ich werde alles nachzählen, und wenn nur ein Dollar aus der Tasche fehlt, dann hänge ich ihn persönlich in seiner Folterkammer auf‹, schoss es Basir durch den Kopf.

Endlich brachte ihm Salim die Tasche.

»Entschuldigt Hadschi, die Tasche hatte sich im Fußraum verklemmt und jetzt ist ein Stück aufgerissen.«

Salim gab ihm zögernd die Tasche und wartete vor seinem Fenster in gebeugter Haltung. Seine Augen beobachteten Basir unruhig.

»Hier hast du dein restliches Geld und eine kleine Prämie dazu. Du hast deine Arbeit sehr gut gemacht, ich bin sehr zufrieden mit dir, Salim. Und jetzt fahr wieder zum Haus zurück!«, sagte Basir im gewohnten Befehlston.

»Danke Hadschi, sehr großzügig von Ihnen. Danke!«

Salim überschlug sich vor Dankbarkeit.

»Ja, ja, schon gut. Jetzt fahr schon los!«, sagte Basir ungeduldig.

Seine rechte Hand lag bereits auf der Tasche, er spürte die kleinen Ausbuchtungen darin – sein Geld. Salim stand immer noch da und verbeugte sich umständlich. Dann ging er endlich wieder zum Auto zurück und stieg ein. Die Idee, Salim als Geldabholer einzusetzen, war Basir spontan vorhin im Haus gekommen.

›Warum mache ich das nicht immer so? Die Familien sollen für jedes Telefonat ab sofort bezahlen‹, dachte Basir.

Ein schöner Nebenerwerb ohne Zeugen. Und sein geldgieriger Schwager würde davon auch nichts erfahren. Zärtlich streichelte er die Tasche mit dem Geld. Am liebsten würde er die Tasche sofort aufmachen und das Geld nachzählen.

›Nein, nicht hier, viel zu gefährlich!‹

Doch seine rechte Hand konnte nicht widerstehen und war bereits in der Tasche verschwunden. Er spürte die Bündel – sein Geld. Er musste los. Als Basir an den riesigen Holzstapeln unweit der Tankstelle vorbeifuhr, waren seine Sinne bereits wieder geschärft. Er sah, wie sich die Händler mit ihren Kunden stritten und wie zwei Jungen umständlich einen Stapel Holz anhoben.

›Das Geld muss ich unbedingt verstecken!‹

In der Wohnung seines Schwagers in der Chickenstreet konnte er das Geld nicht lassen, also blieb ihm nur das Haus mit den Geiseln für das Versteck.

›Ich fahre erst mal in ein Teehaus, und wenn es dunkel ist, verstecke ich das Geld. Keiner von meinen Männern darf bemerken, dass ich so viel Geld habe. Nein, nicht in ein Teehaus, ich fahre heute in ein Restaurant und lasse mich zur Feier des Tages mal richtig verwöhnen.‹

Basir streichelte erneut sein Geld. Den Fraß im Haus konnte er schon lange nicht mehr sehen. Er war zufrieden mit sich selbst und sehr glücklich. Seine Anspannung war einem angenehmen Siegesgefühl gewichen.

»Mitch, die beiden trennen sich. Was wollen wir jetzt unternehmen?«, hörte Mitch die besorgte Stimme von Becks.

Er überlegte: Der rote Toyota war nur der Geldbote. Der Mann im grauen Toyota hatte von Anfang an alles überwacht. An dem mussten sie dran bleiben.

»Ein Auto folgt dem roten Wagen und wir bleiben mit unseren restlichen Fahrzeugen am grauen dran«, entschied Mitch.

Zehn Minuten später meldete sich Aziz.

»Hallo Mitch, der rote Toyota fährt in Richtung des Babur Garden. Wir sind jetzt links von der Hauptstraße abgebogen. Anscheinend fährt er zu den alten Häusern am Berg. Es führt nur eine Straße hinauf.«

Azam blickte in den Rückspiegel und sah, wie Mitch die Stirn runzelte und überlegte.

»Lasst ihn fahren, sonst fallen wir zu sehr auf. Wir haben noch den Sender. Er zeigt uns den Weg. Bei der nächsten Möglichkeit wendet ihr und wir treffen uns alle später bei Ajmal.«

Mitch legte auf.

»Und wir beide werden jetzt weiter den grauen Toyota beobachten. Bin gespannt, was der noch alles anstellt.«

Der graue Toyota fuhr fast eine Stunde lang scheinbar ziellos durch die Stadt. Der Verkehr nahm jetzt merklich ab und dieser Umstand machte die Verfolgung um einiges schwieriger. Sie waren gezwungen, auf Abstand zu fahren und sich auf ihren Sender zu verlassen. Das war riskant, denn die Stadt war immer noch nicht flächendeckend mit Funknetz belegt. Außerdem störten die Militärkonvois mit ihrem Jammern, die vor Attentätern schützen sollten, die Übertragung erheblich.

Abendliche Dämmerung legte sich langsam über Kabul. Sie fuhren bereits das dritte Mal auf der Shar-e-now, als der Toyota plötzlich direkt vor einem neu eröffneten Restaurant hielt. Der Fahrer stieg mit der Tasche in der Hand aus dem Wagen. Es war ein kräftiger Mann mit dunklem, dichten Schnauzbart und nach hinten gekämmtem Haar. Blaues Hemd, dunkle Hose – auf den ersten Blick sah er aus wie ein Geschäftsmann. Er blickte misstrauisch nach links und rechts, schloss den Wagen ab und ging in das Restaurant. Drinnen wählte er einen Tisch unmittelbar am Eingang, direkt am Fenster. So konnte er wohl besser die Gäste und die Straße vor ihm beobachten.

Während drinnen das üppige Essen serviert wurde, positionierte Mitch draußen seine Fahrzeuge. Sie mussten jetzt ruhig bleiben und den Weg des Geldes verfolgen. Ein Fahrzeug ließ Mitch in einer Seitenstraße stehen, während das andere mit

Becks zusammen weiter vorne positioniert wurde. Dort, wo die Shar-e-now sich teilte.

»Wir müssen uns jetzt wohl oder übel auf die Technik verlassen. Zwar beschützt uns die Dunkelheit, aber die leeren Straßen machen es unglaublich schwierig, an dem Wagen dranzubleiben. Er würde sofort Verdacht schöpfen, wenn er die ganze Zeit unsere Lichter hinter sich sieht«, erklärte Mitch Azam seinen Plan.

Nach Einbruch der Dunkelheit verwandelte sich Kabul in eine andere Stadt. Fast gespenstisch wirkten die leeren Straßen und dort, wo wenige Stunden zuvor noch das Leben pulsierte und Chaos herrschte, breitete sich nun unheimliche Finsternis und schwarze Leere aus. Herrenlose Hunde übernahmen in diesen Stunden die Stadt, streunten herum und wühlten im Müll. Um die wichtigsten Regierungsgebäude bauten Sicherheitsposten Straßensperren auf und Soldaten wärmten sich in der Nacht an zahlreichen Lagerfeuern.

»Es geht los«, hörte Becks die Stimme von Mitch und sah auf die Uhr. Fast zwei Stunden hatte der feine Herr gespeist und das Geld der Familie Shamadi verprasst.

»Becks, er bewegt sich in deine Richtung. Lass dich überholen und dann hinterher! Wir versuchen, parallel zu ihm zu fahren. Azam, wir fahren zu der Tankstelle, wo wir heute schon einmal waren. Schnell!«, befahl Mitch.

Der graue Toyota brauste mit hoher Geschwindigkeit die leere Straße entlang, direkt an Becks vorbei. Basir umfuhr dabei geschickt die Straßenkontrollen der Polizei. Sie durften jetzt einerseits den Wagen nicht aus den Augen verlieren und andererseits nicht auffallen. Es ging wieder in die Richtung der Altstadt. Doch plötzlich, kurz davor, bog der graue Wagen ab und beschleunigte erneut. Jetzt hinterherzufahren, wäre zu auffällig. Becks wies seinen Fahrer an, nicht weiter zu fahren, sondern nach links abzubiegen.

Basir erreichte die lange, vierspurige Asamayistraße. Er war allein, wie ihm ein kurzer Blick in den Rückspiegel verriet.

›Alles leer und dunkel. Sehr gut‹, dachte Basir.

Er hatte es fast geschafft.

Was Basir nicht wusste, war, dass ihm unbemerkt ein kleiner Toyota durch die dunklen Straßen der Stadt folgte. Becks rief sofort Mitch an.

»Mitch, er fährt in Richtung Tankstelle am Zoo. Ich musste abbrechen, es ist eine lange, breite Straße, da hätte er uns gleich auf dem Schirm gehabt!«

Es hatte bisher alles so gut geklappt und jetzt musste Becks den Toyota abreißen lassen.

»Kein Problem, soll er ruhig kommen. Wir warten auf ihn«, hörte er Mitchs lachende Stimme. »So, Azam, und jetzt fahren wir zusammen zum Babur Garten. Warst du schon mal dort?«

»Nein, wir gehen nicht in diesen Stadtteil. Hier wohnen wenige Paschtunen, nur Hazara.«

»Da solltest du unbedingt mal hin. Dort liegt der Begründer des Mogulreichs begraben, Babur Schah. Nach ihm wurde auch dieser Garten benannt. Die gesamte Anlage ist rechteckig und von breiten wellenförmigen Terrassen durchsetzt. Der Schah mochte symmetrische Formen und ließ alle Gärten in dieser einfachen, schönen Form anlegen. Eine Wasserquelle durchschneidet den Garten in dessen Mitte, und selbst in den heißesten Monaten des Sommers ist der Garten erfrischend grün”, schwärmte Mitch. »Einst gab es hier Granatäpfel, Apfelbäume und Pappeln. Im Krieg wurde der Garten allerdings stark zerstört und erst jetzt besinnt man sich wieder darauf und beginnt den Garten aufzubauen. Der Babur Schah ist ein Teil der Geschichte deines Landes und sein Garten gehört dazu.«

Azam konnte es nicht fassen: Woher wusste Mitch so viel über sein Land und seine Geschichte? Ajmal hat nicht übertrieben, als er der Familie vorschlug, die beiden um Hilfe zu bitten. Sie wussten immer genau, was sie zu tun hatten – ohne einen Anflug von Angst oder Stress. Ja, sie waren sogar beängstigend ruhig. Aber Azam fühlte sich in Mitchs Gegenwart sicher. Er gab ihm kurze, präzise Anweisungen und Azam versuchte, diese so gut er konnte zu befolgen.

»Ich werde deinen Rat befolgen und eines Tages in diesen Garten gehen«, erwiderte Azam.

Der graue Toyota bog jetzt tatsächlich zum Babur Garten ab. Hier war es noch dunkler als in der Stadt. Überall brummten Generatoren, die Strom für die Häuser auf dem Berg produzierten.

»Kennst du den Weg zur *Mittagskanone*?«, fragte Mitch.

»Ja, tagsüber finde ich hin, aber jetzt im Dunkeln wird es schwierig«, sagte Azam zögerlich.

»Na dann versuchen wir mal, den Weg zu finden. Es ist eine erhöhte Stelle und wir haben von dort einen guten Überblick über den ganzen Stadtteil.«

Ihr Wagen quälte sich immer höher den Berg hinauf, über Straßen voller Matsch und Dreck.

Basir hatte fürstlich gegessen und jetzt wollte er nur noch sein Geld zählen und sicher verstecken. Satt und immer noch voller Adrenalin und Euphorie, fuhr er schnell zum Haus, wo sie die Geiseln versteckt hielten. Er selbst hatte das Haus ausgesucht. Von steilen Einfassungen umgeben, lag es eingeklemmt zwischen der alten Stadtmauer und dem Babur

Garten, hoch in den letzten Straßen am Berg. In die dunklen, kleinen Gassen traute sich, außer den Einwohnern, selten jemand hinein und in der Nacht herrschte hier das Recht des Stärkeren.

Azam saß jetzt allein im Wagen und wartete. Nachdem sie die Anhöhe an der *Mittagskanone* erreicht hatten, verschwand Mitch in der Dunkelheit.

»Bin gleich wieder da. Warte hier auf mich und verschließ die Türen!«

Azam sah noch, wie sich die Lichter des grauen Toyotas, den sie bis hierher verfolgt hatten, in den Berg fraßen, bis sie irgendwo weiter unten in den kleinen Gassen schließlich gänzlich verschwanden. Die Zeit verging und von Mitch war schon lange nichts mehr zu sehen. Nur lautes Hundegebell unterbrach die Stille am Berg. Langsam wurde es Azam unheimlich. Er sprach ein kurzes Gebet. Aus dem Augenwinkel sah er plötzlich in einiger Entfernung links vom Wagen zwei Männer. Das Mondlicht war hell genug, sodass Azam die Messer, die die beiden in der Hand hielten, erkennen konnte. Er erstarrte vor Angst.

Die Männer blickten sich um und stürmten nach unten. Schon waren nur noch schemenhafte Umrisse ihrer hellen Hemden zu erkennen. Azam, immer noch starr vor Angst, blickte den beiden hinterher und erkannte, wohin sie rannten. Ein Mann stand da und wankte. Die Wolken gaben jetzt den Mond frei: Es war Mitch.

Omar und Langar beobachteten den weißen Toyota schon einige Zeit, wie er da in der Dunkelheit stand. Es war ihr Gebiet. Und jeder, der sich hierher verirrte, wurde von ihnen beraubt oder – verlor sein Leben. Dabei halfen ihnen ihre geliebten Messer, die sie immer bei sich trugen. Sie hatten keine Skrupel, sie sofort einzusetzen. Denn sie lebten vom Raub.

»Er wartet wohl auf jemanden«, sagte Langar ruhig.

»Ich hab vorhin eine Tür zuschlagen gehört. Vielleicht kommt noch einer. Das wäre eine fette Beute für uns.«

Omar grinste breit. Sie warteten, aber nichts tat sich.

»Komm, wir nehmen jetzt den im Auto aus und den anderen suchen wir später. Der läuft uns schon nicht weg.«

Als die beiden sich unbemerkt bis an die Fahrertür schlichen, stieß Omar seinen Kumpel plötzlich in die Seite.

»Sieh mal, da unten steht der andere. Ich glaube, der ist eine viel leichtere Beute. Sieh nur, wie der schwankt, der scheint wohl zu viel von dem Rauch genommen zu haben.«

Langar blickte lange nach unten, bis er sagte: »Los schnell, den schnappen wir uns. Er hat ein Telefon in der Hand. Sieh mal, wie es im Dunkeln leuchtet. Besser als jede Leuchtreklame!«

Sie rannten wie auf ein Zeichen zu dem schwankenden Mann nach unten. Omar lief so schnell, dass Langar kaum hinterher kam. Er hielt sein Messer bereits in der Hand. Was dann folgte, nahm Langar nicht mehr richtig wahr. Er sah noch, wie Omar mit seinem Messer ausholte, schon drehte er sich mit dem Unbekannten im Kreis. Es wirkte wie ein bizarrer Tanz. Und das Letzte, was Langar erkannte, als er die beiden erreichte, war, wie das Gesicht von Omar plötzlich ganz nah vor seinem auftauchte und seine schreckgeweiteten Augen sich den seinen näherten. Dann spürte Omar einen furchtbaren Schlag, der durch seinen gesamten Körper ging ...

Als Mitch zum Wagen zurückkehren wollte, sah er zwei Männer ganz in der Nähe der Fahrertür stehen. Ein kurzes

Aufblitzen verriet ihm, dass sie Messer dabei hatten. Er holte sein Telefon aus der Tasche und trat gegen eine alte Plastikflasche am Boden. Die Männer drehten sich vom Wagen weg, sahen ihn und starteten sofort ihren Angriff.

Mitch drehte den beiden demonstrativ den Rücken zu. Äußerlich sah es so aus, als ob er berauscht wäre. Innerlich spannte sich jedoch sein Körper wie eine Feder. Er spürte die leichten, schnellen Schritte der Angreifer in seinem Rücken. Mitch atmete aus – in Erwartung des Angriffes. So, wie er es unzählige Male im Nahkampf geübt hatte. Deutlich hörte er den schweren Atem des ersten Angreifers hinter sich und drehte sich blitzschnell um. Die beiden waren schon fast bei ihm angelangt, als Mitch den ersten Angreifer an der ausgestreckten Hand mit dem Messer packte. Mit der rechten Handkante schlug er ihm hart gegen die Schlagader am Hals und wirbelte mit dem Angreifer in einer Doppelschrittdrehung im Kreis.

Als der zweite Angreifer vor Mitch auftauchte, beendete er die Drehung und schleuderte den ersten Angreifer mit voller Wucht dem anderen entgegen. Es folgten ein dumpfer Knall und ein unterdrückter Schrei, als die beiden zusammenkrachten. Die Wucht des Aufpralls der beiden Männer war so stark, dass der zweite Mann fast waagerecht in die Luft schoss, bevor er nach hinten fiel und reglos liegen blieb.

Vom Beginn des Angriffes bis zu dem Zeitpunkt, als beide auf dem Boden vor Mitch lagen, waren nur wenige Augenblicke vergangen, und Azam ertappte sich, wie er staunend und mit offenem Mund im Auto saß. Das, was Mitch mit den Räubern gemacht hatte, sah von Weitem wie eine elegante, fließende Bewegung aus. Es wirkte so, als ob Mitch nie etwas anderes in seinen Leben gemacht hätte. Er beherrschte diese Technik so perfekt, dass er sie sogar auf einem Müllhaufen in

Kabul vorführen konnte. So etwas hatte Azam noch nie zuvor gesehen. Außer in Filmen mit Bruce Lee. Und das Geräusch der brechenden Knochen, als die beiden mit voller Wucht gegeneinanderprallten, würde er wohl nie in seinem Leben wieder vergessen.

Mitch klopfte auf das Dach des Wagens und Azam erwachte aus seiner Starre. Er öffnete schnell die Türverriegelung.

»So, dann wollen wir mal wieder zurück. Es reicht für heute«, sagte und setzte sich auf die Rücksitzbank.

So, als wäre nichts passiert. Weiter unten am Berg lagen die beiden reglosen Körper der Angreifer, und in der Ferne war leise das Gebell herumstreunender Hunde zu hören.

XIX

Die Besprechung

Das kleine Büro von Ajmal war heute Abend voller Menschen. Alle redeten aufgeregt durcheinander und tauschten die Erlebnisse des Tages aus. Ajmal saß dabei hinter seinem Schreibtisch und strahlte über das ganze Gesicht. Die große Last und seine Sorgen waren für diesen einen Moment wie verflogen. Er freute sich mit den anderen über den gelungenen Tag. Mitch ließ die Männer erst einmal wieder zur Ruhe kommen, ehe er mit seiner Auswertung begann.

»Es war für uns alle ein langer und anstrengender, aber auch ein sehr erfolgreicher Tag. Wir haben es geschafft, die Entführer und vielleicht sogar deren Versteck zu lokalisieren. Aber dazu wird Becks gleich noch mehr sagen.«

Mitch blickte Aziz und Mohamed an.

»Es war ganz wichtig, euch beide vorher zur Moschee zu schicken, um zu sehen, ob jemand schon früher dort auftaucht und die Lage checkt. Ihr beiden habt wahrscheinlich den Kopf der Bande entdeckt und sogar einige Fotos von ihm gemacht. Super Idee von Dir, Aziz, das Gruppenfoto zu machen. Ich kann es nur noch einmal sagen, dass ihr das ganz toll gemacht habt.«

Die beiden Jungs strahlten, als sie bemerkten, dass über sie gesprochen wurde. Mitch machte eine kurze Pause, um Ajmal die Zeit zu geben, alles ins Paschtu zu übersetzen.

»Anschließend die Geldübergabe. Du, Ajmal, hast alles richtig gemacht. Du hast wie abgesprochen verzögert, um uns die nötige Zeit für anschließende Planänderungen zu verschaffen.

Dann ging es weiter mit dem zweiten Sender. Auch hier habt ihr schnell und richtig reagiert, den Fahrer abgelenkt und schon war der Sender am Fahrzeug. Das hat mir sehr gut gefallen, es war genauso, wie wir es im Hof geübt haben. Für das erste Mal habt ihr alles richtig gemacht. Super! Und dann war noch unsere Irrfahrt am Kabul-River! Und hier für alle noch einmal. Die Entführer sind sehr vorsichtig. Ohne die Sender wären wir wahrscheinlich aufgeflogen und die beiden würden jetzt lachend in ihrer Hütte sitzen und unser Geld zählen.«

Mitch machte wieder eine kurze Pause und blickte in die Runde. Dann fuhr er fort. »Als Nächstes sind die Kidnapper zur Tankstelle gefahren. Dort übergab der Fahrer des roten Toyotas das Geld an den Fahrer im grauen Toyota, der die ganze Übergabe an der Moschee zuvor beobachtet hatte. Aziz ist dabei aufgefallen, wie der Fahrer des roten Toyotas sich immer wieder vor seinem Fenster verbeugte. Daher vermuten wir, dass das der Chef der Bande sein muss. Auch hier habt ihr schnell reagiert und, was ganz wichtig für uns war, die Geldübergabe an der Tankstelle beobachtet. Es sind solche Kleinigkeiten, die uns helfen, uns ein besseres Bild von den Entführern machen zu können. Dann trennten sich die beiden. Noch ein deutliches Zeichen dafür, dass der Fahrer des grauen Toyotas der Kopf der Entführer ist. Er streicht das ganze Geld ein, schickt seinen Handlanger weg und fährt erst einmal seelenruhig essen.«

Während Mitch redete, beobachtete Becks die versammelten Männer im Raum. Alle blickten zu Mitch auf. Er stand vor ihnen, mitten im Raum und analysierte die Ereignisse des Tages wie in einer normalen Einsatzbesprechung. Dabei lag er noch vor einigen Monaten schwer verletzt im Krankenhaus und Becks durchlebte mit ihm die schlimmsten Tage seines Lebens. Sie waren alle sehr aufmerksam und ganz ruhig, saugten alles in sich auf, was Mitch ihnen sagte. Becks musste sich eingestehen, dass er zuerst sehr skeptisch war und sich klar gegen die Einbindung der Familie ausgesprochen hat. So eine komplizierte Sache mit Leuten durchzuziehen, die noch nie etwas Vergleichbares in ihrem Leben gemacht hatten, grenzte an Überheblichkeit. Dazu kamen noch die sprachlichen Barrieren, alles musste ins Paschtu oder ins Englische übersetzt werden. Letztendlich aber ließ er sich von Mitch überzeugen, es doch zu versuchen. Mitch vertraute den Afghanen und nach dem heutigen Tag vertraute Becks ihnen auch.

»So«, hörte er Mitch sagen, »jetzt bin ich fast mit allem durch. Natürlich habe ich unsere Fahrer nicht vergessen. Auch ihr habt dazu beigetragen, dass alles so gut funktioniert hat. Jeder Einzelne von euch hat heute sehr gut gearbeitet. Am Ende zählt die Gesamtleistung. Alle, so wie ihr hier sitzt, habt zu diesem ersten erfolgreichen Tag beigetragen. Ich hoffe, dass es so weiter geht, denn die kommenden drei Tage werden sehr anstrengend für uns alle. Und jetzt übergebe ich an Becks.«

Mitch setze sich auf den Boden in die Ecke.

»Mitch hat eigentlich schon alles Wesentliche gesagt. Auch ich bin mit eurer heutigen Leistung sehr zufrieden und glaube, wir hätten es ohne euch nicht besser machen können.«

Mitch horchte auf. Diese Worte des Lobes kamen doch tatsächlich von Becks! Jetzt war er wirklich erstaunt. Nach der zweiten Belobigung von Becks waren alle sichtlich befreit und die letzte Anspannung schien buchstäblich von allen abzufallen.

Becks fuhr fort: »Die beiden Sender, die wir an den Fahrzeugen angebracht haben, arbeiten ohne Störungen. So können wir den gesamten Streckenverlauf der beiden auf der Karte sehen. Für uns war es wichtig, noch in Sichtweite der Fahrzeuge zu bleiben, da die Berge eine Echtzeitübertragung zeitweise verhinderten. Gerade an Kreuzungen oder wenn die Fahrzeuge schnell irgendwo abbiegen, ist es besser, wenn wir sie mit eigenen Augen verfolgen können. Aber das alles hat heute super geklappt. Ich bin mit dem ganzen Verlauf sehr zufrieden. Was müssen wir jetzt noch machen?«

Becks schaute in die Runde. Azam meldete sich.

»Wenn wir jetzt wissen, wo sie Onkel Nabi gefangen halten, dann holen wir ihn doch gleich da raus!«

Alle redeten sofort wieder durcheinander und jeder hatte eine neue Idee oder schloss sich dem Vorschlag von Azam an. Becks klatschte so laut in die Hände, dass sofort wieder Ruhe einkehrte.

»So einfach ist es leider nicht, obwohl vom Gedanken her eigentlich schon ganz richtig. Erstens müssen wir das Gelände, auf dem die beiden Fahrzeuge stehen, genau lokalisieren. Zweitens müssen wir feststellen, ob Onkel Nabi wirklich dort festgehalten wird und wie viele Wachen dort sind. Erst dann können wir uns überlegen, wie wir ihn befreien können. Also vor uns liegt noch eine Menge Arbeit.«

Alle blickten zu Boden und schwiegen betreten. Es war also doch nicht so einfach. Ajmal brach als Erster das Schweigen.

»Wir haben jetzt nur noch drei Tage. Werden wir es rechtzeitig schaffen?«

Mitch erhob sich und stellte sich zu Becks in die Mitte des Raumes. Gemeinsam bildeten sie eine scheinbar unbezwingbare Bastion.

»Ich werde mit Becks das weitere Vorgehen besprechen. Jeder von euch bekommt morgen einen neuen Auftrag von uns. Diese Aufträge werdet ihr teils gemeinsam, teils allein durchführen müssen. Morgen früh um neun Uhr werden wir uns hier wieder treffen. Seid vorsichtig und aufmerksam – so wie heute. Dann schaffen wir es auch, Onkel Nabi zu befreien.«

Als sich alle verabschiedet hatten und den Raum verließen, blieb nur noch Ajmal.

»Ajmal«, sagte Mitch, »wir brauchen gleich morgen früh ein Auto mit einem Fahrer, am besten schon um fünf Uhr morgens.«

Dann drehte er sich zu Becks. »Wollen wir doch mal sehen, ob der Blick von der alten Stadtmauer am Morgen immer noch so schön ist wie damals.«

Ajmal blickte verständnislos von einem zum anderen, während sich Becks und Mitch über die gelungene Überraschung, die sich deutlich in Ajmals Gesicht zeigte, amüsierten.

»Wollt ihr etwa schon so früh zum Gebet?«, fragte Ajmal.

Mitch und Becks tauschten verschwörerische Blicke, schwiegen jedoch.

›Ich werde aus diesen Jungs einfach nicht schlau‹, dachte Ajmal und kratzte seinen dichten, schwarzen Bart.

XX

Der Berg ruft

In aller Frühe, noch vor dem ersten Gebet, machten sich Mitch und Becks für den Aufstieg auf den Sher Darwaza fertig. Mehrere mächtige Bergrücken teilten die Stadt. Und während sie in Kabul eine Höhe von fast zweitausenddreihundert Metern erreichten, waren ihre Ausläufer, die die Stadt wie eine Mauer umgaben, fast viertausend Meter hoch. Einer dieser Ausläufer war der Sher Darwaza, auf dessen Gipfel sich noch Reste der alten Stadtmauer befanden. Vor zwei Jahren war es das letzte Mal, dass sie gemeinsam den Aufstieg auf diesen Berg wagten. Überwiegende Teile der Berge in und um Kabul waren vermint. Die Berge mit ihrer Aussicht über die Stadt besaßen bereits früher eine große strategische Bedeutung. Über diese Höhen konnte man große Teile der Stadt kontrollieren. Jedes Jahr trieb dabei das Schmelzwasser neue Minen die langen Berghänge hinunter. Kinder mit abgerissenen Gliedmaßen, die man überall sah, waren der blutige Zoll und die grausame Hinterlassenschaft vergangener Kriege.

Ein letzter Check vor dem Aufstieg: Wasser, ein Messer, GPS-Gerät und ein Erste–Hilfe–Set, mehr konnten und wollten sie nicht mitnehmen. Azam beobachtete, wie die beiden ihre Ausrüstung packten und sich fertig zum Aufstieg machten.

›Was die beiden alles mitnehmen und woran sie denken müssen, nur um auf den Berg zu gehen. Sind alle Europäer wohl so verrückt wie die beiden?‹, ging ihm dabei durch den Kopf.

Es war noch so verdammt früh und Azam sehr müde, als er seinen Namen hörte.

»Azam!« Er sah, dass Mitch ihn fragend ansah. »Na, Azam, bist du noch müde?«, fragte er und amüsierte sich über Azams verschlafenen Blick. »Pass auf, eine Sache, die ist ganz wichtig. Heute Nacht war der rote Toyota unterwegs. Wenn du uns abgesetzt hast, fährst du die gleiche Strecke ab, die er heute Nacht gefahren ist.«

Neugierig ging Azam zu den beiden hinüber, die auf einen kleinen Laptop sahen. Mitch hatte es ihm erklärt – auf diesem Computer wurden alle Daten der Sender gespeichert, die sie gestern unter den beiden Toyotas der Entführer platziert hatten. Azam sah eine Karte von Kabul aus der Luft und erkannte die Strecken, die sie gestern gefahren waren. Sie waren gelb markiert. Eine neue Strecke, die er noch nicht kannte, blinkte rot.

»Siehst du diese blinkende Linie?«, fragte Becks. Azam nickte.

»Lionel hat uns heute früh aktuelle Daten der Sender geschickt. Sie haben heute Nacht den Wagen bewegt und wir müssen wissen, warum und was sie dort wollten. Vielleicht finden wir irgendwelche Spuren. Kennst du den alten Golfplatz am Rande der Stadt? Nimm nicht die erste, sondern die zweite Straße. Danach biegst du gleich wieder nach rechts ab. Da ist ein kleiner Abhang. Genau dort standen sie fast zehn Minuten. Schau mal nach, was sie dort wollten. Achte auf alles. Es könnte wichtig für uns sein. Es ist noch sehr früh am Morgen, vielleicht sind ihre Spuren noch nicht verwischt.«

Azam kannte den alten Golfplatz am Rande der Stadt gut. Als Kinder hatten sie hier immer diese kleinen, harten weißen Bälle gesucht, bevor der Krieg ausbrach und der Golfplatz zu einer Müllhalde wurde.

»Ja, ich kenne den Ort, der ist etwas abgelegen und nicht einsehbar von der Straße«, sagte Azam langsam und bemerkte dabei, wie die beiden einander einen besorgten Blick zuwarfen.

Mitch bekam wieder diese Falte auf der Stirn – so wie gestern im Auto, als er über irgendetwas nachdachte.

»Gut, dann sei bitte vorsichtig. Und wenn du etwas entdeckst oder dir etwas auffällt, dann ruf sofort uns oder Ajmal an. Hast du verstanden?«

»Ja, Mitch. Genauso mache ich es.«

Zum ersten Mal hatte Azam ein flaues Gefühl im Magen.

Am Fuße des Berges verließen Mitch und Becks den Wagen und begannen den Aufstieg zum Sher Darwaza. Fast zwei Stunden waren die beiden unterwegs, ehe sie den höchsten Punkt der alten Stadtmauer erklommen hatten. Becks legte ein mörderisches Tempo vor, und als sie endlich ihr Ziel erreichten, war Mitch am Rande seiner Kräfte. Er spürte noch immer die Folgen seiner Verletzung und seine schwache Kondition ärgerte ihn. Aber der grandiose Blick von hier oben auf die Stadt – die ersten Sonnenstrahlen blitzten bereits über die Berggipfel – ließ ihn die Tortur des Aufstiegs sofort wieder vergessen. Kalte, klare Luft. Mit den ersten Sonnenstrahlen zeigte sich die schlafende Stadt von ihrer schönsten Seite. In ein bis zwei Stunden jedoch würde bereits ein gelblicher Dunst aus Staub und Smog über der Stadt liegen. Menschen, Fahrzeuge, unzählige Motoren weckten Kabul aus dem Schlaf und verwandelten sie in eine der schmutzigsten Städte der Welt.

Im Schatten der Stadtmauer kauerten sie auf dem Boden. Becks hielt ein Blatt Papier in der Hand. Das war der Ausdruck der Fahrtstrecke der beiden Entführerfahrzeuge.

»Hier ist er hochgefahren, dann die Zweite rechts.«

Er verglich die Satellitenaufnahme.

»Dort an der Ecke steht aber ein Brunnen«, entgegnete Mitch, während er der Beschreibung von Becks folgte und auf den unter ihnen liegenden Stadtteil blickte.

»Gut, das habe ich hier auf dem Ausdruck nicht mehr drauf. Erste, zweite, dann die dritte Straße wieder links. So, das ist die Straße mit dem Haus und ... Ich kann es auf dieser Aufnahme nicht mehr genau erkennen. Das vierte oder fünfte Haus auf der rechten Seite müsste es sein.«

»Da, siehst du das Haus mit dem blauen Tor?«, fragte Mitch.

»Also ich sehe nur ein Haus mit einer kleinen Holzhütte am Tor. Wie für die Wachleute gemacht.«

»Genau, alle anderen Wachhütten stehen immer draußen vor dem Tor und warum steht diese Wachhütte wohl drinnen?«

»Sieh mal, genau zwischen dem Haus und dem Tor. Genau da. Siehst du, da steht ein rotes Auto. Das könnte unser Toyota sein.«

Becks' Stimme überschlug sich. »Ich glaube, wir haben einen Treffer!«

»Gut, dass wir uns das Ganze hier noch mal angesehen haben. Die Satellitenaufnahmen sind von 2005, da hat sich einiges verändert«, stimmte Mitch zu.

»Außerdem kennen wir die Ecke hier ganz gut. Kannst du dich noch daran erinnern?« Becks lächelte.

»Ach Becks, wie könnte ich das vergessen. Das war aber weiter unten auf der linken Seite des Berges. Es sollte damals eigentlich nur eine ganz normale Festnahme eines Talibankommandeurs werden, der seinen Bruder in der Stadt besuchte. Und was machst du, du fällst direkt auf ihn drauf!«

Zum ersten Mal seit ihrer Ankunft in der Stadt löste sich ihre Anspannung und sie prusteten vor Lachen.

Damals sollte Becks vom Dach aus die Sicherung der Festnahme übernehmen. Doch seine Ausrüstung war zu schwer für die morschen Dachbalken. Er fiel direkt auf das Bett mit dem schlafenden Kommandeur der Taliban. Mitch brauchte nur noch die Tür einzutreten und die beiden Wachleute zu überwältigen. Diese unkonventionelle Art der Festnahme hatte auch noch einige Monate später für diverse Lacher und dienstliche Ermittlungen gesorgt. Wobei sich diese Ermittlungen mehr auf den gebrochenen Arm und die drei gebrochenen Rippen des Talibankommandeurs bezogen – Becks war eben einfach zu schwer. Natürlich verbreitete sich diese Geschichte in Windeseile im ganzen Hauptquartier; nur das Ausmaß der Festnahme und ihre Art wurden mit jeder Erzählung ein wenig verändert. »Nein, so etwas kann man nicht trainieren. Es ist eine sehr spezielle Festnahmetechnik.« Dies wurde danach zu ihrer Standardantwort.

Seit einer ganzen Weile beobachteten sie nun bereits das Haus am Berg. Es fehlte ihnen zwar die letzte Gewissheit, ob das Haus wirklich den Entführern gehörte, aber die Anhaltspunkte, die sie bisher hatten, deuteten allesamt darauf hin. Sie lachten noch immer, als sie plötzlich durch das Klingeln des Telefons unterbrochen wurden.

»Hallo Ajmal!«

»Mitch. Hallo. Azam ist gerade zurückgekommen … Es ist schrecklich, ihr müsst sofort hierherkommen!«

»Wieso, was ist denn passiert?«, fragte Mitch.

Ihre ausgelassene Stimmung war augenblicklich verflogen.

»Er hat eine Leiche am Golfplatz gefunden.«

»Ajmal, schick sofort ein Auto, das uns bei der *Mittagskanone* abholt.«

Mitchs Stimme klang besorgt und Becks sah in das erstarrte Gesicht seines Freundes.

»Was ist los?«

»Azam hat eine Leiche entdeckt. Ich hoffe, es ist nicht Onkel Nabi. Sie holen uns gleich an der alten Festung ab. Wir müssen sofort los.«

XXI

Der unbekannte Tote

Azams Gesicht war bleich, und die bleierne Müdigkeit, die er bereits am Morgen verspürt hatte, lähmte erneut seinen Körper. Ajmal saß neben ihm und die dunklen Ränder unter seinen Augen sagten alles über seinen Zustand. Verzweiflung und Angst standen ihm ins Gesicht geschrieben. Der Stolz und die Hochstimmung von gestern schienen auch die anderen Männer im Haus verlassen zu haben. Wie ein unsichtbarer Nebel lähmte die Furcht alle Anwesenden und versetzte sie in einen Zustand kalter Schockstarre.

»Hör mal Becks, wir müssen das Ruder schnell herumreißen, sonst bricht hier alles zusammen«, sagte Mitch, als sie einen Augenblick allein waren.

»Du hast recht, wir müssen was unternehmen.«

Becks legte seine schwere Hand verschwörerisch um Mitchs Schultern.

»Ajmal«, begann Mitch, »Becks fährt noch einmal zu der Stelle, wo Azam die Leiche entdeckt hat. Wir müssen wissen, wer dort liegt und was passiert ist. Ich bleibe hier bei dir. Wir haben noch einiges vorzubereiten und wir müssen unseren Zeitplan im Auge behalten. Du musst jetzt sehr stark sein! Deine Familie schaut zu dir auf.«

Plötzlich meldete sich Azam zu Wort.

»Ich fahre mit Becks. Ihr werdet die Leiche ohne mich dort nicht finden.« Alle Augen waren jetzt auf Azam gerichtet. Seine Angst war plötzlich verschwunden und seine ganze Haltung war stark und bestimmend.

»Gut, dann lass uns sofort fahren, wir haben keine Zeit zu verlieren«, entgegnete Becks.

Azam führte Becks zu der Stelle, an der er die Leiche gefunden hatte. Es war eine ehemalige Polizeistation, von der nur noch die Grundmauern übrig waren. Hinter diesen Mauerresten verlief ein kleiner Graben. Müll und Plastikreste hingen im ausgetrockneten Gestrüpp. Azam ging an die äußerste Ecke der Mauer und zeigte nach unten.

»Dort, da sieht man einen Fuß und der Rest ist mit einer Decke abgedeckt«, sagte er tonlos.

Schon während der Fahrt hatte Becks noch einmal die Daten überprüft, die er von Lionel erhalten hatte. Sie zeigten genau die Stelle, an der jetzt ihr Wagen stand. Genau hierher war auch der rote Toyota heute Nacht gefahren. Becks sah sich die Stelle, die Azam ihm zeigte, genauer an.

»Wir müssen nachsehen, wer da unten liegt. Ich gehe runter und du wartest hier oben«, sagte Becks und kletterte die rutschige Böschung hinab.

Er stieg tiefer in den Graben und der Geruch des Mülls wurde fast unerträglich. Becks hielt sich das Tuch, das er um die Schultern trug, auf die Nase. Fast wäre er dabei ausgerutscht. Im letzten Moment konnte er sich mit einer Hand abfangen und kam genau vor der Leiche zum Stehen. Der Tote vor ihm war mit einer groben, braunen Decke umwickelt. Ein Fuß war herausgerutscht, wahrscheinlich, als er von oben hinuntergerollt war.

Becks untersuchte die Stelle, an der die Leiche lag, fand jedoch zunächst nichts Auffälliges. Er nahm sein Messer aus der Tasche und schnitt vorsichtig die Decke von unten nach oben auf. Zuerst kam ein dreckiger Fuß zum Vorschein. Becks schnitt vorsichtig weiter. Der Geruch beginnender Verwesung stieg ihm in die Nase. Dann erblickte er eine Hand oder besser gesagt das, was davon noch übrig war. Es war ein blutverkrusteter Stummel mit nur noch zwei Fingern daran. Becks hatte schon viel erlebt bei seinen Einsätzen und Kämpfen, und doch zögerte er einen Moment lang.

Dann durchtrennte er den Rest der Decke mit einem kräftigen Schnitt und blickte in die toten Augen eines fremden Mannes.

XXII

Hoffnung

Mitch besprach gerade mit Ajmal die Möglichkeiten, die ihnen noch blieben, als sein Telefon klingelte. Am anderen Ende hörte er Becks.

»Mitch, die Leiche, die Azam gefunden hat, ist nicht Onkel Nabi. Wir sind bereits auf dem Rückweg und müssen dringend miteinander reden.«

Becks Stimme klang beunruhigt.

»Wir sind noch hier im Haus, die Entführer haben sich bislang nicht bewegt«, antwortete Mitch und blickte dabei zu Ajmal. »Gute Nachrichten, Ajmal. Der Tote war nicht Onkel Nabi. Er ist also noch am Leben. Becks kommt gleich mit Azam zurück.«

Mitch sah, wie Ajmal förmlich ein Stein vom Herzen fiel. Er holte sofort sein Telefon aus der Tasche und rief seinen Vater an. Nachdem er ihm die frohe Botschaft verkündet hatte, besserte sich zusehends seine Laune.

»Wir brauchen noch einmal die Hilfe von Aziz und Mohamed«, sagte Mitch.

Ajmal ging hinaus und holte die beiden Jungs.

»Hallo ihr beiden, ich habe einen Spezialauftrag für euch«, begann Mitch ohne Umschweife. »Mir hat es sehr gefallen, wie ihr gestern gearbeitet habt. Heute bekommt ihr eine sehr spezielle Aufgabe. Ich möchte, dass ihr zu dem Haus, wo die beiden Toyotas stehen, geht und alles, was euch auffällt, mit dem Handy filmt. Wir müssen wissen, was für Nachbarn daneben wohnen, wie hoch die Mauern sind, die das Haus umgeben, und was für ein Zaun das Haus umgibt. Zieht euch die dreckigsten Sachen an, die ihr habt, wühlt von mir aus im Müll, aber bringt uns die Informationen, die wir brauchen. Ich befürchte, unsere Zeit wird langsam knapp.«

Die beiden verließen das Zimmer und machten sich für ihren neuen Auftrag fertig. Die Nachricht, dass Onkel Nabi noch am Leben war, hatte sich schnell herumgesprochen, und die Erleichterung darüber war allen anzusehen. Mitch spürte, dass jeder kleinste Misserfolg die Männer sofort zurückwarf. Die Stimmung war sehr unbeständig und konnte jederzeit kippen. Gerade in dieser vielleicht entscheidenden Phase mussten sie alle zusammenhalten. Sonst war alles, was sie bisher unternommen hatten, umsonst.

›Mehr schlechte Nachrichten können sie heute nicht vertragen‹, dachte Mitch und wartete, bis alle zum Beten in die Moschee gegangen waren. ›Beten ist gut, das beruhigt.‹

Genau in diesem Moment kam Becks mit Azam im Schlepptau um die Ecke. Er zwinkerte Mitch zu – sie mussten allein reden.

»Azam, die anderen sind gerade zum Beten gegangen. Geh ruhig mit.«

Mitch verstand den Wink seines Freundes. Sichtlich erleichtert folgte Azam den anderen in die Moschee. Als sie allein waren, begann Becks mit seinem Bericht.

»Der Tote war definitiv nicht Onkel Nabi. Aber sie könnten etwa im gleichen Alter sein. Der Tote war etwas größer und kräftiger. Sie haben ihm drei Finger an der rechten Hand abgeschnitten. Die Wunde war schon etwas älter, vermutlich hat die Familie auf die erste Warnung nicht reagiert. Später, als sie wahrscheinlich immer noch nicht bereit waren, zu zahlen, haben sie ihm die Kehle durchgeschnitten. Ein sauberer

Schnitt von einem Ohr zum anderen. Dann haben sie ihn wie ein Tier ausbluten lassen. Ich habe vor Ort keine Blutspuren gefunden, es ist wahrscheinlich noch im Haus passiert. Der hatte nichts bei sich, alle Taschen waren leer. Ein älterer Mann, so um die sechzig mit sauberen Händen. Er hat in seinem Leben anscheinend nie schwer gearbeitet. Wahrscheinlich auch aus einer wohlhabenden Familie. Es sieht nach einem Muster aus. Sie entführen Leute, die Geld haben. Trotzdem wurde er wie ein Tier von ihnen abgeschlachtet. Ach ja, noch etwas, er wurde misshandelt. Sein ganzer Körper war übersät mit Blutergüssen.«

Sie sahen sich lange und schweigend an.

»Du weißt, was das bedeutet«, unterbrach Mitch als Erster die Stille.

»Ja, ich weiß, mit einem Spaziergang habe ich auch nicht gerechnet. Aber das hier wird eine Nummer härter. Ich bin froh, dass Azam nicht die ganze Leiche gesehen hat, sonst hätten wir gleich heute unseren Rückflug buchen können.«

»Ich hatte schon die ganze Zeit das Gefühl, dass es keine einfachen Kriminellen sind. Die Entführer haben sich anscheinend auf diese Art von Entführungen spezialisiert und sind zu allem entschlossen. Ich muss noch mit Leutnant Smith telefonieren, er muss noch einige Sache für uns besorgen.«

Becks grinste verschwörerisch.

»Na endlich und ich dachte schon, du willst hier die ganze Zeit nur verhandeln!«

Sie hörten laute Stimmen am Tor. Die Shamadis kamen in einer großen Traube vom Gebet zurück. Ajmal kam als Letzter auf den Hof. Er telefonierte schon wieder und gab dazwischen Anweisungen an seine Männer, die die Gegend um sein Haus überwachten. Dabei strahlte er über beide Ohren.

»Ich habe gerade das Feuerwehrauto verkauft. Weißt du noch, Mitch? Dieser rote Wagen, der hier vorne stand. Aus China!«

Natürlich konnte sich Mitch an den Wagen erinnern. Der Wagen stand fast einen Monat lang vor dem Haus und war eines der begehrtesten Fotomotive im ganzen Viertel.

»Ach, ich dachte, der ist schon lange weg.«

»Nee, den haben wir an die Jalalabad Road gestellt, vor unsere Baufirma, und jetzt hat ein Geschäftsmann aus Herat das Auto gekauft.«

Ajmal grinste. Nachdem das Geschäftliche beendet war, begrüßte Ajmal Becks überschwänglich.

»Danke Becks! Du hast von meiner Familie eine große Last genommen«, sagte er theatralisch.

»Ach Ajmal, deswegen sind wir doch hier, um euch etwas unter die Arme zu greifen«, brummte Becks.

Die Drei blieben noch eine ganze Weile im Garten stehen und sprachen über belanglose Dinge. Die große Anspannung war erst einmal von allen abgefallen und das Leben ging weiter. In der Zwischenzeit klingelte das Telefon von Ajmal mehrmals. Er sprach laut, entweder in Dari oder Paschtu, und gestikulierte dabei wild. Es ging wieder einmal um das Geschäftliche. Mitch sah, wie Becks im Verlauf des Gesprächs mit Ajmal immer wieder auf seinen Laptop schielte, aber die Sender standen immer noch auf derselben Stelle. Das Haus der Entführer wirkte wie verlassen. Keine Bewegung.

In diesem Moment, jetzt und hier, fühlte sich Mitch ganz plötzlich fehl am Platz und war irritiert. Zuerst kam der große Hilferuf von Ajmal und jetzt, nachdem das Geld angezahlt worden war, ließ die Spannung nach und die ganze Familie schien sich wieder ihren normalen Tagesgeschäften zu widmen.

Ajmal unterschätzte anscheinend die ganze Entführung. Er verließ sich auf sie beide, die eigentlich offiziell gar nicht hier waren und sich damit einem enormen Risiko aussetzten. Eigentlich waren ihnen die Hände gebunden und sie konnten nur im Hintergrund agieren. Die Entführer waren zweifelsohne skrupellose Gangster – sehr vorsichtig, gut organisiert und brutal. Eine fatale Kombination. Der Ort der Geldübergabe war gut geplant und ohne die Peilsender hätten sie die Entführer in der Stadt verloren. Die Leiche, die Azam heute gefunden hatte, zeigte, dass die Entführer bereit zum äußersten waren und ihre Opfer folterten. Der Tote im Graben hätte auch Onkel Nabi sein können. Das war für die Entführer nicht die erste Geldübergabe – zu schnell und gut organisiert war alles abgelaufen.

Noch bevor Mitch den Gedanken weiter verfolgen konnte, wurde er von Ajmal unterbrochen.

»Mitch, mein Vater hat gerade angerufen. Das restliche Geld aus Jalalabad ist jetzt da. Ich soll euch beide ganz herzlich von ihm grüßen.«

Ehe Mitch protestieren konnte, fuhr er fort: »Nein, er hat eure Namen am Telefon nicht erwähnt. Er sagte, grüß deine beiden älteren Brüder, und das seid ihr, du und Becks.«

»Wie habt ihr das Geld so schnell von Jalalabad nach Kabul geschafft?« Mitch hakte vorsichtig nach.

»Ach weißt du, auch wir haben jetzt Banken. Wir haben ein Konto bei der Kabul-Bank. Das ist die größte Bank hier. Und weißt du, wer der Eigentümer dieser Bank ist?«, fragte Ajmal stolz und blickte in die verdutzten Gesichter von Mitch und Becks.

»Na, das wirst du uns sicherlich gleich verraten.«

»Man sagt, der Cousin des Präsidenten ist einer der größten Teilhaber dieser Bank ...«

Mitch hörte Ajmal nicht mehr zu. Er bemerkte plötzlich einen dumpfen Schmerz in seiner Schulter und eine Welle von Erinnerungen überrollte ihn blitzartig – Sonne, Staub, Anspannung ... Er befand sich wieder im Bus. Er sah vor sich die enge Kurve, in die er einbog, ein großer Stein lag auf der rechten Spur. Er wich dem Stein nach links aus. Plötzlich wurde es grell hinter ihm und die Dunkelheit zog ihn nach unten ... Stille ...

Becks bemerkte, wie sein Freund plötzlich still wurde.

»Mitch, alles klar mit dir?« Er versuchte, ihn aus seinen Träumen zu holen. Aber Mitch stand wie benommen da und konnte sich nicht von dem lösen, was gerade in seinem Kopf vorging. Becks rüttelte ihn besorgt an der Schulter: »Mitch?«

Erst jetzt erwachte Mitch aus seinem Traum, blickte seinen Freund an und sagte: »Mir gefällt die ganze Sache überhaupt nicht.«

Die beiden waren so mit sich beschäftigt, dass sie nicht bemerkten, wie Ajmal mit dem Telefon am Ohr in seinem Büro verschwand. Gleich darauf kam er kreidebleich wieder heraus und vergaß vor lauter Aufregung fast, Luft zu holen.

»Das Geld. Sie wollen das Geld. Morgen! Sofort!«

Auch aus dem wenigen, was Ajmal herausbrachte, verstanden sie sofort, dass gerade etwas Schreckliches passiert war. Mitch reagierte als Erster.

»Azam, wir brauchen in zehn Minuten ein Auto, sag den anderen Bescheid. Sie sollen die Augen offen halten. Der rote oder der graue Toyota kommt vielleicht wieder vorbei. Seid vorsichtig. Unternehmt nichts, bis wir wieder da sind.«

Becks nahm Ajmal in den Arm.

»Komm, wir gehen wieder ins Haus.«

Ajmal hatte sich wieder etwas von dem ersten Schock erholt und erzählte ihnen noch einmal alles über den Anruf.

»Als das Telefon klingelte, nahm ich ab, ohne nachzusehen, wer mich anruft. Plötzlich hörte ich seine Stimme: ›Ich will das Geld bis morgen, sonst könnt ihr seine Finger zum Gebet haben. Morgen um zwölf gebt ihr mir das Geld und ich sage euch, wo ihr euren Onkel abholen könnt. Keine Verhandlungen mehr, ich will das Geld. Meine Geduld ist am Ende.‹ Ich hatte keine Möglichkeit, weiter mit ihm zu sprechen, er hat sofort wieder aufgelegt.«

»Das waren seine Worte? Genau so?«, fragte Becks erstaunt.

»Ja, mehr hat er nicht dazu gesagt, so wie ich euch bereits sagte. Genau so.«

Der Einzige, der bisher nur still in seinem Sessel gesessen hatte, war Mitch. Er schwieg und überlegte. Plötzlich erhellte sich sein Gesichtsausdruck und an beide gewandt sagte er: »Ich glaube, wir kommen der ganzen Sache näher.«

Beide blickten ihn verdutzt an.

»Wie meinst du das?«

»Ganz einfach, mich hat von Anfang an eine Frage beschäftigt. Warum gerade Familie Shamadi? Warum ihr?«

Mitch sah, dass Beck bereits wusste, worauf er hinaus wollte. Becks grinste verschwörerisch, während Ajmal immer noch ahnungslos von einem zum anderen blickte.

»Ajmal, ich stelle dir jetzt eine Frage. Wer außer deinem Vater, deinem Schwiegervater, deinen Cousins, Brüdern und so weiter weiß, über wie viel Geld die Familie Shamadi verfügt?«

Die Antwort kam wie aus der Pistole geschossen.

»Na, unsere Bank!«

In diesem Moment, als er den Satz aussprach, biss sich Ajmal auf die Zunge. Er stammelte nur noch ungläubig: »Die Bank?«

Für Ajmal schien eine Welt zusammenzubrechen.

»Was fällt dir an dieser Geschichte noch auf?«, fragte Mitch ungerührt weiter.

Als von Ajmal keine Antwort mehr kam, sagte er: »Die Entführer wussten, über wie viel Geld ihr verfügt und sie wussten sofort, dass das Geld heute auf dein Konto überwiesen wurde. Der Typ ruft zwei Stunden später bei dir an und weiß ganz genau, dass das Geld da ist.«

Becks ergänzte: »Entweder, einer der Entführer arbeitet bei der Bank oder einer aus der Bank gibt den Entführern Tipps, wer vermögend ist und bei wem sich eine Entführung lohnt. Aber ich persönlich tippe auf das Erste.«

Der Schwager

Im Haus unterhalb der alten Stadtmauer herrschte eine erwartungsvolle, beinahe greifbare Spannung. Basir saß allein im Zimmer. Nur so konnte er in Ruhe überlegen und planen. Der gestrige Tag fing so gut an und endete so elend. Zuerst die gelungene Geldübergabe der Shamadis. Doch dann weigerte sich die Familie Wardak, Geld für ihren geliebten Vater zu zahlen. Basir seufzte beim Gedanken an das ganze verlorene Geld. Dabei waren ihre Konten voller amerikanischer Dollar. Das Geschäft mit dem Zucker im Land schien gut zu laufen. Basirs geldgieriger Schwager, der in der Bank arbeitete und auf dessen Insiderinformationen er angewiesen war, berichtete ihm von den Geldbewegungen der Familie Wardak. So waren sie diesen cleveren Geschäftsmännern immer einen Schritt voraus. Die abgeschnittenen Finger des alten Wardak haben der Familie anscheinend noch nicht gereicht. So gab Basir, als Warnung und als Abschreckung für die anderen Familienmitglieder, die Anweisung, den alten Wardak zu töten. Jeder seiner Männer war bereit, für das Geld, das er ihnen gab, eine Geisel zu töten. Aber niemand von ihnen empfand so eine Lust am Foltern und Verstümmeln der Gefangenen wie Salim.

Als Basir befahl, den Alten zu töten, sah er die Enttäuschung in seinen Augen. Er wäre gern noch ein wenig länger mit dem Alten allein in dieser Hütte geblieben. Aber Salim hatte genug Spaß mit ihm gehabt – jetzt musste ein Exempel statuiert werden. Sie hatten ja schließlich noch zwei weitere Gefangene und es ging hier um sein Geschäft.

Heute Mittag hatte sein Schwager aus der Bank angerufen und ihm die frohe Nachricht überbracht, dass das restliche Geld der Shamadis auf ihrem Konto eingegangen war. Basir zögerte nicht lange und rief die Shamadis an. Er merkte sofort, dass für Familie Shamadi eine Welt zusammenbrach. Dabei versuchte er immer, mit ihnen Nachsicht zu üben und gab ihnen genug Zeit, um das restliche Geld zu beschaffen. Basir gab ihnen sogar die Möglichkeit, miteinander zu telefonieren, obwohl er sich diese Annehmlichkeiten fürstlich bezahlen ließ. Aber er hatte schließlich auch Ausgaben und gute Männer kosteten nun mal viel Geld. Das Haus und die beiden Autos waren auch nicht billig und außerdem bekamen die Gefangenen mindestens eine warme Mahlzeit am Tag. Und sie blieben in der Regel fast zwei Wochen seine Gäste. Für Kinder und Alte zahlten die Familien gut und schnell. Nur dieser Wardak wollte nicht klein beigeben, aber er hatte schließlich noch drei Söhne …

Wenn in den nächsten Tagen die Familien das Lösegeld für ihre Verwandten zahlten, musste Basir sich ernsthaft überlegen, ob er nicht noch mehr Männer anstellen sollte. Ein größeres Haus würde er auch brauchen, für sich und seine Frauen, die auf ihn warteten. Langsam wurde es zu eng hier und in die

Wohnung seines gierigen Schwagers, in der er einst gewohnt hatte, wollte er auf keinen Fall zurück. Als der Schwager ihn um Hilfe bei diesem Geschäft bat, waren sich die beiden sofort einig.

»Wir machen das in der Familie. Ich besorge die nötigen Informationen und du machst den Rest«, sagte dieser raffgierige Banker. »Jeder steht gut da bei diesem Geschäft und wir machen halbe-halbe.«

So nicht! Damit war Basir nicht einverstanden.

»Ich habe die meiste Arbeit und du telefonierst nur rum und sitzt in deiner feinen Bank. Wir teilen uns die Kosten und machen sechzig-vierzig, weil ich das größere Risiko dabei trage.«

Fast jeden Abend stritten sie sich ums Geld. Basir hatte sich zwar irgendwann durchgesetzt, aber das Misstrauen zwischen den beiden war gesät. Jetzt, wo das Geschäft so glänzend lief, beäugte jeder den anderen nur noch argwöhnischer. Aber keiner konnte ohne den anderen überleben. Basir brauchte die Informationen aus der Bank und der Schwager brauchte Basir, um die Familien zu erpressen.

›Auf Dauer wird das nicht gut gehen, irgendwann werde ich ihn töten und das ganze Geschäft übernehmen‹, überlegte Basir beim Tee.

Vorhin hätte Salim ihn fast erwischt, als er das Geld in seiner Matratze verstecken wollte. Bei dem Gedanken an sein Geld und an das, was noch in der Matratze lag, wurde ihm wieder ganz warm ums Herz.

Grüne Steine – darauf schlief Basir und hütete seinen Schatz. Vor einem Jahr hatte er sie seinem Widersacher abgenommen und ihn im Schlaf getötet. Diese Steine übten eine beinahe magische Kraft auf ihn aus. Seit dem Tag, als er sie das erste

Mal sah, war das Glück auf seiner Seite. Sobald er allein war, holte er sie aus ihrem Beutel und betrachtete ihren Glanz in den Strahlen der Sonne.

XXIII

Camp Phönix

Mitch und Becks passierten problemlos mit ihren ISAF-Ausweisen die strengen Kontrollen am Eingang zum Camp Phönix. Die Soldaten wunderten sich nicht mehr, wenn bärtige Männer in ziviler Kleidung und zerbeulten, dreckigen Fahrzeugen am Eingang zum Camp standen. Ein Blick auf ihre Ausweise genügte und man öffnete ihnen sofort alle Türen zu den Sicherheitsbereichen der Koalitionstruppen. Trotzdem war ihnen unbehaglich. Schließlich hatten sie keinen offiziellen Auftrag in Afghanistan.

»Hoffentlich erkennt uns keiner.«

»Ach weißt du, so wie du gerade aussiehst, würde dich nicht mal deine eigene Mutter wiedererkennen«, entgegnete Mitch und lachte. »Wir haben uns in der Nähe der Cafeteria verabredet, ich hoffe, Steve ist pünktlich.«

Seit ihrem ersten Gespräch damals im Krankenhaus verband Mitch mit Steve eine enge Freundschaft. Bei ihrem letzten Telefonat erwähnte Mitch, dass es ein Problem in Kabul gäbe, und er seine Hilfe brauchen könnte. Der Leutnant verstand den Wink sofort und heute, als Mitch ihn erneut anrief, hatten sie sich hier im Camp verabredet. Mitch wusste, was es für einen Aufwand für Steve bedeutete, sich hier mit ihnen zu treffen. Steve musste sich mit zwei gepanzerten Humvees durch die verstopften und abgesperrten Straßen von Kabul hindurchquälen, ehe er das stark gesicherte Camp Phönix an der Jalalabad Road erreichte – eine der gefährlichsten Straßen der Stadt.

Sie setzten sich in die dunkelste Ecke der Cafeteria und warteten. Manchmal erblickten sie ein bekanntes Gesicht. Viele sahen überrascht auf, aber gerade jetzt konnten sie keinen Gesprächspartner gebrauchen. Zehn Minuten später kamen zwei schwere Humvees um die Ecke.

»Wolltest du nicht etwas Unauffälliges organisieren?«

Die Fahrzeuge fuhren an ihnen vorbei. Der letzte der beiden Humvees bremste, Leutnant Smith sprang in voller Montur aus dem Fahrzeug heraus und steuerte direkt auf ihren Tisch zu.

»Ihr beiden seid so groß und hässlich, dass ich euch schon am Eingang des Camps erkannt habe«, sagte er statt einer Begrüßung und umarmte sie freundschaftlich. »Na, ihr Spezialagenten, was treibt ihr schon wieder hier?«

Mitch sah ihn aufmerksam an. Steve war seit ihrem letzten Treffen erwachsener geworden und auf seinem sonnengebräunten Gesicht konnte er erste Falten erkennen. Kein Vergleich mehr zu dem schüchternen jungen Mann, der Mitch einst im Krankenhaus besucht hatte.

»Na ja …« Becks zögerte.

»Wir haben ein kleines Problem. Das konnten wir dir am Telefon nicht erzählen. Vielleicht kannst du uns helfen«, beendete Mitch den Satz.

Sie waren sich beide einig. Wenn sie Leutnant Smith um Hilfe baten, dann mussten sie ihm auch die ganze Geschichte erzählen. Steve hörte sich alles aufmerksam an, stellte hier und da ein paar Fragen. Nachdem Mitch fertig war, nippte der Leutnant nachdenklich an seiner Coke.

»Eins muss ich euch lassen, das ist bisher die abgefahrenste Geschichte, die mir hier in Afghanistan untergekommen ist. Wenn ihr in eine Sache verwickelt seid, dann aber richtig. Gut, dann erzählt mir jetzt, was ihr braucht.«

Steve machte sich ein paar Notizen dazu, und als Mitch mit seiner *Bestellung* fertig war, pfiff der Leutnant leise durch die Zähne.

»Das hört sich für mich nicht nach Friedensverhandlungen an. Und ihr seid euch dabei auch wirklich sicher?«

»Leider nicht. Ach ja, eins hab ich noch vergessen, wir brauchen die Sachen noch heute.«

Mitch blickte Steve entschlossen in die Augen.

»Gut, ich habe vielleicht eine Idee. Kommt in zwei Stunden zum KAIA. Kennt ihr noch die alte Tankstelle?«

»Ja.«

»Dort wird jemand auf euch warten. Seid pünktlich!«

Als Steve gerade aufstehen wollte, zog ihn Mitch am Arm. Erstaunt setzte er sich wieder hin und blickte die beiden fragend an.

»Hör mal, da ist noch eine Sache. Das mit deinem Vater … Wir glauben mittlerweile, dass es eine Falle war, und wir haben auch schon eine neue Spur.«

Mitch sah, wie das Lachen aus Steves Augen verschwand und ein dunkler Schatten sein Gesicht bedeckte. Mitch erzählte dem überraschten Leutnant von dem Zeitungsartikel, den er im Urlaub entdeckt hatte und welche Schlussfolgerungen sich daraus für ihn ergaben.

»Also, wenn ich das alles richtig verstanden habe, glaubt ihr, dass der Anschlag kein Zufall war. Jemand …« Steve machte dabei eine Bewegung mit seinen Fingern in der Luft »… wollte verhindern, dass es zu diesem ersten informellen Treffen kommt. Und siehe da, nach dem Anschlag zog der aussichtsreichste Kandidat ganz plötzlich und unerwartet seine Präsidentschaftskandidatur zurück und unterstützte fortan den Präsidenten.«

Nachdenklich blieb er sitzen.

»Deine Vermutungen decken sich mit einigen Äußerungen, die mein Vater kurz vor dem Treffen gemacht hat … Hm, ich muss noch einmal darüber nachdenken.«

»Diese Sache ist für uns also nicht abgeschlossen. Ach ja, ich habe hier noch einen Namen.«

Becks schob einen Zettel über den Tisch. Steve ergriff ihn und las: BRUNNER.

Becks ergänzte: »Das ist die einzige Spur, die wir haben. Diesen Namen hat mir Mitch kurz vor dem Anschlag per SMS geschickt. Er ist vermutlich der Mittelsmann von Jost und genau den müssen wir hier finden. Brunner taucht schon seit Jahren regelmäßig hier im Land auf, aber keiner kann ihn zuordnen. Er scheint über sehr gute Kontakte bis in die höchsten politischen Kreise zu verfügen.«

»Es ist eine ganze Menge Zeit seit dieser Geschichte vergangen, wie wollt ihr den hier noch finden? Wenn er seine Spuren verwischen kann, dann ist er vielleicht vom Geheimdienst.«

»Es gäbe da eine Möglichkeit, aber die können wir gerade nicht nutzen. Aber du hast vielleicht einen Zugang dazu«, fuhr Becks unbeirrt fort.

Erstaunt blickte Steve von einem zum anderen.

»Also, alle Reisenden werden hier seit einem Jahr beim Grenzübertritt mit dem neuen System Amadeus erfasst. Wenn wir Glück haben und Brunner über einen der neuen Grenzübergänge irgendwo in das Land eingereist ist, wissen wir zumindest, dass er in Afghanistan ist.«

Steve protestierte sofort.

»Aber dieses System funktioniert gerade erst seit sechs Monaten. Ich habe erst vor Kurzem eine Mail dazu erhalten.«

Die beiden prusteten vor Lachen.

»Schlauberger, dieses System zeichnet bereits seit einem Jahr alle Reisebewegungen in diesem Land auf. Man hat gleich den gesamten Probelauf dazu genutzt, alle eingehenden Daten zu speichern. Hör jetzt genau zu Steve. Du gehst mit diesem Namen zum Roten Haus im Hauptquartier. Der vierte Tisch auf der linken Seite ist immer besetzt. Dort gibst du den Zettel mit dem Namen ab und sagst: ›Wolly schickt mich.‹ Dann gehst du in den Destille-Garten einen Kaffee trinken. Jemand kommt zu dir an den Tisch und fragt nach Feuer, dabei übergibt er dir die Informationen, die wir brauchen.«

»Wir können nicht im Hauptquartier auftauchen, sonst fliegen wir auf. Heute mussten wir schon das Risiko eingehen und hierher kommen. Ach ja, und vergiss nicht, vorher deine Rangabzeichen und deinen Namen von deiner Uniform verschwinden zu lassen«, ergänzte Becks.

Steve war sich immer noch nicht sicher, ob die beiden ihn auf den Arm nehmen wollten oder nicht. War das wirklich ihr Ernst?

»Hör mal Steve, das ist kein Spaß, wir meinen es ernst. Wenn Brunner hier im Land ist, dann finden wir ihn«, sagte Mitch entschlossen.

Leutnant Smith verstand jetzt, welch hohes Risiko sie alle bei dieser Sache eingingen. Doch um die wahren Mörder seines Vaters zu finden, lohnte sich dieser hohe Einsatz allemal.

»Dann muss ich jetzt los, um alle Besorgungen für euch zu organisieren. Passt auf euch auf und wir sehen uns.«

Steve verabschiedete sich von den beiden und ging schnellen Schrittes zu seinem Humvee.

Onkel Nabi

Onkel Nabi hörte in der Zelle nebenan ein leises Wimmern. Jemand weinte.

›Das wird wohl dieser kleine Junge sein‹, dachte Nabi.

Er hatte ihn am zweiten Tag kurz im Vorbeigehen gesehen. Er kauerte in einer Ecke. Angekettet an sein Bett, genauso wie er selbst.

Nabi hörte Schritte vor seiner Zelle. Ein Wachmann ging langsam an den Zellentüren vorbei. Plötzlich sah Nabi in ein entstelltes Gesicht und erschrak. Dieser Wachmann war der Erste, der sein Gesicht offen zeigte. Von den anderen sah er bislang nur die Augen, weil sie ihre Gesichter hinter Tüchern verbargen.

›Diese Feiglinge! Können nur gegenüber Alten und Kindern stark sein.‹ Eine ungute Vorahnung beschlich ihn.

›Warum zeigt er mir sein Gesicht? Ich kann ihn doch jetzt wiedererkennen.‹

Nabi musste unweigerlich an den alten Wardak denken. Sie hatten ihn gestern Nacht abgeholt und nicht mehr in seine Zelle zurückgebracht. Sie holten ihre Opfer immer in der Nacht. Dann hörte man erstickte Schreie und Schläge. Einmal schnappte Nabi aus der Unterhaltung der Wachleute auch einen Namen auf: Salim.

Gestern spät in der Nacht ging das Tor auf, ein Wagen war vom Hof gefahren und erst einige Zeit später zurückgekehrt. Nabi hatte keine Uhr, sie hatten ihm alles abgenommen. So konnte er sich nur am Muezzin orientieren, der die Gläubigen zum Gebet rief. Vielleicht hatte seine Familie doch noch das Lösegeld bezahlt? Nabi ließen sie bislang jedenfalls in Ruhe. Der alte Wardak wollte kein Lösegeld zahlen und wiederholte trotzig: »Nichts bekommen die von mir. Das ganze Geld bekommen nur meine Kinder und meine Familie. Dafür musste ich hart arbeiten. Nichts bekommen diese Verbrecher von mir.«

Aber vielleicht hatte die Familie ja doch gezahlt? Die Schritte entfernten sich wieder. Sie mussten immer vorsichtig sein, denn die Wachen schlugen sie, wenn sie sich miteinander unterhielten. Bestimmt saß der alte Wardak jetzt im Kreise seiner Kinder zu Hause und freute sich des Lebens. Nabi lächelte. Er nahm einen kleinen Stein, den er in seiner Zelle fand, und warf ihn entlang der anderen Zellentüren. Der Junge weinte immer noch. Nabi suchte sich einen etwas größeren Stein und warf ihn wieder – auch auf die Gefahr hin, dass die Wachen ihn hörten. Er wartete und horchte in die Richtung, aus der das Schluchzen kam. Nichts. Alles ruhig. Plötzlich sah er einen kleinen Stein, der in seine Richtung kullerte. Der kleine Junge hatte ihn verstanden.

»Hallo Junge, wie heißt du? Ich bin Onkel Nabi von der Shamadi Familie aus Shash Darak.«

»Ich heiße Nuri Bakhtari. Meine Familie wohnt in Sherpur.«

»Junge, weine nicht, sei stark …«

Weiter kam er nicht. Der Mann mit der grässlichen Narbe sprang plötzlich an die Tür seiner Zelle und schlug mit dem Gewehrkolben auf seine Hand. Ein lautes Knacken und ein brennender Schmerz durchzogen seinen ganzen Körper. Seine Hand wurde taub. Nabi konnte fühlen, wie sie anschwoll.

»Ihr sollt hier nicht reden!«

›Diese Narbe in deinem Gesicht vergesse ich nie in meinem Leben‹, dachte Nabi und kroch mit letzter Kraft in die entfernteste Ecke seiner Zelle, die schmerzende Hand vor der Brust haltend.

Wütend schlug der Wachmann mit dem Fuß gegen die Gitterstäbe seiner Zelle und ging anschließend zur Zelle des kleinen Jungen. Der Junge wimmerte vor Angst. Der Entstellte schleppte den Jungen aus seiner Zelle hinaus, und Nabi erhaschte einen flüchtigen Blick in das Gesicht des Kleinen. Was er sah, war nackte Angst.

XXIV

Das alte Tanklager

Das alte Tanklager am Flughafen erkannten sie kaum wieder. Dort, wo früher Material, Container und Waren verladen worden waren, standen nur noch ein paar alte, staubige Kisten. Der militärische Teil des Flughafens wurde zusammen mit dem neuen Hauptquartier der Koalitionstruppen auf dem gegenüberliegenden Teil des Flughafens ausgebaut. Die alten Hinterlassenschaften wurden unter zivile Verwaltung gestellt.

Sie mussten nicht lange warten, bis ein Pick-up an ihnen vorbeifuhr und ihnen Lichtzeichen gab, zu folgen. Durch enge, dunkle, staubige Pisten folgten sie dem weißen Wagen in die entlegenste Ecke des Lagers.

»Weißt du was, ich wollte schon immer mal hierher fahren«, meldete sich Becks nach einer Weile.

»Von mir aus fahre ich auf den Mond. Hauptsache, er kann uns weiterhelfen«, erwiderte Mitch.

Sie erreichten nach einer schier endlosen Holperfahrt einen einsamen Hangar, dessen Tore offen standen. Der Pick-up fuhr hinein und Mitch folgte ihm. Sie stiegen aus und gingen zu den sich bis an die Decke stapelnden Kisten, wo sie bereits erwartet wurden.

»Hi, ich bin John und Leutnant Smith meinte, ihr braucht neues Material«, begrüßte er sie.

John war um die fünfzig. Er hatte kurze, kräftige Arme, übersät mit Tätowierungen und einen kleinen Bauchansatz. In seinem Mundwinkel steckte eine dicke, erloschene Zigarre.

»Na, dann kommt mal her. Ich hab da schon mal was für euch vorbereitet.«

Sein Blick deutete nach links. Sie folgten ihm zu einem kleinen Tisch, der mit einer Plane abgedeckt war. John zog mit einer schnellen Bewegung die Plane weg und vor ihnen auf dem Tisch lag die komplette Ausrüstung ausgebreitet. John seinerseits bemerkte sofort das zufriedene Leuchten in ihren Augen, als sie die Ausrüstung betrachteten. Anscheinend hatte er das Richtige gefunden. Das waren zweifellos Profis. Dabei hatte er noch gelacht, als der Leutnant ihn vor den beiden gewarnt hatte.

»Die beiden sind groß, erschrick nicht und gib ihnen das Beste, was du in deinen Kisten hast! Erste Wahl, du verstehst?«

Steve hatte nicht untertrieben. Aber dass die beiden so groß und kräftig waren, das hatte John wirklich nicht erwartet.

›Ein Glück, dass es draußen noch hell ist, denn im Dunkeln will ich denen nicht unbedingt begegnen‹, dachte er und musste schmunzeln.

Mitch betrachtete derweil die Ausrüstung. Steve hatte wirklich an alles gedacht und exakt das besorgt, was sie haben wollten: zwei MP5 mit Schalldämpfer und Laservisierung, zwei Pistolen mit Schalldämpfer, dazu Nachtsichtgeräte, zwei Kampfmesser und zwei schwere Schutzwesten. Becks überprüfte bereits die Waffen.

»Sag mal, John, die Waffennummern an den Waffen sind ja entfernt.«

»Ja, wie soll ich es euch erklären? Eigentlich gehören die Waffen den Jungs, die die Osamas dieser Welt in den Bergen jagen. Das ist auch so eine lange Geschichte. Nichts Offizielles natürlich. Sie arbeiten ausschließlich für die Firma, ihr versteht schon. Die haben halt da oben in den Bergen ziemlich hohe Verluste. Also hab ich immer ein paar Waffen für den Notfall übrig.«

Mitch dachte an den Tag ihrer Landung in Kabul und an die bis an die Zähne bewaffneten Männer ohne Rangabzeichen.

»Wir haben genug Ausrüstung hier, um eine kleine Armee damit auszustatten. Ich habe noch als Sergeant unter dem alten Oberst Smith gedient. Er hat mir auch diesen Job hier im Lager besorgt. Und als der junge Smith sagte, dass ihr Ausrüstung braucht, wollte ich natürlich gern helfen.«

John lächelte verschmitzt.

Das Klingeln von Mitchs Telefon unterbrach ihre Unterhaltung.

»Hi Steve, was gibt's?«

»Mitch, ich habe die Informationen bekommen. Genauso, wie ihr es mir gesagt habt! Er ist seit vier Wochen wieder im Land. Eingereist in Kabul.«

»Na das wird ein freudiges Wiedersehen für alle! Danke für alles, Steve!« Mitch legte auf. »Wir müssen uns beeilen. Lionel muss für uns noch einiges organisieren. Unser Freund ist wieder da!«

John hatte derweil begonnen, ihre Ausrüstung in Taschen zu verstauen. Als sie sich von John verabschieden wollten, drehte er sich wortlos um und lief zu den alten Kisten hinüber, suchte eine Weile darin herum und kam mit einem großen Funkgerät in der Hand zurück.

»Hätte ich fast vergessen. Du hast doch ein Problem mit dem Zeppelin. Die Deutschen haben einen neuen Störsender entwickelt. Den kannst du entweder am Körper tragen, bis dir sämtliche Haare ausfallen oder du legst ihn ins Auto und parkst in der Nähe von, na du weißt schon wo, und dabei wird die Funkübertragung gestört. Ich glaube, ihr könnt dieses Gerät ganz gut gebrauchen. Was immer ihr auch in dieser Stadt vorhabt, passt auf euch auf und kommt gesund wieder!«

Sie verabschiedeten sich. Als sie den Hangar verließen, blickte Mitch in den Rückspiegel. In der beleuchteten Toreinfahrt sah er John stehen, wie er den Rücklichtern ihres Wagens hinterherblickte.

XXV

Der Plan

Sie parkten ihren Wagen auf dem Grundstück der Familie Shamadi und gingen gemeinsam ins Haus. Vor dem Eingang lagen überall Schuhe. Das kleine Büro von Ajmal war wieder voll, alle saßen versammelt auf dem Fußboden und warteten auf sie. Ajmal thronte hinter seinem Schreibtisch und telefonierte mit seinem Vater, der streng bewacht von der Familie in seinem Haus die Geschehnisse verfolgte. Sie hatten vereinbart, dass der normale Alltag der Familie weitergeführt werden musste, um nicht unnötig bei den Entführern aufzufallen. Nach außen sollte alles planlos und zerstritten wirken und nur ein kleiner Kreis ihrer Helfer sollte hier sein. Mitch konnte verstehen, wie schwer es dem Vater Mohamad fiel, untätig zu Hause zu sitzen und nur mit seinem Sohn zu telefonieren. Aber auch er musste sich an die Regeln halten. Denn die Befreiung von Onkel Nabi hatte jetzt oberste Priorität.

Die Gespräche verstummten augenblicklich, als sie das Büro betraten. Ajmal beendete sein Telefonat und stand auf, um sie zu begrüßen. Mitch blickte in die Runde und stellte erleichtert fest, dass Aziz und Mohamed von ihrem Auftrag zurückgekehrt waren. Er hatte sich schon gefragt, ob es richtig war, die beiden Jungs ganz allein in die Nähe der Entführer zu schicken. Dafür hätte Mitch gern eine andere Lösung gefunden, aber die Zeit drängte und ihre Möglichkeiten waren nahezu erschöpft. Er dachte an letzte Nacht, als ihn die beiden Diebe in der Nähe der *Mittagskanone* überfallen wollten. Die Gefahr lauerte überall in der Stadt.

»Gut, dass ihr so spät kommt. Wir mussten die beiden erst waschen«, sagte Ajmal und deutete auf Aziz und Mohamed, die mit nassen Haaren in der Ecke hockten. Das sorgte sofort für lautes Gelächter in der Runde. Fast sechs Stunden hatten Aziz und Mohamed in der Umgebung der Entführer verbracht und berichteten jetzt über ihre Beobachtungen.

Becks holte ein Satellitenbild aus seiner Tasche, auf dem die Lage des Hauses und der Umgebung genau eingezeichnet waren. Die beiden berichteten über die Gegend und zeigten ein paar verwackelte Handyvideos, die sie vom Haus gemacht hatten. Das waren wertvolle Informationen: der Zaun, seine Höhe und seine Beschaffenheit, Anzahl der Wachen. Sie mussten anhand dieser Informationen später entscheiden, von welcher Seite aus sie auf das Grundstück gelangen wollten. Plötzlich horchte Mitch auf.

»Er kauft immer für sechs Leute gutes Essen und manchmal eine oder zwei Suppen dazu, hat wohl eine große Familie«, sagte Mohamed. »Das hat uns der fliegende Händler, der durch die Gegend rollt und warmes Essen verkauft gegen ein kleines Bakschisch verraten.«

Aziz ergänzte: »Der Junge vom Bäcker sagte, dass manchmal ein Mann vorbeikommt und Brote holt. Und dass der Typ ihm Angst macht. Er hat eine riesige Narbe im Gesicht.«

»Dann gehen wir also von mindestens sechs Wachleuten aus.«

Ajmal spielte während der ganzen Unterhaltung an seinem Handy herum, doch als das Wort Narbe fiel, erinnerte er sich an die Geldübergabe.

›Ich soll das Paket abholen ... Dein Onkel schickt mich ...‹ Das war doch der Geldbote aus dem Toyota! Ajmal durchzuckte es und sein Telefon fiel ihm vor Schreck aus der Hand.

»Das ist er, das ist er!«, schrie Ajmal auf und sah, dass ihn alle verständnislos anblickten. »Das ist der Fahrer, dem ich das Geld übergeben habe. Er hatte eine grässliche Narbe im Gesicht!«

»Dann werden wir in diesem Haus wohl auch alle weiteren Antworten finden«, sagte Becks nachdenklich.

Zwei Stunden lang fragten sie Aziz und Mohamed über die Gegend und das Haus der Entführer aus. Jede Kleinigkeit – mochte sie auch für die anderen noch so unbedeutend sein – erschien Mitch und Becks wichtig. Ajmal musste viel übersetzen an diesem Abend, wenn sie mit ihrem Englisch nicht weiter kamen. Doch irgendwann waren die beiden Jungs und Ajmal erschöpft.

»So, jetzt geht ihr alle schlafen. Morgen früh um drei Uhr geht's wieder los. Wir treffen uns wieder hier und dann bekommt jeder von euch einen neuen Auftrag.«

Nachdem sie mit Ajmal allein waren, begannen sie, ihren Plan für diese Nacht auszuarbeiten. Für einen gut vorbereiteten Einsatz waren sie einfach zu wenige, sie mussten sich auf die Familie Shamadi verlassen und der Plan sollte schnell ausgeführt werden und so einfach wie möglich sein. Als sie mit ihren Vorbereitungen fertig waren, wählte Mitch die Nummer von Lionel.

»Hi Mitch«, hörte er Lionels Stimme. »Ich wollte auch gerade bei dir anrufen, hier gibt es eine interessante Entwicklung. Ich kenne den Chef von Roshan sehr gut, dem das halbe Mobilfunknetz in Afghanistan gehört. Er schuldet mir noch einen Gefallen und so habe ich ihm die Daten unseres Freundes aus der Schweiz gegeben. Auf seinen Namen wurde ein neuer Vertrag abgeschlossen, vor genau vier Wochen. Daraufhin haben sie mir gleich alle aktuellen Daten seines Telefons rübergeschickt. Du weißt doch, das Telefon meldet sich bei jedem neuen Funkmast an und hinterlässt eine Spur. Bis morgen habe ich alle Daten und sein Bewegungsbild ausgewertet. Was mir als Erstes aufgefallen ist, ist, dass er sich vorwiegend im Stadtbezirk Wazir Akba Khan bewegt.«

Lionel freute sich wie ein kleines Kind über den gelungenen Coup.

»Vielleich kannst du noch eine Nachtschicht dranhängen. Wir müssen unseren Zeitplan ändern«, drängte ihn Mitch.

»Ich sehe mal, was ich machen kann.«

Becks schaute ihn fragend an. Mitch streckte nur seinen rechten Daumen in die Luft.

»Wir haben ihn.«

XXVI

Das dunkle Haus

Drei Uhr dreißig, Ortszeit

Der weiße Zeppelin schwebte über Kabul und lieferte gestochen scharfe Bilder der schlafenden Stadt. Im Übertragungswagen, der mehr einem Holzverschlag glich, war gerade Schichtwechsel. Die frische Crew übernahm die Überwachung der Stadt für diese Nacht. Es hatte viel Überredungskraft und Zeit gekostet, bis die Zeppeline ihre Arbeit endgültig aufnehmen konnten. Die Afghanen trauten den großen weißen Ballons in der Luft nicht und sie hatten Angst, dass sie in ihre Höfe und Schlafzimmer sehen konnten. Seit sechs Monaten schwebten sie jetzt in der Luft und arbeiteten, abgesehen von den regelmäßigen Abschussversuchen durch die Taliban, ohne Störungen. Tag und Nacht lieferten sie aktuelle Bilder. Jede Kontrollstelle, jeder verdächtige Wagen und jede verdächtige Person konnten so unauffällig überwacht und verfolgt werden. In der Nacht zeichneten die Zeppeline Tonübertragungen auf – ungewöhnliche Geräusche oder Schüsse konnten so geortet und dokumentiert werden.

Der Techniker überprüfte alle Kameras und bemerkte an Kamera sechs eine Bildstörung. Diese Kamera sollte ihnen Bilder der Gegend um Sher Darwaza und die Mittagskanone liefern. Aber heute sah es eher nach einem Schneesturm in Alaska aus. Er versuchte eine Weile, über die Systemeinstellungen den Fehler an der Kamera zu beheben, und gab schließlich auf. Die Störung ließ sich heute nicht beseitigen. Stattdessen schrieb er einen Eintrag ins Kontrollheft: *Kamera 6 – Bildstörungen – Uhrzeit: 03:30*

Der Mond über Kabul schien heute besonders hell. Die beiden Zeppeline glänzten in seinem Licht, genau wie die mächtigen Bergkämme, die über die Stadt wachten.

›Hoffentlich reicht die Leistung des Störsenders aus‹, dachte Mitch.

Wieder eine Unbekannte, die sie vorher nicht erproben konnten. Er blickte auf seine Uhr. Der fluoreszierende Zeiger zeigte drei Uhr dreißig. Mitch sah zu Becks hinüber und hob seinen Daumen. Sie schalteten ihre Nachtsichtgeräte ein und begannen vorsichtig den Abstieg auf einem kaum sichtbaren Pfad am Berghang, der zum Haus der Entführer führte. Die Gefahr, gerade jetzt auf eine Mine zu treten, war besonders hoch. Bei ihrem letzten Besuch auf der alten Stadtmauer konnte Becks beobachten, wie eine Ziegenherde diesen Pfad genommen hatte. Also war dieser Weg frei von Minen, darum hatten sie sich entschlossen, genau diesen zu benutzen. Sie bewegten sich schnell und beinahe lautlos. Dabei orientierten sie sich an den Ecken der Häuser, die sie sich vorher auf der Karte eingeprägt hatten. Von Zeit zu Zeit blieben sie stehen und lauschten, aber außer dem einsamen Hundegebell oder einem lauten Schnarchen der jeweiligen Hausbewohner war alles ruhig.

Als sie die Ecke der ersten Häuser am Berghang des Nachbarhauses erreichten, schaute Mitch erneut auf seine Uhr: vier Uhr zwei. Sie durften jetzt keine Zeit mehr verlieren, mussten aber trotzdem sehr vorsichtig sein. An der Ecke zum Haus der Entführer hörten sie, wie im Stall der Nachbarn die Hühner gackerten. Das war die Stelle, die sie sich für den Einstieg über den Zaun ausgesucht hatten. Das Haus war mit einem über zwei Meter hohen Zaun aus Lehm umgeben, an dessen Spitze neue Stahlträger mit Stacheldraht gespannt waren. Einzig diese Stelle war etwas niedriger als der Rest der Mauer und nur mit eingelassenen Glasscherben gesichert.

Becks holte eine dicke Wolldecke aus seinem Rucksack und warf sie über den Zaun, um die scharfkantigen Scherben abzudecken. Dann stellte er sich mit dem Rücken zur Mauer und ging in die Hocke. Mitch stieg auf seine Hände. Becks drückte sich mit dem Rücken gegen die Mauer und hob ihn scheinbar mühelos nach oben. Das war der schwierigste Teil – jetzt waren sie beide für einen Moment ungeschützt und für die Wachen im Haus leicht zu entdecken. Mitch bemerkte, wie sich die spitzen Glasscherben langsam durch die Decke drückten. Er reichte seine Hand nach unten und Becks ergriff sie. Es lief alles wie im Training. Innerhalb von Sekunden hockten sie gemeinsam auf der Mauer. Erst jetzt konnten sie sich gegenseitig mit ihren Waffen sichern.

Ohne lange zu zögern, sprang Mitch auf das Grundstück der Entführer. Es war die dunkelste und dreckigste Ecke. Mitch hatte mit einem tieferen Fall gerechnet, aber bereits nach Bruchteilen von Sekunden stand er knöcheltief im Dreck. Er gab Becks ein Zeichen und sein Freund sprang geschmeidig zu ihm herunter. Sie standen nebeneinander in einer schmalen Gasse, in der man sich kaum umdrehen konnte und die zur Hälfte mit Müll und Unrat zugeschüttet war. Es stank erbärmlich.

Links von ihnen stand eine kleine, niedrige, schiefe Hütte. Weiter vorne konnten sie durch ihre Nachtsichtbrillen die beiden Fahrzeuge der Entführer erkennen. Der graue und der rote Toyota standen hintereinander in der Einfahrt. Im Haus vor ihnen schien alles ruhig. Sie verharrten auf der Stelle.

Plötzlich trug der Wind unverständliche Wortfetzen zu ihnen herüber. Die Wachen? Mitch bewegte sich vorsichtig im schmalen Gang nach vorne. Er wählte den Weg zwischen den beiden Fahrzeugen entlang der Mauer. So wurden sie von den Fahrzeugen verdeckt und konnten sich unbemerkt bis an das Tor vorarbeiten. Am ersten Fahrzeug angelangt, blieb Mitch erneut stehen und lauschte. Immer noch alles ruhig. Becks tippte ihm zweimal auf die linke Schulter – das war das Zeichen. Er war direkt hinter Mitch und sicherte ihm den Rücken.

Lautlos schlichen sie weiter nach vorn. Am Kofferraum des ersten Wagens angekommen, spähte Mitch vorsichtig nach vorn. Links neben dem Tor stand ein kleines blaues Wachhäuschen. In dem Verschlag sah Mitch einen Wachmann sitzen, der sein Gewehr zwischen den Beinen hielt. Plötzlich sah er rechts von dem Wachhäuschen eine Zigarette glimmen. Noch ein Wachmann.

Die Stunde der toten Augen – so nannten sie die Zeit zwischen vier und sechs Uhr morgens. Da hatte der Körper am meisten mit der Müdigkeit zu kämpfen und der Schlaf übermannte einen leicht. Wahrscheinlich hatte sich der Wachmann deswegen in das Wachhäuschen gesetzt. Er war müde und konnte seine Augen kaum noch offen halten. Die Entführer agierten äußerst vorsichtig. Sie hatten zwei Wachen vor dem Tor aufgestellt. Das erschwerte ihnen zusätzlich, die beiden Wachleute am Tor gleichzeitig auszuschalten, ohne dass Alarm ausgelöst wurde.

Mitch drehte sich zu Becks um und hob zwei Finger in die Luft. Auch Becks beobachtete eine Weile das Wachhäuschen. Dann streckte er seinerseits zwei Finger aus. Er hatte ihn verstanden und sah ebenfalls nur die beiden Wachen am Tor.

Plötzlich bewegte sich der Wachmann mit der Zigarette in ihre Richtung, blieb jedoch nach ein paar Schritten neben dem Toyota stehen und ging wieder zurück. Sie machten sich ganz klein hinter dem Kofferraum des Fahrzeuges. Mitch hörte, wie sich die Schritte entfernten. Sie waren hinter den beiden Fahrzeugen in einer Sackgasse und mussten sich etwas einfallen lassen.

Mitch sah zu Becks hinüber und machte ihm ein Zeichen. Langsam arbeitete sich Mitch an der Mauer entlang bis zum vorderen Kotflügel des ersten Fahrzeuges. Als er seine Position erreichte, gab er Becks ein kurzes Zeichen mit dem Laserpointer.

Dunkle Schatten

Das war heute seine letzte Nachtschicht. Wenn morgen die Familie Shamadi zahlt, dann war er ein reicher Mann. Er hatte den Kampf gegen die ISAF–Soldaten aufgegeben, um für viel Geld Menschen zu entführen. Jetzt hatte er jeden Tag gutes Essen, Geld und die Aussicht, noch mehr Geld mit seiner Waffe zu verdienen. Manchmal mussten sie dafür eine der Geiseln umbringen, um die Verwandten zu zwingen, ihnen das Lösegeld zu zahlen. Aber nur, wenn es nicht anders ging. Er hatte dabei keine Skrupel. Sie waren zwar seine Brüder im Glauben, aber er sah das als Geschäft an. Es war das Einzige, was er konnte und was er gelernt hatte – kämpfen und töten.

Außerdem waren es allesamt Leute, die sich am Krieg bereichert hatten und die sollten ruhig ihr Geld mit den anderen teilen. Größtenteils waren es paschtunische Familien, die sie erpressten. Das machte die Sache einfacher. Tadschiken mochten die vorlauten Paschtunen nicht – immer wollten sie das Land regieren. Und schließlich haben sie die Taliban unterstützt und ins Land gelassen. Jetzt beherrschen wir das Land und diese hochmütigen Paschtunen konnten ruhig für ihre Arroganz bluten. Er lächelte bei diesen Gedanken. Seine Zigarette war wieder ausgegangen und er sah, wie sein zweiter Wachposten in der Hütte endgültig die Augen geschlossen hatte. Anscheinend hatte er den Kampf gegen die Müdigkeit verloren.

›Solche Männer können wir hier nicht gebrauchen, die ihr Geld im Schlaf verdienen. Wenn Basir oder dieser hinterhältige Salim ihn beim Schlafen auf dem Posten erwischt, schlagen sie uns beide dafür zusammen. Das fehlte gerade noch.‹

Er drehte sich um, nahm sein Feuerzeug aus der Tasche und ging zu den beiden Toyotas, denn kurz zuvor hatte er ein verdächtiges Rascheln in der Ecke gehört.

Mitch sah, wie der Wachmann sich erneut am Tor umdrehte, kurz in das Wachhäuschen hineinblickte und jetzt langsam in ihre Richtung kam. Die Flamme des Feuerzeuges beleuchtete für einen kurzen Augenblick sein Gesicht. Er kam immer näher. Mitch hielt die Waffe im Anschlag, atmete ruhig aus und wieder ein. Dabei krümmte er seinen Finger bis zum Druckpunkt am Abzug. Es war eine neue Waffe und er hatte vorher noch nie damit geschossen. Daher wusste er nicht, wie genau sie eingeschossen war. Der Wachmann kam näher, jetzt war er nur noch zwei Schritte von ihm entfernt ...

Gleichmäßig schnell zog Mitch den Abzugshebel zweimal hintereinander durch und atmete langsam wieder aus. Es war eine Dublette: *Plupp – Plupp.* Der Wachmann fiel nach hinten um. Fast im gleichen Augenblick, als er schoss, hörte er hinter sich: *Plupp – Plupp.* Diese Schüsse kamen von Becks. Sie blieben noch einen Augenblick in ihrer Position und sicherten die Umgebung, aber es war weiterhin alles ruhig, nichts bewegte sich im Haus.

Becks schoss sofort, als er das dumpfe Ploppen von vorne hörte. Noch dichter durfte sich der Wachmann den Fahrzeugen nicht nähern, sonst hätte er sie vermutlich entdeckt. Dieses Risiko mussten sie eingehen, da der Wachmann am Tor den zweiten Mann im Wachhäuschen mit seinem ganzen Körper verdeckte. Deswegen schoss Mitch so spät. Mitch schlich sich vorsichtig an den toten Wachmann heran und fühlte seinen Puls. Nichts. Er war sofort tot – zwei Einschusslöcher genau zwischen den Augen.

Becks sicherte ihn derweil von hinten. Der zweite Wachmann saß immer noch in seinem Wachhäuschen, mit der Waffe zwischen den Beinen. Bevor Mitch seinen Puls fühlen konnte, sah er bereits die beiden Einschusslöcher auf der Stirn. Becks hatte ihn genau zwischen die Augen getroffen. Er sammelte schnell die Waffen der beiden ein und versteckte sie hinter den Fahrzeugen. Anschließend zog er auch die Leichen der beiden Wachmänner hinter das Fahrzeug. Schnell mussten sie die Spuren beseitigen, denn es waren noch vier Entführer im Haus. Jederzeit konnte die Wachablösung kommen oder einer im Haus Alarm schlagen.

Nabi konnte in dieser Nacht kaum schlafen. Er wälzte sich auf seiner dreckigen Matratze hin und her und hatte starke Schmerzen im Arm. Die Kette, die ihn an sein Bett fesselte, klimperte jedes Mal, wenn er sich umdrehte. Seine verletzte Hand konnte er kaum noch bewegen, so stark war sie bereit geschwollen. Ihre Farbe wechselte von Lilarot zu Dunkelblau und den Schmerzen nach war sie bestimmt gebrochen. Manchmal hörte Nabi die Wachleute vorn am Tor miteinander reden. Aber seit einiger Zeit war es still geworden. Nur ein paar kratzende, knarrende Geräusche hörte er im Halbschlaf, sonst nichts. Von dem kleinen Jungen nebenan hatte er, seit ihn der Wachmann mitgenommen hatte, allerdings auch nichts mehr gehört. Nabi machte sich Vorwürfe. Vielleicht hätte er den Jungen nicht ansprechen sollen. Diese Entführer waren anscheinend zu allem fähig ...

Becks probierte bereits den dritten Schlüssel vom schweren Schlüsselbund, den sie in der Tasche des einen Wachpostens gefunden hatten, und der passte endlich zur Eingangstür. Wenn ihre Überlegungen richtig waren, dann mussten im Haus noch mindestens vier Entführer sein. Die schwere Tür ging mit leisem Ächzen auf und Mitch schlüpfte als Erster den kleinen Vorraum. Direkt vor ihm befand sich eine massive Tür, nach rechts zog sich ein dunkler, stickiger Flur. Becks leuchtete in das Türschloss und sah, dass ein Schlüssel von innen steckte. Hier war erst einmal kein Durchkommen. Es blieb ihnen also nur noch der Flur. Langsam tauchten sie ins Dunkel ...

Salim wachte von einem leisen Knarren im Flur auf. Jetzt hörte er ein Miauen.

›Diese verdammten Katzen‹, dachte er bei sich.

Er hasste Katzen. Als Kind wurde er von einer gebissen, dabei hatte er diese verdammte Katze seit Monaten gefüttert und aufgezogen. Salim wurde daraufhin so wütend, dass er die Katze mit einem dünnen Seil erdrosselte und an einem Baum im Garten aufhängte. Sein Vater verdrosch ihn dafür mit einem Rohrstock. Seit diesem Tag hasste er seinen Vater und alle Katzen dieser Welt ...

Salim kratzte sich am Bauch und lauschte erneut. Wieder ein Knarren. Da war eindeutig eine Katze im Flur. Kalte Wut stieg in ihm auf. Er nahm seinen Gürtel in die Hand und ging hinaus. Ohne das Licht einzuschalten, schlich Salim den Flur entlang, dem Geräusch der Katze hinterher.

›Gleich hab ich dich und dann ab an den Baum. Und wenn ich schon mal wach bin, besuche ich gleich noch einmal den Kleinen. Aber das muss ja keiner wissen.‹ Der Gedanke erregte ihn.

Der Ärger über die Katze verflog und Vorfreude auf das, was ihn gleich noch erwartete, breitete sich in ihm aus. Die weiche Haut des kleinen Jungen, die mochte er besonders. Vor Erregung bekam er sofort eine Erektion.

›Da vorn, da kommen die Geräusche her.‹ Salim bückte sich und griff in einen Haufen alter Lumpen. Genau da, wo er die verdammte Katze vermutete. Doch in diesem Moment tauchten vor ihm, wie aus dem Nichts, zwei riesige Schatten auf. Salim erstarrte. Ein Schlag, begleitet von einem Knirschen, dann spürte er einen brennenden Schmerz. Blut und Tränen strömten über sein Gesicht. Ungläubig taumelte er nach hinten, bis ihn eine unvorstellbare Kraft von den Beinen in die Höhe riss. Noch bevor er schreien konnte, wurde ihm ein stinkender Lappen in den Mund gesteckt, sein Körper innerhalb von Sekunden wie ein Paket zusammengeschnürt und auf den Bauch gelegt. In Gedanken war Salim immer noch bei der Katze, so schnell ging alles. Blut und Tränen liefen ihm über das Gesicht und eisige Kälte erfasste langsam seinen Körper. Angst, die er so noch nie zuvor in seinem Leben gespürt hatte, ließ ihn keinen klaren Gedanken mehr fassen. Salim bemerkte, wie es zwischen seinen Beinen warm wurde. Das, was er bei anderen so liebte und ihn so erregte, passierte nun ihm selbst. Er machte sich vor Angst in die Hose!

Becks blickte auf den gefesselten Salim, dann wieder zu Mitch und deutete in die Richtung, aus der der Mann gekommen war. Mitch nickte zur Bestätigung. Dann zeigte Becks zunächst mit dem Finger auf sich, dann streckte er zwei Finger in die Luft.

›Wir beide gehen rein und der bleibt hier liegen.‹

Wortlos bestätigte ihm Mitch, dass er verstanden hatte.

Der Mond schien hell durch die dreckigen Fenster ins Zimmer. Ein Tisch und fünf Matratzen waren an den Wänden entlang im Raum verteilt. Es roch nach Schweiß und Dreck. Von den fünf Matratzen waren drei aufgedeckt, also blieben noch zwei übrig. Es machte viermal *Plupp*.

Für Salim schien eine Ewigkeit vergangen zu sein, als er plötzlich wieder nach oben gehoben und auf die Beine gestellt wurde. Die ganze Zeit konnte er keinen einzigen klaren Gedanken fassen. Er hatte Angst. Jemand aus der Dunkelheit hielt ihm einen Zettel vor die Nase. Salim überlegte. Immer noch war es seltsam still im ganzen Haus. Er konnte durch seine Tränen kaum etwas im Flur vor ihm erkennen. Als sich seine Augen endlich an das blaue Licht gewöhnt hatten, sah er auf dem Zettel die Zahl Fünf stehen. Der Zettel wanderte in die Richtung ihres Schlafraums, wieder zu ihm und zeigte dann wieder auf den Schlafraum, aus dem er gerade gekommen war. Salim verstand die Zeichen und nickte eifrig zur Bestätigung.

›Sie wollen wissen, wie viele wir sind ...‹

Nun wurde er gepackt und zum Ausgang geschleppt. Unmittelbar vor einer verschlossenen Tür stellten ihn die Unbekannten wieder auf die Füße. Der Lappen in seinem Mund war mittlerweile aufgequollen und Salim musste würgen. In seinem Mund verbreitete sich der Geschmack von Schweiß und Angst. Abermals wurde ihm der Zettel mit der Zahl Fünf vor die Nase gehalten. Jetzt schüttelte er mit dem

Kopf. Einen Moment lang war Salim versucht, sie zu täuschen. Denn anscheinend wussten die Unbekannten nicht, wie viele Männer im Haus waren.

›Die Angreifer hinters Licht führen.‹ Das war sein erster Entschluss, aber die Angst lähmte seinen Verstand und alles in ihm kämpfte ums Überleben. Wer die Angreifer auch waren, sie bewegten sich sehr schnell. Von den restlichen seiner Männer war nichts zu hören. Salims letzte große Hoffnung waren die Wachen am Tor, aber die hätten doch die Angreifer längst bemerken müssen. Waren sie etwa schon alle tot? Wer waren die unbekannten Angreifer und was wollten sie? Auf einmal wurde Salim klar, in welch auswegloser Situation er sich gerade befand. Er kannte einige Männer in Kabul, die genauso wie er ihr Geld mit Entführungen und Erpressung verdienten, doch diese Männer hier konnten auch für die Shamadis arbeiten.

›Wenn ich denen das Versteck zeige, wo Basir sein Geld und die Steine versteckt, dann lassen sie mich vielleicht am Leben. Solchen Schätzen kann einfach keiner widerstehen.‹

An diesen Strohhalm klammerte er sich jetzt. Er hatte Basir schon des Öfteren dabei beobachtet, wie er irgendetwas ins Licht hielt. Dann sah Salim einmal ganz deutlich grüne Steine in seiner Hand. Und auf dem Geld, das Salim für ihn von der Moschee abgeholt hatte, hockte Basir jeden Tag drauf. Es war in seiner Matratze versteckt. Salim war nicht so dumm, wie Basir dachte und mit diesem Wissen wollte er sich jetzt sein Leben erkaufen.

Eine Vier erschien auf dem Zettel vor seinen Augen und wieder schüttelte Salim den Kopf. Dann eine Drei, eine Zwei und eine Eins. Als die Eins erschien, nickte er heftig. Damit lieferte er Basir endgültig aus. Hinter ihm war es immer noch sehr ruhig, aber er wusste, dass es mehrere Angreifer sein mussten.

Keiner legte sich so leichtfertig mit sechs bewaffneten Männern an. Die Sekunden verstrichen. Plötzlich wurde ihm der Lappen aus dem Mund genommen. Jemand nahm seine Hand, quetschte sie wie ein Stück Papier zusammen und klopfte damit laut an die Tür. Im gleichen Augenblick spürte er den kalten Lauf einer Waffe in seinem Nacken. Nichts. Wieder schlug seine willenlose Hand an die Tür – diesmal energischer. Salim verlor alle Hoffnung. Jemand hinter ihm bewegte seinen Körper wie eine Marionette, ohne ein Wort mit ihm zu sprechen. Eine Welle der Angst überrollte ihn. Tränen liefen über sein Gesicht und er spürte, wie seine Hose ein weiteres Mal feucht wurde.

Basir wurde von einem Klopfen an seiner Tür wach. Dann klopfte es erneut, dieses Mal lauter und energischer.

»Was ist? Wer ist da?«, rief er schlaftrunken und verärgert, weil sein schöner Traum, in dem der Gouverneur auf Knien um sein Leben bettelte, so abrupt endete. »Was gibt es?«, rief er erneut und nahm vorsichtshalber seine Waffe vom Boden. Basir hörte leise und undeutlich die Stimme von Salim an der Tür.

»Es ist was passiert, Basir«, hörte er ihn dumpf hinter der Tür.

Er stolperte durch das dunkle Zimmer. Ein kurzer Blick auf seine neue Uhr, die er dem alten Wardak noch abgenommen hatte, zeigte vier Uhr neununddreißig. Misstrauisch blieb Basir hinter der Tür stehen.

»Was gibt es Salim?«, fragte er erneut.

»Shamadi«, hörte er Salim undeutlich.

Sofort war er hellwach und in seinem Kopf tanzten die Gedanken durcheinander.

›Der wird doch nicht den alten Shamadi zu Tode gequält

haben‹, ging es ihm durch den Kopf. ›Doch nicht jetzt, so kurz vor der Geldübergabe!‹

Außer sich vor Wut öffnete er das Schloss und riss die Tür auf. Gleichzeitig richtete er seine Waffe in den halbdunklen Flur. Bereit, diesen wahnsinnigen Salim auf der Stelle zu erschießen. Direkt vor ihm stand Salim. Blut klebte an seinem Hemd und seine Arme hatte er hinter dem Rücken verschränkt. Seine listigen, brutalen Augen wirkten geradezu leblos. All seine Befürchtungen schienen sich zu bestätigen. Salim konnte sich einfach nicht beherrschen und war wohl bei dem Alten gewesen. Anscheinend versuchte Salim, ihm irgendetwas zu sagen. Erst jetzt bemerkte Basir, dass sich an Stelle seiner Nase nur noch ein geschwollener Klumpen Fleisch befand. Tränen liefen Salim über das Gesicht und unter ihm hatte sich eine dunkle stinkende Pfütze ausgebreitet.

›Was, in aller Welt!‹

Die beiden riesigen schwarzen Schatten, die rechts und links von Salim standen, bemerkte Basir nicht mehr. Das Letzte, was er in seinem Leben sah, war ein kurzes Aufflackern in der Dunkelheit. Ein greller Blitz traf ihn zwischen den Augen, noch bevor er den Abzug seiner Waffe betätigen konnte.

Salim sah, wie Basir wutentbrannt die Tür aufriss und die Waffe in den Flur richtete. Im selben Augenblick wurde sein Kopf nach hinten geschleudert, seine Waffe fiel ihm aus den Händen und sein ganzer Körper kippte langsam in das Zimmer zurück. Salim hörte dabei keinen einzigen Schuss. Nichts. Nur ein kurzes, dumpfes *Plupp – Plupp*.

Ein Mann trat nach vorne, ganz in Schwarz gekleidet, richtete die Waffe auf den am Boden liegenden Basir und griff ihm dabei an den Hals. Dann stieg er über ihn hinweg und ging vorsichtig ins Zimmer. Plötzlich hörte Salim eine blecherne Stimme hinter sich.

»Wo sind die Geiseln?«

Seine rechte Hand wurde befreit und Salim deutete auf die Haustür. Ihm wurde sofort wieder der eklige Lappen in den Mund gestopft. Dann legten sie ihn auf den Boden.

Salim überlegte: Wenn einer in das Zimmer von Basir gegangen war und der andere hinter ihm stand, dann waren sie nur zu zweit? Wie konnte es nur so weit kommen? Sie waren zu sechst hier im Haus und sonst sehr vorsichtig bei ihrer Arbeit. Und nur zwei Männer konnten es schaffen, sie alle zu überwältigen? Und diese Stimme hinter ihm klang wie vom Band, als ob der Satz vorher aufgenommen worden war.

Salim öffnete seine Augen und blickte direkt in die leeren, toten Augen von Basir. Die Angst lähmte ihn immer noch, aber im Gegensatz zu seinem früheren Chef, der tot neben ihm auf dem Teppich lag, lebte Salim noch. Außer ihm gab es keine weiteren Überlebenden, die über das, was in diesem Haus geschehen war, berichten konnten. Die beiden Geiseln dort hinten in ihren Zellen, die würden schweigen. Aus Scham und Angst. Und das erste Mal keimte wieder ein wenig Hoffnung in Salim.

Becks ging mit der Waffe im Anschlag zur Rückseite des Hauses. Mitch war direkt hinter ihm und sicherte seinen Freund. Zuerst sah er nur einen langen, dunklen Schlauch entlang der Mauer – doch dann tauchten an der Hausecke längliche Anbauten auf. Auch ohne die Nachtsichtbrille erkannte Becks eine lange Reihe von Gitterstäben. Es sah aus wie ein Zwinger für Hunde. Becks spähte vorsichtig um die Ecke und lauschte. Sie trauten dem gefesselten Wachmann nicht. Doch es blieb alles ruhig und still.

›Dort hinten ist die Zaunecke, über die wir vorhin geklettert sind‹, überlegte Becks und lauschte noch einmal in die Stille.

Wenn sie sich in diesen langen, dunklen Gang hineinwagten, dann waren sie vollkommen schutzlos und ohne jegliche Deckung.

Onkel Nabi hörte leise, undeutliche Geräusche von der einen Ecke des Hauses. Seit Langem war es ungewöhnlich still im ganzen Haus. Vorhin hatte er ein kurzes Aufblitzen im Raum der Wachleute bemerkt. Vielleicht spielte ein Wachmann mit seinem Handy. Die Geräusche kamen näher und er sah einen großen, schwarzen Schatten, der schnell an den Zellen vorbeihuschte. Nabi wurde jetzt neugierig. Dann tauchte ein zweiter Schatten auf. Vor Angst vergaß er seine Schmerzen und sein Herz schlug so heftig in seiner Brust, dass er befürchtete, jemand könnte es hören.

Mitch blieb stehen und wartete. Becks lief derweil schnell zur anderen Ecke des Hauses.

»Sicher!«

Hinter den Gittern war immer noch alles ruhig. Nichts bewegte sich. Wie ausgestorben. In Mitch keimten erste Zweifel.

›Sind wir zu spät gekommen? War es überhaupt das richtige Haus oder waren die Gefangenen vielleicht woanders untergebracht?‹

Ein Gedanke jagte den nächsten. Aber seit zwei Tagen waren die Fahrzeuge der Entführer nicht mehr bewegt worden. Lionel, der die Bewegungen der Fahrzeuge in Bukarest überwachte, bestätigte diese Angaben. Becks bemerkte, wie Mitch zögerte. Er stand immer noch regungslos an der anderen Ecke des Hauses. Sie waren so weit gekommen. Warum zögerte sein Freund noch? Endlich sah Becks einen Lichtkegel, der in die Zellen leuchtete.

Nabi hielt die Luft an. Der Schatten stand immer noch bedrohlich an der Ecke. Doch plötzlich sah er einen Lichtkegel, der von Zelle zu Zelle hüpfte. Er hob schützend seine gesunde Hand vor die Augen, denn es wurde schlagartig hell in seiner Zelle. Das Licht verschwand wieder, um gleich darauf alles um ihn herum erneut zu erleuchten. Nabi wagte es nicht, seine Hand von den Augen zu nehmen. Entfernt hörte er ungeduldig ein Schlüsselbund klappern, das rostige Schloss wurde aufgeschlossen. Die Zellentür ging nur widerwillig auf. Nabi kauerte auf seiner Matratze und zitterte. Schwere Schritte nährten sich.

›Das ist das Ende. So wollte ich nie sterben. Es ist Salim, jetzt holt er mich‹, dachte er.

Plötzlich hörte Nabi eine ihm bekannte Stimme dicht an seinem Ohr.

»Onkel Nabi, keine Angst. Ich bin es, Mitch.«

In diesem Moment schien für ihn die Zeit stillzustehen. Tränen liefen über sein von Falten zerfurchtes Gesicht direkt in den weißen Bart. Nabi weinte und schluchzte wie ein kleines Kind.

Mitch betrat die Zelle. Es hatte eine Ewigkeit gedauert, den richtigen Schlüssel zu finden und dieses rostige Schloss aufzuschließen. Drinnen konnte Mitch durch seine Größe kaum aufrecht stehen. In der hintersten Ecke der Zelle sah er einen alten Mann ängstlich auf seiner Matratze kauern. Er hielt sich schützend eine Hand vor die Augen, die andere Hand verschränkte er vor seiner Brust. Mitch erkannte sofort im Licht der Taschenlampe, dass die Hand stark angeschwollen war. Vorsichtig näherte er sich. Eine schwere eiserne Fessel hing vom Bett bis zum Fuß des Mannes – er war angekettet. Die Worte von Becks kamen ihm wieder in den Sinn: ausgeblutet und abgeschlachtet wie ein Tier. Und so hielten auch die Entführer ihre Gefangenen – wie Tiere.

Der Mann auf dem Bett hatte große Angst und zitterte. Langsam, Schritt für Schritt ging Mitch näher heran. Jetzt war er ganz dicht bei ihm und Erleichterung machte sich breit. Mitch schaltete die Taschenlampe aus, bückte sich zu dem Gefangenen und sagte ruhig: »Onkel Nabi, keine Angst. Ich bin es, Mitch.« Danach nahm er den alten Mann vorsichtig in die Arme. Mitch merkte, wie Nabi in seinen Armen hemmungslos weinte. Zweimal blinkte Mitch mit der Taschenlampe aus der Zelle heraus. Sie hatten Onkel Nabi gefunden. Dabei sah er auf seine Uhr: vier Uhr fünfundfünfzig. Sie mussten sich beeilen.

Becks verstand das Zeichen und *antwortete* mit seiner Taschenlampe. Jetzt galt es, keine Zeit mehr zu verlieren. Becks holte sein Telefon aus der Tasche und wählte die Nummer von Ajmal.

»Kommt und lasst uns ein Gebet sprechen!«

Das war das vereinbarte Kennwort. Danach hastete Becks zum Tor und öffnete es einen Spalt. Es dauerte keine zwei Minuten, da hörte er Schritte, die sich auf das offene Tor zubewegten. Ajmal hatte alle sechs Männer bei sich, die bereits von Anfang an Mitch und Becks auf der Suche nach seinem Onkel begleitet hatten. Mehr Männer wollten sie in dieser Sache nicht dabei haben, es war sonst zu auffällig, so hatte es Mitch einmal genannt. Dabei waren bereits bewaffnete Männer seines Schwiegervaters und seines Bruders in der Stadt, die seinen Vater Tag und Nacht bewachten. Ajmal konnte im Notfall mit einem Anruf fünfzig Männer der Familie mobilisieren. Sein Schwiegervater war ein Stammesältester und seine Sippe zählte fast vierhundert Männer und Frauen. Aber Mitch bestand von Anfang an auf einer diskreten Lösung und Ajmal vertraute ihm. Er wusste, welches Risiko die beiden für die Familie Shamadi eingingen. Sie setzten ihren Job und ihr Leben für die Freiheit von Onkel Nabi ein und das verband sie noch enger miteinander.

Ajmal stand mit seinen Männern schon seit einer Stunde in dieser stinkenden Gasse und hoffte, dass sie seinen Onkel in diesem Haus finden würden. Wenn sie den Onkel in diesem Haus nicht finden würden, dann blieben ihnen immer noch die beiden Toyotafahrer und aus ihnen würden sie schon die Wahrheit herausholen nach der afghanischen Methode – und die brachte noch jeden zum Reden. Denn diese Entführung seines Onkels bedeutete Krieg, und die Familie stand geschlossen hinter ihm. Alle um ihn herum sahen von Zeit zu Zeit zu Ajmal, aber sie mussten auf diesen einen erlösenden Anruf, auf dieses verabredete Zeichen warten. Die Spannung stieg von Minute zu Minute. Bald würde es hell werden und dann mussten sie von hier verschwinden, es war nicht ihr Stadtgebiet und die Bewohner begegneten Fremden stets misstrauisch.

Immer noch keine Nachricht. Ajmal machte sich ernsthafte Sorgen. Bis auf einmal seine Tasche aufleuchtete und anfing, zu vibrieren. Ajmal drückte mit zitternden Händen auf die grüne Taste und hörte die Stimme von Becks. Das Zeichen.
Becks empfing Ajmal gleich hinter dem Tor. Er verteilte sofort die Aufträge an alle anderen und führte Ajmal direkt zu seinem Onkel. Mittlerweile hatte Mitch Onkel Nabi von der Kette befreit und seine verletzte Hand versorgt. Er hörte schnelle Schritte von draußen. Ajmal kam in die Zelle hineingestürzt. Nichts konnte ihn mehr stoppen. Die beiden Shamadis lagen sich sofort in den Armen. Sie weinten.

Becks wartete unschlüssig vor der Zelle. Er wollte die beiden nicht stören. Auch Mitch verließ die Zelle und ließ die Männer einen Augenblick allein. Er wollte sich die anderen Zellen genauer ansehen, denn dazu hatten sie bisher keine Zeit gehabt. Die rechte Zelle daneben war leer. Aber einiges deutete darauf hin, dass auch hier jemand gefangen gehalten wurde. Mitch ging weiter zur nächsten vergitterten Tür. Hier hing noch ein Schloss daran. Er rüttelte an der Tür und leuchtete hinein.

»Becks, schnell!« Mitch klang besorgt.

Sofort hastete Becks zu seinem Freund. Er brauchte einen Augenblick, ehe er etwas in der Zelle erkennen konnte. Sie hatten schon viel in diesem Krieg gesehen und erlebt, aber diesen Anblick würde er wohl nie in seinem Leben vergessen. Ein kleiner Junge lag zusammengekrümmt im Schein der Taschenlampe unter dem Bett. Er war genauso am Fuß angekettet wie Nabi. Der Junge reagierte nicht auf das Licht der Lampe, sondern lag apathisch auf dem blanken Boden. Mitch versuchte vergebens, einen passenden Schlüssel für das Schloss zu finden.

»Warte mal!« Becks schob seinen Freund beiseite.

Er ergriff das Gitter der Zelle mit beiden Händen und riss es mit einer gewaltigen, wütenden Bewegung aus der Verankerung. Schnell krochen die beiden hinein. Der Junge reagierte immer noch nicht. Mitch zog ihn langsam unter seinem Bett hervor und fühlte als Erstes den Puls.

»Schwacher Puls, ich hoffe, wir kommen nicht zu spät! Mach eine Infusion fertig. Wir müssen ihn stabilisieren. Gib ihm Wasser!«

Becks entnahm seiner Beintasche die vorgefertigte Infusionslösung. Mitch suchte bereits nach einer sichtbaren Vene am Arm des Jungen, damit er einen Zugang legen konnte, um ihn zu stabilisieren. Als der Zugang gelegt war, nahm

Becks den Jungen in die Arme und trug ihn hinaus ins Freie.

Ajmal führte in diesem Augenblick seinen Onkel aus dessen Zelle hinaus.

»Was ist mit dem Jungen? Was haben die mit ihm gemacht?«

»Er ist ganz schwach, aber ich glaube, wir sind gerade noch rechtzeitig gekommen. Onkel Nabi, du kannst hier auf ihn aufpassen und den Beutel mit der Flüssigkeit halten. Wir müssen diese Sache im Haus noch schnell zu Ende bringen.«

Becks legte den Kleinen vorsichtig auf den Boden und drückte Nabi den durchsichtigen Beutel in die Hand.

XXVII

Aufräumen

Sie mussten jetzt alle Spuren, die sie im Haus hinterlassen hatten, so schnell wie möglich beseitigen. Becks lief noch einmal alle Wege ab und sammelte die leeren Patronenhülsen ein. In der Zwischenzeit durchsuchte Mitch gemeinsam mit den anderen das Haus und die Sachen der Entführer. Sie suchten nach möglichen Hinweisen auf die Hintermänner der Entführungen. Diese mussten jetzt möglichst schnell ausgeschaltet werden, bevor sie neue Männer rekrutieren konnten, um sich an den Familien zu rächen. Alles andere, was sie im Haus fanden, landete in einer großen Tasche. Diese war bereits zur Hälfte mit Geld gefüllt, das sie aus den unterschiedlichsten Verstecken herausgeholt hatten. Die Leichen der Entführer wurden auf die beiden Fahrzeuge verteilt, ihre Waffen und Munition eingesammelt.

Die Männer arbeiteten schnell und schweigsam, doch über allem schwebte die Freude über die Befreiung Onkel Nabis. Aziz kam aufgeregt zu Mitch.

»Mitch, schnell, das musst du sehen!«

Trotz der Dunkelheit bemerkte Mitch die Angst in seinem Gesicht. Aziz wirkte noch bleicher als sonst. Er führte Mitch zu dem kleinen Anbau, hinter dem sie vorhin die Mauer überquert hatten, und öffnete eine kleine Holztür. Sofort stieg ihnen der Geruch von Schweiß, Urin und Tod in die Nase. Mitch leuchtete in die Hütte. An der linken Wand hingen einige rostige Fleischerhaken, zwei dicke Eisenringe waren in den Balken eingeschlagen und Seile hingen von ihnen herunter. Als Mitch den Rest der kleinen Hütte beleuchtete, erblickte er einen blutverschmierten alten Holztisch, der schräg in den Boden eingegraben war. Darunter war in der lehmigen Erde eine einzige große, dunkle Pfütze zu erkennen. Holzruten, eine Axt, Messer und eine große Schere lagen verteilt auf dem Boden. Das war die Folterkammer der Entführer.

Sofort dachte Mitch an die unbekannte verstümmelte Leiche draußen vor der Stadt. Er machte das Licht seiner Taschenlampe aus und verschloss die Tür zu der Hütte. Dann nahm er Aziz in den Arm.

»Vergiss nie, was hier passiert ist und jetzt geh und hilf den anderen. Wir wollen diesen schrecklichen Ort so schnell wie möglich wieder verlassen.«

Der Techniker des Überwachungsteams überprüfte zum Ende seiner Nachtschicht alle Kameras des weißen Zeppelins, die ihm die Stadtteile von Kabul zeigten. Manchmal zoomte er Bilder näher heran, um Personen oder Insassen von Fahrzeugen besser beobachten zu können. Dann sprang er auf verschiedene Einstellungen, Nacht- und Tagmodus. Kamera 6 lieferte wieder Livebilder aus der Stadt. Er überprüfte noch einmal alle Einstellungen der Kamera. Sie funktionierte einwandfrei.

›Manche Probleme erledigen sich einfach von selbst. Diese dreckige Luft hier macht der Technik wohl ganz schön zu schaffen.‹

Die Störung war anscheinend behoben. Zufrieden trug er in das Kontrollbuch ein: *Kamera 6 – Störung aufgehoben. Voll funktionsfähig – Uhrzeit: 05:15*

XXVIII

Der Abschied

Nach den turbulenten Ereignissen der letzten Nacht und der anschließenden, nicht enden wollenden Wiedersehensfreude hatte sich die komplette Familie Shamadi im Haus versammelt. Glück und Ausgelassenheit kehrten wieder zurück in die Mauern, so wie es in früheren Zeiten immer war.

Eines hatte sich dennoch verändert: Draußen vor dem Tor saßen bärtige Männer mit Kalaschnikows, die jeden, der sich dem Haus näherte oder den Platz davor überquerte, misstrauisch beäugten.

Auf einem Tuch in der Mitte des Raumes lag alles, was sie im Haus der Entführer gefunden hatten: Uhren, Telefone, Geld. Mitch kannte die Afghanen. Die Verhandlungen darüber, was mit den gefundenen Sachen geschehen soll, konnten Tage oder sogar Wochen dauern. Jeder, je nach Familienrang, wollte bei der Verteilung mitreden.

»Also, ich bin zwar der Jüngste in diesem Kreis, aber wir haben noch einiges zu tun und unser Flugzeug startet in Kürze. So erlaubt mir, den Anfang zu machen«, begann Mitch.

Ajmal übersetzte seine Worte dem Rest der Familie, die gebührend dem Anlass feierlich gekleidet auf dem Teppich vor ihm hockten.

»Becks und ich wollen nichts von dieser Beute haben. Ihr könnt alles, was hier liegt, behalten und unter euch gerecht aufteilen. Entscheidet weise, was damit geschehen soll. Diese Uhren und das Geld gehörten vielleicht den Familien der

Opfer. Ihr solltet diese Dinge mit Respekt behandeln und sie den Familien zurückgeben! Ich habe meine Schuld beglichen, so wie ihr in den Bergen von Sourobi einst mein Leben gerettet habt.«

Onkel Nabi, abgemagert, aber überglücklich, saß mit seiner verbundenen Hand inmitten seiner Familie. Er meldete sich sofort zu Wort.

»Ohne euch beide würde ich nicht mehr hier sitzen im Kreis meiner geliebten Familie ...«

Mitch unterbrach den alten Mann: »Und ohne euch würde ich nicht hier inmitten meiner Freunde stehen.«

Dieser Einwand von Mitch löste die allgemeine Spannung in der Runde. Alle lachten und stimmten Mitchs Worten zu und redeten durcheinander.

Mitch bemerkte, wie Ajmal im Laufe der Unterhaltung mit seinem Vater immer wieder vielsagende Blicke tauschte.

›Die haben doch was vor ...‹

Aber seine Gedanken wurden durch Mohamad, den Vater von Ajmal, unterbrochen. Mitch hörte aufmerksam zu, als Ajmal seine Worte übersetzte.

»Ein Arzt aus der Stadt war gerade hier. Der kleine Junge wird wieder gesund. Wenn er sich etwas erholt hat, bringen wir ihn zu seiner Familie. Das Geld der Entführer werden wir, wie Mitch zu Recht sagte, den Familien wiedergeben. An diesem Geld klebt das Blut der Opfer und es gehört nicht in unsere Hände. Zwei Forderungen habe ich allerdings.« Er sah Mitch und Becks direkt an. »Erstens, wir begleiten euch beide zum Flughafen. Ihr seid schließlich immer noch unsere Gäste. Und zweitens, um den Entführer, den ihr gefangen habt und den Mann aus der Bank würden wir uns gern selbst kümmern. Wenn er der gleiche Ansprechpartner ist, der die anderen Familien in dieser Bank betreut, dann ist er unser Mann.

Dann wissen wir, wer den Entführern die Tipps gegeben hat. Wir sollten aber zuerst mit den anderen betroffenen Familien reden.«

Jetzt wurde es wieder still im Raum. Die Blicke der Männer waren auf Mitch gerichtet, während sie der Übersetzung von Ajmal lauschten. Nur Onkel Nabi blickte gedankenverloren zu Boden. Die Freude war aus seinen Augen verschwunden. Er wirkte traurig, ausgezehrt und verletzlich.

Mitch überlegte. ›Was hatten sie noch für Möglichkeiten? Flughafen, das war einfach. Damit konnten sie gut leben. Aber durften sie diesen Gefangenen der Familie Shamadi einfach so überlassen? Was würden sie mit dem Verräter aus der Bank machen? Wenn es um Geld, Familie und Religion ging, waren die Afghanen nicht gerade zimperlich.‹ Mitch konnte nur erahnen, welches Schicksal die beiden erwartete. ›Durften sie sich mit ihrem Demokratie- und Rechtsverständnis in die alten Gesetze und Traditionen des Landes einmischen, in denen Ehre, Familie und Blutrache eine herausragende Rolle spielten?‹

Nach allem, was Nabi ihnen erzählt hatte, war der Entführer mit der Narbe im Gesicht der grausamste von allen. Er saß jetzt gefesselt und bewacht zwei Räume weiter und wartete auf sein Schicksal. Mitch wechselte einen langen Blick mit Becks und erst, als dieser ihm bestätigend zunickte, fasste Mitch seinen Entschluss.

»Wir sind mit diesen Bedingungen einverstanden. Aber bedenkt eins, vielleicht kann der Entführer euch oder den anderen Familien helfen, deren Schicksal aufzuklären.«

Unerwartet bekam Mitch Hilfe von Onkel Nabi.

»Mitch hat recht, ich muss immer noch an den alten Wardak denken. Wir sollten nicht zu voreilig urteilen und auch das

Schicksal der anderen Entführten aufklären«, sagte der alte Mann weise und die anderen Familienmitglieder stimmten zögerlich zu.

Brunner

Seit fast drei Stunden beobachteten sie das libanesische Restaurant im Stadtbezirk Wazir Akba Khan in der 7. Straße. Hier hatte sich das Telefon von Brunner zuletzt eingeloggt. Der Mann agierte äußerst vorsichtig, er schaltete sein Telefon immer aus und benutzte es nur ein bis zwei Mal am Tag für eine kurze Zeit.

Die 7. Straße war stockfinster. Immer wieder rollten schwere Geländewagen an das Tor des Restaurants, brachten neue Besucher oder holten eine lärmende Gesellschaft ab. Es war kaum zu erkennen, wer aus dem Restaurant hinaus- und wer hineinging, denn die Innenraumbeleuchtung der meisten Fahrzeuge war ausgeschaltet. Zu groß war die Angst vor Entführungen und Anschlägen. Jeder igelte sich in seinem gepanzerten Fahrzeug ein.

Der Fahrer des Wagens, in dem sie jetzt saßen und warteten, lag zusammengeschnürt im Kofferraum. Erneut erschien eine größere Personengruppe am Eingang des Restaurants und verabschiedete sich lautstark voneinander. Ein Gewühl aus Menschen, Fahrzeugen und Staub entstand. Plötzlich löste sich eine Person aus der Menge und ging zielgerichtet auf ihr Fahrzeug zu.

»Es geht los.«

Schnell zogen sie die schwarzen Gesichtsmasken über.

Carl Brunner nutzte gern diese Möglichkeit, um im allgemeinen Durcheinander am Eingang schnell zu verschwinden. So auch heute. Er wartete, bis alle mit dem Einstieg in ihre schweren Fahrzeuge beschäftigt waren, und schlich dann hinter die parkenden Fahrzeuge. Sein Fahrer hatte die Anweisung, immer abseits der anderen Fahrzeuge auf ihn warten. Seinem Fahrer war es untersagt, mit den anderen Fahrern zu reden. Brunner überprüfte, ob ihm jemand auf der Straße folgte. Nachdem er sich überzeugt hatte, dass er allein auf der dunklen Straße war, steuerte er schnellen Schrittes sein Fahrzeug an. Er öffnete die Tür und ließ sich in das dunkle Innere des Wagens fallen. Der Wagen startete sofort und fuhr mit rasantem Tempo los.

»Zum Hotel, ich habe heute keine weiteren Termine«, wies er seinen Fahrer brummig an, der heute irgendwie größer wirkte.

Brunner blickte nachdenklich in die dunklen, leeren Straßen der Stadt, die wie ausgestorben wirkten. Mit dem heutigen Tag konnte er nicht zufrieden sein, der neue EU–Beauftragte war erneut nicht erschienen. Dabei hatten seine Quellen bestätigt, dass er heute zum *Libanesen* kommen wollte. Das *zufällige* Zusammentreffen mit ihm war bereits bis ins Kleinste vorbereitet und seine Taktik hatte sich schon mehrfach bewährt, doch er wartete wieder vergebens. Dabei funktionierte seine Cola-Masche seit Jahren so erfolgreich. Brunner zählte nicht mehr, wie viele italienische Anzüge er bereits auf dem Gewissen hatte. Allein der Erfolg war entscheidend. Die Macht und das Wissen um die Kontakte, die er besaß, nach denen sie alle so gierten …

Ein entgegenkommendes Fahrzeug auf der leeren Straße blendete plötzlich direkt ins Wageninnere. Brunner bemerkte erst in diesem Moment jemanden auf dem Beifahrersitz.

›Was zum Teufel!‹ Sein Herz rutschte in die Hose. In seinem Fahrzeug saßen zwei riesige Gestalten mit schwarzen Masken über dem Kopf. Und sie machten keinerlei Anstalten, ihn zu seinem Hotel zu fahren. Unauffällig suchte seine rechte Hand nach der Türverriegelung. Beim nächsten Kontrollpunkt wollte er die Gelegenheit nutzen und aus dem Wagen herausspringen.

»Falls Sie vorhaben, aus dem Wagen zu flüchten, würde ich Ihnen das nicht empfehlen«, sagte eine eisige Stimme von vorn, die anscheinend seine Gedanken erriet.

Brunner griff trotzdem an die Türverkleidung, doch da, wo sich noch heute Morgen ein Griff befand, war jetzt nichts mehr. Alle Griffe an seiner Tür waren abgebaut. Die Soldaten am Kontrollpunkt beachteten sie nicht einmal, als sie langsam vorbeifuhren. Doch Brunner gab nicht so leicht auf, er versuchte, sich zu konzentrieren, und überlegte fieberhaft, wer seine Entführer waren. Viele hatten schon versucht, Brunner zu täuschen oder – nach der Art der Geheimdienste – ihn zu korrumpieren. Er lebte in einer Welt der Bündnisse, Intrigen und des Verrats. Es war wie ein Spiel, bei dem der Bessere gewann – und das war bisher immer er. Aber noch niemand hatte es bislang gewagt, ihn einfach so von der Straße zu entführen.

»Ich bin ein Schweizer Bürger und protestiere gegen diese Verschleppung!«

Er versuchte, die Entführer in ein Gespräch zu verwickeln. Nichts. Keiner der beiden reagierte auf seinen Protest. Erst jetzt bemerkte er, dass der Wagen sich mit hoher Geschwindigkeit aus der Stadt bewegte. Brunner fasste seinen ganzen Mut zusammen, er musste schnell handeln und sie überrumpeln.

Mitch lenkte den Wagen aus der Stadt. Nachdem Brunner seine Versuche, sie in eine Unterhaltung zu verwickeln, schnell aufgegeben hatte, war es hinten verdächtig ruhig geworden – zu ruhig. In diesem Augenblick bemerkte er aus dem Augenwinkel eine Bewegung und zog seinen Kopf blitzartig nach links. Gleichzeitig spürte Mitch, wie Brunner versuchte, ihm mit seinen Fingern in die Augen zu greifen. Nur seine schnelle Reaktion verhinderte Schlimmeres. Der Wagen schlingerte durch die ruckartige Bewegung auf der Straße.

Becks reagierte augenblicklich auf den unerwarteten Angriff. Er fasste Brunners Hand, die immer noch versuchte, nach Mitch zu greifen, zog sie bis zur Windschutzscheibe nach vorn und überstreckte dabei seine Finger. Durch diese Bewegung steckte der Kopf von Brunner jetzt zwischen den beiden Vordersitzen. Becks holte mit seinem Ellenbogen aus und schlug hart nach hinten. Ein dumpfer Aufschrei zeigte, dass der Schlag seine Wirkung nicht verfehlte.

Das riesige Schlagloch, welches sich über die gesamte Breite der Straße erstreckte, bemerkte Mitch erst im letzten Augenblick – abgelenkt durch den Angriff von Brunner. Er drückte das Bremspedal bis zum Bodenblech durch, aber es war schon zu spät. Ihr Fahrzeug schlitterte und krachte fast mit voller Geschwindigkeit in das Schlagloch. Der Wagen wurde durchgeschüttelt und die Stoßdämpfer gaben fast augenblicklich ihre Arbeit auf.

Becks hielt immer noch die Finger von Brunner in seiner ausgestreckten Hand. Sie gaben mit einem trockenen Knacken nach. Brunner jaulte vor Schmerzen auf.

»Ich glaube, wir sollten mal eine Pause machen«, sagte Becks unschuldig.

Von den Schmerzen in seiner Hand wurde Brunner schwarz vor Augen. Er wurde ohnmächtig und wachte erst wieder auf, als ihm jemand eiskaltes Wasser ins Gesicht schüttete. Sie befanden sich auf einer dunklen Landstraße mitten im Nirgendwo und er brauchte einen Augenblick, um seine Situation einzuschätzen. Die Stadt konnte man in der Ferne nur noch erahnen. Zwei riesige, dunkle Schatten standen wortlos vor ihm und blickten auf ihn herab.

»Jost«, hörte er eine kaltblütige Stimme.

Trotz der Schmerzen und seiner geschwollenen Lippe überschlugen sich seine Gedanken. Er hatte sich geschworen, diesen Namen zu vergessen. Brunner versuchte, Zeit zu gewinnen, und nahm all seinen Mut zusammen.

»Sie wissen nicht, mit wem Sie sich hier anlegen. Ihr seid so gut wie tot. Ich mache euch beiden Hohlköpfen jetzt einen Vorschlag. Ihr fahrt mich sofort zum Arzt in die Stadt und ich vergesse die Geschichte.«

Stille. Nur das entfernte Bellen von Hunden.

Brunner versuchte es erneut: »Ich bin Carl Brunner, Schweizer Staatsbürger und ich verlange, sofort in die Stadt gebracht zu werden. Solange ihr ...«

Weiter kam er nicht. Jemand packte erneut seine Finger. Der Griff war wie aus Eisen.

»Jost«, hörte er erneut die kalte Stimme.

»Ich kenne keinen Jost, ihr Vollidioten!«, brüllte Brunner vor Schmerzen.

Der Griff schien seine Hand zu zerdrücken und die Schmerzen wurden unerträglich. Tränen rollten über sein Gesicht.

»Warten Sie, warten Sie! Ich habe ihn lange nicht mehr gesehen!«

Brunner hechelte nach Luft. Der schmerzvolle Griff lockerte sich.

»Kein Wunder, aus seinem Urlaub in Sourobi kommt er auch nicht mehr zurück!«

Dieser eine Satz verursachte in ihm mehr Schmerzen als seine gebrochenen Finger. Das waren keine einfachen Schläger, er hatte sie unterschätzt. Sie wussten Bescheid. Brunner musste sich entscheiden: weiterleben oder hier auf dieser Straße mitten in Afghanistan sterben. Doch die Entscheidung war nicht einfach. Nur zu gut kannte er auch die andere Seite ...

Die Bilder, wie Hasan Nangasi einen Informanten der Russen folterte, verfolgten ihn manchmal in seinen Träumen. Für seine Foltermethoden war er sogar bei den Taliban gefürchtet. Die entsetzlichen Schreie der Gefolterten und der wahnsinnige Blick von Hasan. Ein Schaudern durchlief Brunner bei diesen Erinnerungen. Doch das war lange her. Er hatte im Laufe der Jahre gelernt, Allianzen zu bilden und gezielt Informationen oder Gerüchte zu seinen Gunsten zu streuen. Immer zu seinem eigenen Vorteil, nur so konnte er all die Jahre in diesem lautlosen Krieg überleben. Diese Taktik sollte ihm auch jetzt helfen. Er wollte leben und musste diesen Abend überstehen. Der Sonnenuntergang am Zürichsee von seinem Haus war einmalig ...

»Ich habe damals nur geholfen, ein offizielles Treffen zu organisieren, mehr nicht«, versuchte Brunner, seine Rolle so klein wie möglich zu halten.

Der kleine Finger seiner linken Hand brach unvermittelt. Knack ... Er brüllte vor Schmerzen auf.

»Namen!«

Diese tonlose kalte Stimme.

»Warten Sie! Ich sag es Ihnen ... So warten Sie doch«, bettelte Brunner und versuchte fieberhaft, Zeit zu gewinnen, um sich zu sammeln. Doch die Schmerzen in seinem Gesicht und seiner Hand ließen ihn keinen einzigen klaren Gedanken fassen. »Ich bin nur ein Mittelsmann. Ich organisiere Treffen und vermittle Kontakte. Mehr nicht«, versuchte er erneut.

Als Antwort kam ein kurzes, trockenes Knacken, und sein nächster Finger war gebrochen. Übelkeit stieg in ihm auf, er war kurz davor, das Bewusstsein wieder zu verlieren. Erneut kippte ihm jemand Wasser übers Gesicht.

»Namen!«

Jetzt gab es kein Zurück mehr. Der Sonnenuntergang und das Schließfach bei der Züricher National Bank ...

»Hasan Nangasi. Ihm habe ich alle Informationen über das Treffen in Sourobi geliefert. Er ist der Sicherheitsberater des Gouverneurs von Kandahar. Sie wussten schon vorher über das Treffen Bescheid. Jost hat mir alles über diese Delegation erzählt. Er bettelte förmlich um die Kontakte nach Jalalabad. Dieses Treffen mit dem Gouverneur von Jalalabad durfte nie stattfinden. Für ihn und alle anderen, die nach Höherem strebten, war es Warnsignal. Entweder er folgt dem Präsidenten oder er endet so wie diese Delegation in den Bergen«, brach es aus Brunner heraus. Die Schatten über ihm schwiegen und so fuhr er fort. »So verstehen Sie doch, es geht hier um Macht, Einfluss und viel Geld, unvorstellbar viel Geld. Wir kommen hierher mit unseren Wertvorstellungen und denken, wir könnten eine Demokratie in diesem Land errichten. Aber das Leben ist hier anders, hier muss man um seine Macht kämpfen und sie dann mit allen Mitteln verteidigen. Auch Gewalt gehört dazu. Das ist ein Familien...« Brunner biss sich auf die Zunge und brach abrupt ab.

Ganz nahe an seinem Ohr hörte er plötzlich eine andere Stimme.

»Wollten Sie gerade *Familienunternehmen* sagen? Ihretwegen, Carl Brunner, sind unschuldige Menschen gestorben.«

Brunner hielt inne, schloss seine Augen und wartete auf den Tod ... Leise, schnelle Schritte, die sich von ihm entfernten. Er wartete, doch das Einzige, was er noch hörte, war das Geräusch eines sich schnell entfernenden Fahrzeuges und das düstere Gebell streunender Hunde.

Schweigsam fuhren sie wieder zurück in die Stadt.

»Soll ich es ihm sagen?« Becks unterbrach als Erster die Stille.

»Es wird vermutlich alles erschüttern, woran er noch glaubt«, antwortete Mitch nachdenklich.

Steve wartete schon seit Stunden ungeduldig auf diesen einen Anruf.

»Mitch, wie ist es gelaufen?«, fragte er, als endlich sein Telefon klingelte.

»Er hat geredet und wir haben eine neue Spur.«

Dann herrschte wieder gespannte Ruhe am anderen Ende der Leitung. Steve spürte, wie Mitch sich sammelte und um Worte rang.

»Ich habe dir doch von diesem Zeitungsartikel erzählt, kannst du dich noch daran erinnern? Also, Sherzai galt als der aussichtsreichste Kandidat für das Präsidentenamt. Die internationale Gemeinschaft wollte ihn bei der kommenden Präsidentschaftswahl unterstützen. Diese Bemühungen sind jedoch der Gegenseite nicht verborgen geblieben. Unser Treffen mit Sherzai, an dem dein Vater teilnehmen sollte, wurde verraten. Sie waren uns die ganze Zeit einen Schritt voraus. Und jetzt kommt der Cousin des Präsidenten ins Spiel: Shali Melai. Er befand sich zufällig am gleichen Tag in Sourobi. Nach dem Anschlag auf unsere Delegation traf er sich mit Sherzai und dieser gab anschließend seine Kandidatur auf das Präsidentenamt zugunsten des amtierenden Präsidenten auf. Ich weiß nicht, wie du das so siehst Steve, aber für mich sind das einfach verdammt viele Zufälle.«

»Was ich trotzdem nicht verstehe, wurde denn Sherzai für den Präsidenten wirklich so gefährlich?«

»Ich denke schon. Erstens, Sherzai verfügt über ausreichend Geld, er kann sich alle Verbündeten kaufen, die er braucht und er ist skrupellos, wenn es um Macht geht. Zweitens, und das ist vermutlich der entscheidende Punkt, die internationale Gemeinschaft hat ihm ihre Unterstützung zugesagt. Auch in den Umfragen lag er weit vor dem amtierenden Präsidenten. Sherzai hätte reelle Chancen gehabt, diese Wahl auch zu gewinnen und er war der Wunschkandidat der internationalen Gemeinschaft. Dreimal darfst du jetzt raten, wer diese Entwicklung verhindern wollte. Dieser Anschlag war eine Warnung. Einmal an den Kandidaten direkt, aber auch an all seine Unterstützer. Sie hatten es ganz clever geplant. Der Cousin des Präsidenten wird in den Bergen beschossen, um den Verdacht vom eigentlichen Drahtzieher abzulenken. Wenn ich den Artikel noch richtig im Kopf habe, wurden nämlich nur die vorderen Wagen beschossen und Melai saß ganz entspannt hinten im Konvoi. Wenn der Präsident seine Macht verloren hätte, wäre der andere auch als Provinzgouverneur gestürzt. Blut ist dicker als Wasser. Allerdings kann diese Verwicklung nicht eindeutig bewiesen werden. Aber sie sollen ruhig merken, dass wir sie jagen. Irgendwann werden sie einen Fehler machen und auf den müssen wir warten.«

Mitch beendete seine Ausführungen.

Steve atmete tief durch. Nun war er derjenige, der um Worte rang und seine Gedanken und Gefühle ordnen musste.

»Für mich war das einleuchtend«, brummte Becks.

»War das alles?«, fragte Steve leise.

»Nein. Wir haben noch einen neuen Namen, Hasan Nangasi. Er ist der Sicherheitsberater des Gouverneurs und der Nächste auf unserer Liste. Sicherlich ist er nur ein Handlanger, aber so eine Sache machst du nicht ohne die Anweisung von ganz oben. Wir überwachen weiterhin das Telefon von Brunner. Ich habe das dumme Gefühl, er hat uns noch nicht alles gesagt.«

»Danke Jungs für eure Hilfe. Wenn ich euch wieder unterstützen soll, sagt mir einfach Bescheid. Wann sehen wir uns wieder?«

»Morgen müssen wir noch eine Geldüberweisung tätigen und dann verschwinden wir von hier. Steve, sei vorsichtig und pass auf dich auf! Wir sehen uns bestimmt bald.«

›Eine Überweisung? Komisch ...‹, dachte Steve, der den afghanischen Banken nicht traute. ›Die sind doch alle korrupt. Das weiß doch jeder.‹

Die Bank

Rechtzeitig zur Mittagspause verließ er die Bank und fuhr nach Hause. Der Eigentümer der Bank of Kabul, der verehrte Herr Shali Melai, Cousin des Präsidenten des Landes, legte großen Wert auf die Pünktlichkeit seiner Angestellten – und auf sein prall gefülltes Konto. Heute hatte er ein ungutes Gefühl, denn er versuchte bereits seit Stunden, seinen undurchsichtigen Schwager Basir zu erreichen. Den ganzen Vormittag war er deswegen gereizt und unkonzentriert. Das hatten auch schon seine Angestellten zu spüren bekommen. Heute war der große Tag der Geldübergabe und er wollte sich seinen Anteil an der Beute sichern.

Für den Posten als Filialleiter der Bank musste er einiges bezahlen und seine Gläubiger forderten jetzt ihr Geld zurück. Die Shamadis sollten heute das restliche Geld von ihrer Bank abholen, dabei hätten sie eigentlich gleich seinen Anteil bei ihm hier lassen können ... Dieser Gedanken erheiterte ihn und er lächelte das erste Mal am heutigen Tag.

›Es wird noch ein schöner Tag!‹ Da war er sich sicher. Als er gerade die Tür am Hinterausgang abschließen wollte, stellten sich ihm drei Männer in den Weg.

»Weg da! Ihr elenden Bettler!«, herrschte er sie schroff an und suchte den Wachmann.

Doch der döste mit seinem Gewehr in der Hand im Schatten des Eingangs. Irgendwie wirkte er heute besonders groß und kräftig.

»Verehrter Herr«, begann der Ältere von den Dreien, die sich ihm in den Weg stellten, »darf ich mich Ihnen vielleicht einmal vorstellen? Ich bin Mohammad Shamadi. Das hier ist Herr Bakhtari und hier der verehrte Sohn der Familie Wardak. Wir würden uns gern kurz mit Ihnen unterhalten.«

Er merkte, wie seine Knie nachgaben. Doch bevor er auf den Boden fiel, wurde er von einer riesigen Gestalt, die plötzlich vor ihm auftauchte, aufgefangen und in die leere Bank geschleift.

Stunden später ergingen unerwartet großzügige Spenden an alle Hilfsorganisationen, die derzeit in Afghanistan tätig waren. Ein edler, anonymer Wohltäter schenkte ihnen sein Geld, das sie für ihre Arbeit zum Aufbau des Landes so dringend brauchten.

Seit einer Viertelstunde warteten sie, nachdem sie sich von der Familie Shamadi verabschiedet hatten, im Schatten der Bäume in der Nähe des Flughafens auf Viro. Misstrauisch beobachteten sie die Umgebung, die Taschen mit ihren Waffen lagen griffbereit in ihrer Nähe. Viro tauchte wie aus dem Nichts mit seinem weißen UN-Bus auf. Wie immer gut gelaunt, brachte er sie schnell vorbei an den Kontrollen des Flughafens, direkt zur wartenden UN-Maschine nach Dubai.

»Ich hoffe, es waren schöne und erholsame Tage für euch beide hier«, sagte Viro und grinste dabei breit. »Aber wie ich sehe, seid ihr überhaupt nicht braun geworden. Müsst wohl noch einmal im Sommer herkommen. Wir haben auch ein Pool ...«

Er lachte laut über seinen eigenen, wie er fand, äußerst gelungenen, Witz.

»Danke für Deine Hilfe, Viro. Du hast wie immer recht, wir werden wiederkommen. Da wartet noch ein Rätsel auf uns in Kandahar. Aber erst müssen wir noch einige Informationen dazu einholen«, sagte Becks fest entschlossen und blickte zu Mitch.

Sie hatten wohl gerade den gleichen Gedanken. Mitch lächelte und hob wortlos seinen Daumen nach oben.

»Viro, wir haben hier noch zwei Taschen, die müssten zu einem Hangar in der Nähe des alten Tanklagers gebracht werden. Wenn du ihn nicht gleich findest, dann frag einfach nach John. Den kennt glaube ich jeder ...«

John sah den weißen Bus mit den schwarzen UN-Buchstaben an der Seite nun schon das zweite Mal an seinem Hangar vorbeifahren.

›Ich frage ihn, was der will‹, dachte er und ging zur Einfahrt.

Ein komischer Kerl, der vor guter Laune nur strotzte, drückte ihm wortlos zwei Taschen in die Hand und verschwand sogleich wieder in einer Staubwolke. Als John die Taschen auspackte, stieg ihm sofort der Geruch von Schießpulver in die Nase. Er untersuchte die Waffen.

›Die Jungs verstehen wohl, mit Waffen umzugehen‹, brummte er und kaute an seinem Zigarrenstummel. In einer der Taschen fand er eine volle Flasche mit einer weißen, milchigen Flüssigkeit. Es roch wie das Zeug, das er für seine Grandma aus der Apotheke holen musste. Ein kleiner Zettel klebte an der Flasche: *Für John. Balitschka ... Hilft beim Vergessen.* M&B John betrachtete schweigend eine ganze Weile die Flasche. Dann lachte er laut auf und versteckte die Flasche in einer seiner Waffenkisten.

Zur selben Zeit saßen Mitch und Becks in der UN-Maschine nach Dubai. Sie hatten die beiden letzten Plätze in der ausgebuchten Maschine bekommen. Glücklich und übermüdet waren sie froh, jetzt in dieser, bereits in die Jahre gekommenen, Maschine zu sitzen. Die Crew verschloss die Türen, die Triebwerke heulten auf und langsam rollte die Maschine auf die Startbahn.

Mitch schrieb eine Nachricht an Mia: *Das Geschäft ist gut verlaufen. Komme morgen nach Hause. PS: Liebe dich. Mitch*

EPILOG
I.

In Bukarest war es gerade Mittag, als Lionel die SMS von Mitch erhielt: *Danke für deine Hilfe. Fahr den Rechner runter, das Geschäft ist abgeschlossen. Im Gästebett unter der Matratze. Gruß Mitch*

Lionel grübelte über diese Nachricht.

›Die beiden haben die Sache tatsächlich doch noch zu Ende gebracht. Ich würde gerne wissen, wie sie das wieder angestellt haben …‹

Er verließ sein Arbeitszimmer und ging ins Gästezimmer, in dem Mitch einige Tage zuvor geschlafen hatte. Er griff unter die Matratze und fühlte einen dicken Umschlag darunter.

›Dieser verdammte Kerl. Hat doch glatt sein Geld hier versteckt!‹ Lionel merkte, wie eine gewaltige Last von ihm abfiel und er freute sich für seine Freunde. ›Dieses Schlitzohr.‹ Und einfach so, ohne besonderen Grund, verspürte er plötzlich den unwiderstehlichen Drang, sofort einen Balitschka zu trinken. Lionel goss sich ein großes Glas ein und trank auf die beiden Verrückten. Und da man auf einem Bein schlecht stehen kann – noch einen darauf.

Als Mitch sein Handy gerade in die Jackentasche stecken wollte, fühlte er einen Beutel. Es war ein kleiner Stoffbeutel mit klapperndem Inhalt. Becks hatte bereits die Augen geschlossen und es sich in seinem Sitz bequem gemacht, als Mitch ihn anstieß. Er öffnete überrascht die Augen und sah große funkelnde Steine – acht riesige Smaragde. Becks war augenblicklich so fasziniert von der Leuchtkraft der Steine, dass er den Blick nicht abwenden konnte. Mitch blickte ihn an.

»Was 'n passiert? Kannste jetzt auch noch zaubern?«

Das war das Einzige, was Becks herausbrachte.

»Ajmal hat mir bestimmt den Beutel in die Tasche gesteckt, als wir uns vorhin verabschiedet haben. Dass er irgendetwas vorhat, hab ich schon gestern Abend bemerkt, aber das hier hätte ich nie im Leben erwartet. Sie haben die Steine bestimmt in dem Haus der Entführer gefunden und wussten, dass wir niemals ein Geschenk annehmen würden. Und dann ein solches … Also hat er sie wohl heimlich in meine Tasche gesteckt.«

»Wenn das so ist, kenne ich jemanden, der jemanden in Bangkok kennt. Der handelt zufällig mit Edelsteinen«, sagte Becks, immer noch ganz gebannt von der Schönheit der Steine.

»Na gut, wenn wir schon einmal im Flugzeug sind, dann machen wir eben einen kleinen Umweg über Bangkok«, erwiderte Mitch spitzbübisch und legte die Steine wieder in den Beutel.

Einen Tag später saßen sie in einem kleinen Büro in Chakraphet, dem ältesten Teil von Bangkoks, bekannt für seine zahlreichen Gold- und Edelsteinhändler. Der große Ventilator in der Ecke des Raumes versuchte, die Hitze von draußen von dem winzigen Raum fernzuhalten, was ihm nicht gelang. Der Mann, der ihnen gegenüber am Schreibtisch saß, untersuchte bereits seit fast zwanzig Minuten schweigend die grünen Steine. Gelegentlich blickte er vorsichtig von einem zu anderen, um sich dann wieder den Steinen zu widmen. Plötzlich stand er auf.

»Ich muss telefonieren. Entschuldigen Sie mich bitte.«

»Die Steine bleiben aber hier!«

»Natürlich, sie gehören ja auch Ihnen!«

Der Händler verbeugte sich und verschwand. Sie sahen sich verständnislos an.

»Wir wollten heute eigentlich noch nach Hause ...«

Doch Becks konnte den Satz nicht beenden. Der Händler erschien mit ernster Miene und setzte sich wieder hinter seinen Tisch.

»Ich gebe Ihnen dafür fünfhundert«, sagte er und setzte sein charmantestes Händlerlächeln auf. Bereit, um seinen Preis zu feilschen.

»Also, für fünfhundert bekomme ich nicht mal einen Platz in der Economy«, antwortete Mitch empört und erhob sich.

Der Händler blickte zu dem riesigen Europäer auf, der an Verhandlungen anscheinend kein Interesse zeigte, und sah sein Geschäft platzen. Daher gab er seine Verhandlungsstrategie auf und beeilte sich.

»Na gut, ich bin bereit, Ihnen heute noch sechshundertfünfzig zu geben. Das ist aber mein allerletztes Angebot. Ich stelle dafür auch keine Fragen. Der Händler, der Sie empfohlen hat, ist ein sehr guter Freund von mir.«

Becks streckte seine riesige Pranke nach den Steinen aus.

»Und sehen Sie es mal so, für sechshundertfünfzigtausend Dollar können Sie sogar beide first class nach Hause fliegen!«

Anscheinend ungerührt von dem genannten Preis legte der eine Riese die Steine wieder auf den Tisch. Der andere streckte ihm seine Hand entgegen. Seine kalten, blauen Augen lächelten, als er sagte: »Sechshundertfünfzigtausend und zwei First-Class-Tickets dazu, dann sind wir im Geschäft!«

Becks brauchte fast zehn Minuten, ehe er aufhören konnte zu lachen.

»Sag mal, hast du heimlich einen Kurs *Sicheres Verhandeln* an der Abendschule belegt?«, fragte er und prustete gleich wieder los. Mitch stimmte in sein Lachen mit ein.

»Nee, das war ein Schnellkurs *Verhandeln auf dem Gold-Souk* in Dubai!«

Der Druck und die Anspannung der letzten Tage, die auf ihnen lagen, lösten sich plötzlich in Nichts auf. Sie wirkten wie zwei einfache Touristen, die viel Spaß miteinander hatten. Die Einheimischen, die ihnen entgegenkamen, wunderten sich über die großen Europäer, die fröhlich und unbeschwert wie kleine Kinder mitten in Bangkok auf der Straße standen und lachten.

II.

Jamil stand schon seit geraumer Zeit an der Straße und wartete. Endlich erblickte er den grünen Pick-up der Polizei und winkte wie wild. Der Wagen verzögerte, bremste im letzten Moment und hinterließ eine große Staubwolke.

Ein Polizist kurbelte das Fenster hinunter und fragte barsch: »Was ist?«

»Dort liegen zwei Männer ohne Kopf.«

Jamil zeigte an den Rand der Straße. Er führte die drei Polizisten in ihren neuen, graublauen Uniformen zu der Stelle, an der er die Toten entdeckt hatte. Seine Ziegen hatten ihn vorhin geradewegs zu den kopflosen Leichen geführt. Die Tiere grasten immer noch in der Nähe der beiden Toten zwischen all dem Müll im vertrockneten Gras. Er hockte sich in einiger Entfernung hin und beobachtete, was die Polizisten nun unternahmen.

»Wir müssen Verstärkung holen. So wird es auf der Akademie gelehrt«, sagte der Jüngste der Drei.

Schweigend betrachteten die anderen beiden die Toten, deren Köpfe abgeschlagen im Staub lagen. Die leblosen Körper waren unterschiedlich bekleidet. Während der eine einen feinen Anzug trug, war der andere in ein schmutziges traditionelles Gewand gekleidet. Einer der abgeschlagenen Köpfe hatte eine lange, grässliche Narbe im Gesicht. Schwarze Fliegen schwirrten hoch, als einer der Polizisten sich langsam den Leichen näherte. Er hielt sich ein Tuch vor die Nase und beugte sich darüber.

»Wir fahren wieder«, sagte er kurz angebunden, drehte sich abrupt um und ging zum Pick-up zurück.

»Aber wir müssen das hier doch melden«, protestierte der Jüngere halbherzig und eilte den beiden Älteren hinterher.

»Ihr Jungen mit euren Protokollen und neuen Gesetzen. Die Russen hatten ein Gesetz, die Taliban hatten eins und jetzt haben wir wieder ein neues. Jeder bringt was anderes und was Neues, was Besseres, aber ein Gesetz überlebte bisher alle. Die da …«, der ältere Polizist deutete auf die beiden Toten, »… waren Diebe und Mörder und nur Allah weiß, was sonst noch. Sie haben anscheinend ihre gerechte Strafe bekommen. Das ist unser Gesetz.«

Jamil hockte immer noch auf der gleichen Stelle und sah, wie die Polizisten in ihren Wagen stiegen und einfach wieder davonfuhren. Er blickte noch einmal zu den Leichen. Auch er musste sich irgendwann für einen Weg entscheiden …

Jamil stand auf und ging zu seinen Ziegen. Schnell weg von hier, weit weg von diesem Ort.

Danke

Der Weg zu einem eigenen Buch ist lang ...

Ich möchte mich bei allen, die mich dabei begleitet haben, bedanken. Mein besonderer Dank gilt meiner Frau Nadine und Ajmal, der ein Teil dieser Geschichte ist.

Baktria

Einst der Name einer historischen Provinz des persischen Reiches, das seine Ausdehnungen vom Kaspischen Meer bis zum Indischen Ozean hatte und ein Teil der Seidenstraße war. Professor Werner gehört zu den renommiertesten Archäologen der Welt und leitet die Ausgrabungen einer Tempelanlage am Fuße des Amu Darja in Usbekistan. Auf dem Weg zu einem mysteriösen neuen Fundort bricht der Kontakt kurz nach der Grenze zu Afghanistan plötzlich ab. Seit diesem Tag wird er vermisst.

Der Direktor des Amtes für Unterstützung und Kommunikation, ein alter Freund des Professors, beauftragt die beiden Spezialisten für verdeckte Operationen Mitch und Becks mit der Suche nach ihm. Die beiden stehen vor einem Rätsel, denn die Entführer stellten bislang keine Lösegeldforderung. Steht diese Entführung womöglich im Zusammenhang mit einem groß angelegten Schlag gegen international operierende Drogenkartelle?

Um diese Frage zu klären, begeben sich Mitch und Becks in die verlorenen Täler Afghanistans auf die Suche nach Professor Werner ...

BoD, ISBN: 9783734737176, 260 S., 10,50 Euro